LE VILLAGE DES TÉNÈBRES

DAVID COULON

LE VILLAGE DES TÉNÈBRES

Thriller

LMG

LA MÉCANIQUE GÉNÉRALE

www.lamecaniquegenerale.fr

–

–

PROLOGUE

Les prédateurs dévoraient la ville.

Leur quartier général se situait le plus souvent en haut d'une tour. Immense. Une tour de verre, transparente, à travers laquelle on pouvait distinguer la circulation sanguine dans le corps du prédateur. Des globules cravatés couraient dans les couloirs. Criaient. Téléphonaient. Se défenestraient. Le corps vivait, grandissait, et se débarrassait de ses globules pourris.

Les prédateurs ne se craignaient pas entre eux. Ils n'étaient pas des proies les uns pour les autres. Ils étaient des chasseurs, et pas des chassés. Simplement, ils se battaient les uns contre les autres pour trouver les meilleurs terrains de chasse.

Antoine Palistère, président-directeur général d'Agro World, était le cerveau de l'un de ces prédateurs. Agro World. Sans doute l'un des plus craints. Sans doute l'un des plus prompts à flairer la meilleure proie. Pire, la notoriété d'Agro World était telle que c'était parfois les proies qui venaient à lui. Les coopératives agricoles. Les sans-terre brésiliens. Les hippies élevant des chèvres, mais n'ayant aucun débouché commercial à proposer une fois le fromage fabriqué ou la bête abattue.

Palistère les accueillait les bras ouverts. Il ornait son visage d'un sourire carnassier, leur tendait la main, ouvrait les portes de l'agroalimentaire mondial. Puis, alors qu'ils s'y attendaient le moins, il leur tranchait la jugulaire de ses dents proéminentes. Les hippies, les sans-terre, les coopératives, se retrouvaient sans rien, et Agro World grossissait. Les proies avaient contribué au développement de l'un des plus gros prédateurs au monde. Agro World les ingurgitait, les digérait, les reproduisait même, à l'état mondial, en créant çà et là des filières ou des firmes.

Toutes les proies rentables étaient les bienvenues.

Comme cette proie, cette source d'eau, dont Palistère n'avait jamais entendu parler avant le coup de téléphone d'un mystérieux berger perdu au fin fond du massif des Alpes.

Encore un individu isolé qui ne savait que faire de sa fortune.

Encore une brebis égarée que le prédateur allait dévorer avec délectation.

Les prédateurs continueraient à dévorer la ville. Patiemment. Sans relâche.

Les prédateurs ne mouraient jamais.

Ils donnaient la mort.

Ils donnaient la vie.

PREMIÈRE PARTIE

Deux présumés terroristes ont été tués dans une chambre d'hôtel, près de Marseille. D'après les premières informations dont nous disposons, un enfant de huit ans, présent sur les lieux du crime, serait l'auteur du carnage. L'enfant avait une ceinture d'explosifs autour de la taille, mais elle n'a pas fonctionné.

Il aurait, dans un second temps, sorti une arme à feu et surpris les terroristes. Il les aurait assassinés, l'un après l'autre. L'enfant est mis en observation à l'heure actuelle à l'hôpital Nord de Marseille. Il est placé sous protection policière.

D'après une source proche de l'enquête, les deux présumés terroristes étaient en train de fomenter un attentat contre la tour Eiffel, sur le modèle de celui perpétré contre le World Trade Center. L'attentat était prévu dans les jours qui viennent.

Dépêche AFP – 13 décembre 2001 – 22 h 42

1

De nos jours.

Un virage. Un satané virage raté, et voilà Jean-Marie Lorey contraint et forcé de s'orienter au hasard dans la neige tourbillonnante.

J'aurais dû prendre mon temps...

La précipitation pour retourner à l'hôtel. S'échapper des geôles de « Sword-Temptation IV », le jeu en ligne auquel il devait se connecter avant minuit, histoire de rejoindre les autres joueurs qui l'attendaient, fébriles et impatients. Il fallait qu'il s'en aille. De toute manière, les paysages neigeux et brumeux qu'il traversait ne lui disaient rien qui vaille.

Il venait de découvrir une nouvelle source. Ou plutôt non. Un berger, Mattéo Piedra, venait de découvrir « la source des Dix Diamants », dans le massif du Champsaur. Un coin perdu, prêt à être dévoré par les prédateurs de la multinationale agroalimentaire Agro World.

Et lui, Jean-Marie Lorey, autoproclamé meilleur commercial du groupe, était sur le chemin du retour, l'acte de vente du terrain dans la poche (pour un prix évidemment dérisoire). Et la neige, cette foutue neige, s'abattait en bourrasques sur l'habitacle de sa voiture. Il n'y voyait plus rien. Il hésita à freiner pour s'arrêter, mais la voiture partit en glissant vers une direction inconnue. Lorey s'agrippa au volant tandis que son véhicule brinquebalait sur la chaussée glissante. La voiture s'arrêta net. Il reprit son souffle, vérifia que tout allait bien. Il n'avait pas une égratignure.

Il coupa la radio qui n'émettait que des crachouillis. Puis le moteur. Les phares s'éteignirent, ce qui le plongea dans le noir. Le bruit des flocons faisait penser à des becs d'oiseaux attaquant la carcasse d'un animal mort. Il soupira. Ferma les yeux quelques secondes. Les rouvrit. Le noir absolu le recouvrait. Seules des projections violentes et blanchâtres lui signifiaient qu'il n'était pas dans une pièce obscure, mais dans une voiture attaquée par des flocons de neige géants.

Au milieu d'une forêt noire.

Il fit glisser sa main vers sa sacoche. Il sentit le petit boîtier en métal. Son téléphone portable. Il allait vérifier s'il avait du réseau, quand la neige se mit à faiblir d'un seul coup.

Le vent cessa. Lorey ralluma le moteur, puis les phares, le portable toujours dans les mains. Le pinceau balaya aussitôt tout ce qui se trouvait en face. Il y voyait parfaitement, désormais.

Il laissa tomber son téléphone.

Il y avait quelque chose, là, devant.

Une masse sombre.

Une maison !

C'était une maison !

Une bâtisse en pierre.

Il n'y avait pas de lumière, rien.

Ou, tout du moins, il n'arrivait pas à en distinguer l'ombre d'une.

Je dois être au bourg.

Il éteignit le moteur de son véhicule, sortit. L'air était plus doux.

La neige avait tout recouvert sur le sol. Il ne distinguait même plus les traces de pneus que sa voiture avait laissées. La tempête de neige avait tout recouvert.

« Et merde, merde, merde », dit-il tout haut.

Il regarda la bâtisse.

Je vais frapper à la porte, me remettre un peu de tout ça, et demander mon chemin. Et si c'est pas praticable, eh bien, peut-être que ces gens-là pourront me dire où loger en attendant.

Il soupira.

Mattéo Piedra, le berger à qui il venait d'acheter le terrain, lui avait dit que les habitants du bourg n'étaient pas recommandables. Il voulait bien le croire. Cependant, c'étaient avant tout des montagnards, et les gens de la montagne étaient connus pour leur sens de l'hospitalité. Il ironisa sur ce qu'il venait de penser. Jamais le Jean-Marie Lorey de l'ancienne vie n'aurait réagi comme ça. Le Jean-Marie Lorey de l'ancienne vie serait remonté, triomphal, dans son véhicule et aurait, tout aussi triomphalement, retrouvé son chemin en deux temps, trois mouvements. Et il aurait raconté sa glissade et son retour à la civilisation en fanfaronnant auprès de toute la gent féminine qui aurait bien voulu l'écouter.

Mais il n'était plus le Jean-Marie Lorey d'avant.

Il était usé.

Il marcha vers la bâtisse.

Une porte en bois.

Il inspira.

Ils ne vont pas me laisser tout seul dehors. Personne ne laisserait quelqu'un par ce froid.

Il tapa trois coups vifs.

Immédiatement, il entendit des pas pressés dans la maison. Il ne savait pas pourquoi, mais il eut l'impression qu'on l'attendait.

Il se mit à sourire. Ces pas rapides sur le sol lui disaient : « Enfin, te voilà ! » Comme si sa mère habitait derrière ces murs, rongeant son frein au coin du feu alors qu'au-dehors la tempête faisait rage. Et sa mère, entendant son fils taper à la porte, bondissait pour l'accueillir et le serrer dans ses bras, puis l'entraînait vers la cuisine où mijotait un bon navarin d'agneau.

Sa mère, ou son ex-femme.

Son ex-femme ou un

(cadavre)

(une junkie dans une station d'autoroute)

(Sabrina).

Il entendit le cliquetis derrière la porte, un loquet qu'on débloque. Puis il vit la poignée qu'on actionnait. Ses oreilles commencèrent à le piquer, tant le froid mordait ses lobes. Et la porte s'ouvrit. Ce n'était pas la mère de Lorey. Ni son ex-femme. Ni une junkie. À vrai dire, il ne sut pas vraiment qui c'était. Il put juste sentir une odeur rance qui fut expulsée par l'ouverture de la porte, mais il ne vit pas la personne qui se tenait sur le seuil. Il vit juste un énorme cric à pneu qui s'abattit sur son crâne, le laissant s'abandonner à un noir sans neige.

2

Quelques semaines plus tôt, Mattéo Piedra, le berger, était entré en contact avec Agro World. La firme avait pris l'affaire tout à fait au sérieux. Elle avait aussitôt dépêché une enquête auprès de biologistes indépendants. Deux biologistes étaient partis, puis, une fois sur place, avaient téléphoné, euphoriques, à Palistère, le P-DG de la firme :

– C'est tout bonnement hallucinant. Une source gigantesque, inépuisable. Vous pouvez signer les yeux fermés, monsieur Palistère.

– Modérez vos propos.

– Quoi ?

– Je vous dis, modérez vos propos, s'était agacé Palistère. Dites que cette source est moyenne. Gigantesque dans le sens de belle, mais pas hyper exploitable. Pas extraordinaire. Modérez vos propos. Je suppose que le fermier est à côté de vous.

– Oui, mais…

– Alors, reprenez. Répétez ce que je vous dis. Répétez bien mot à mot.

– D'accord…

– Le coin est magnifique.

– Le coin est magnifique.

– La source est belle, mais l'eau est moyenne.

– La source est belle, mais l'eau est moyenne. Mais je... je n'ai pas encore tout analysé, je...

– Taisez-vous. Et répétez. Ce sera exploitable, mais c'est un petit filon.

– D'accord... Ce sera exploitable, mais c'est un petit filon.

Palistère avait entendu le biologiste soupirer, comme s'il réfléchissait au bien-fondé de la réplique qu'il allait proférer. Comme si le rôle que lui faisait jouer Palistère était contraire à son éthique. *Il n'y a pas d'éthique dans le commerce*, pensa Palistère. *Chez Agro World, nous sommes des requins. Ces scientifiques, toujours à s'extasier de la moindre découverte ! Découvrez, mes amis ! Nous pourrons toujours revendre ! Et nous gagnerons bien, bien plus que vous.*

Le biologiste avait soufflé :

– Quand je dis que c'est hallucinant, c'est d'un point de vue géologique, pas commercial...

Mon pauvre vieux. On dirait qu'on va t'emmener à l'abattoir... Détends-toi... Ce ne sont que des bouseux...

– Pouvez-vous me joindre une analyse détaillée par fax ? avait demandé le PDG.

Le biologiste avait éclaté de rire. Un rire un peu forcé, mais un rire sincère tout de même.

– Oui, ça va prendre un peu de temps, mais oui. Quant au fax... Mais où voulez-vous que je trouve un fax ? C'est le désert ici ! Ou plutôt la montagne profonde ! Il n'y a rien. Rien à des kilomètres à la ronde. Juste une source. La source.

Une voix, à l'arrière, en sourdine.

– Attendez, monsieur Palistère, M. Piedra me parle.

Monsieur Piedra ! Et pourquoi pas Son Altesse La Bouse ? Le bedonnant P-DG s'était avachi sur son fauteuil en cuir. Il avait regardé, dans son vaste bureau, les prix et les diplômes qui ornaient ses murs. Des prix d'agriculture raisonnée, de commerce responsable, équitable. Foutaises. Jamais une entreprise n'avait été aussi rapace qu'Agro World. Surtout depuis son arrivée à la tête de la multinationale. Palistère souhaitait traiter chaque dossier en personne. Il n'aurait pas laissé un vulgaire chef de produit ou de secteur s'occuper de la source. Chaque décision, chaque action à mener devait être décidée par Palistère, seul dieu en son royaume. Cela faisait cinq ans qu'il avait été nommé P-DG d'Agro World, et on le surnommait déjà « le tueur de l'Agro ». Il n'en était pas peu fier. Il savait qu'il était détesté par ses concurrents, mais aussi par ses propres employés, et il tirait une très grande fierté de cette haine. *Haïssez-moi les enfants ! Je n'en serai que plus puissant !*

Il avait posé son combiné, fait quelques pas vers sa cave à cigares, actionné une petite clé. Il avait sorti un cigarillo Romeo y Julieta, un petit cubain savoureux, mais rapide à fumer, ainsi qu'un Nicarao, un barreau de chaise de près de quinze centimètres de longueur, dont la dégustation prendrait deux heures.

Si la source est bonne, je fume le Nicarao. Ce foutu cigare coûte bien dans les trente euros pièce. Sinon, ce sera la petite brindille…

Il était retourné s'asseoir. Au combiné, son interlocuteur s'impatientait :

– Monsieur Palistère ? Monsieur Palistère ?

– Oui, je suis là ! Alors, ce fax ?

– Pas possible. Le premier fax est combiné au premier ordinateur : à Ancelle, à six kilomètres. Mais le fermier qui a découvert la source se propose d'y apporter le fax. Il doit aller y vendre des fromages. Vous recevrez le fax dès demain. Nos premières analyses seront prêtes. Il faudra ensuite qu'on les affine au laboratoire, mais…

– Ne parlez pas trop, l'avait interrompu Palistère. Moins vous parlerez, moins nous aurons à dédommager ce Piedra pour avoir découvert la source. Et plus votre salaire sera important. Modérez l'importance de la source. Ne soyez pas si enthousiaste.

Et il avait raccroché. Il avait contemplé le robusta et la brindille.

Attendre, je déteste attendre…

Et il avait jeté son dévolu sur le Nicarao.

Ce biologiste avait l'air tellement sûr de lui…

Il avait humé les feuilles de tabac, porté le barreau de chaise à sa bouche, allumé son briquet, et tout en aspirant un peu de fumée, il avait pensé : *au pire, ce cigare sera retenu sur sa paye.*

Ce n'était pas un fax, mais un courrier postal. Et il n'était pas arrivé le lendemain, mais une bonne semaine plus tard.

Dans ces trous paumés, une lettre postée devait être un événement interplanétaire. Palistère n'avait pas manqué de sourire méchamment lorsqu'il avait vu la petite enveloppe atterrir sur son bureau.

Bande de bouseux...

Puis il avait ouvert le courrier.

La première analyse était exceptionnelle. Palistère le comprit dès la première lecture. En plus d'être un tueur de l'Agro, Palistère maîtrisait parfaitement la biologie, mais aussi l'agronomie. Le fait d'être intelligent ne le rendait que plus dangereux. La source paraissait également inépuisable. Il fit un rapide calcul. Sept millions de bouteilles d'eau par an, au bas mot. Avec une minéralité incomparable. Il allait pouvoir inonder le marché européen. Il ne put réprimer un grand sourire. Et ouvrit de nouveau sa cave à cigares pour en sortir un autre Nicarao.

Il fallait désormais envoyer un commercial sur place, acheter les terres de ce Mattéo Piedra, négocier un bon prix. Il réfléchit au commercial le plus indiqué pour se rendre dans le Champsaur. Palistère avait beau vouloir tout maîtriser de A à Z, il n'allait quand même pas s'abaisser à négocier avec des paysans. Le P-DG avait tout de suite pensé à Lorey. Le bon vieux Jean-Marie Lorey, fidèle au groupe depuis quinze ans. Il s'autoproclamait meilleur commercial d'Agro World. Dans les faits, il n'avait pas tort, il arrivait parfaitement à négocier les bons prix, mais ce n'était pas une raison pour que Palistère le paye plus. D'autant que le départ de sa femme, quelques mois plus tôt, l'avait transformé en une épave vivante. Malgré cela, il était bon. Palistère avait tendu un doigt vers son téléphone tout en recrachant un peu de fumée. Il allait appeler le standard 44, regroupant le service commercial. Mais le téléphone avait sonné.

– Palistère, avait-il répondu.

– Monsieur Palistère ? avait dit sa secrétaire. Les laboratoires Biennard désirent vous parler.

– Si c'est une question de salaire, dites-leur que j'attendais la réception des premières analyses. La somme sera débloquée dans la journée.

Il allait raccrocher quand la secrétaire ajouta :

– Non, ce n'est pas cela, monsieur Palistère. C'est à propos des deux biologistes envoyés dans le Champsaur.

– Eh bien ?

– Le laboratoire n'a plus de nouvelles d'eux depuis une semaine. Il semblerait qu'ils aient disparu.

3

Cela faisait un an qu'il traînait sa carcasse d'un mètre quatre-vingt-dix dans les petites rues d'Ancelle, et la dépression n'était pas loin. Luc Biéron, gendarme, vingt-trois ans à peine, avait obtenu sa première affectation dans ce petit village du Champsaur. Affectation qu'il n'avait bien évidemment pas demandée. Nice, Marseille, Paris étaient ses premiers choix. Des villes où le meurtre était une évidence. Ce qui le passionnait, c'étaient les séries US, les scènes de crimes urbaines, le climat poisseux des rues sordides, et voilà qu'une fois la joie de la réussite au concours passée, il se retrouvait dans ce village perdu au milieu d'un massif montagneux, éloigné de tout, sans aucune affaire criminelle à traiter. Originaire de Nice, à deux cents kilomètres d'ici, il y retournait fréquemment pour rejoindre sa compagne, Julie.

« Je ne vais pas rester longtemps ici, lui disait-il. Je vais demander ma mutation dès l'an prochain. T'inquiète. Il n'y a rien ici. Simplement des querelles de voisinage, des disparitions de lapin, rien d'autre. »

Il avait eu du mal à s'adapter, au début. Il restait souvent enfermé dans sa chambre, au premier étage de la brigade, à visionner les séries US, ou à lire de bons polars. Lorsqu'il descendait, l'adjudant lui ordonnait de rédiger des rapports sur des accrochages de véhicules automobiles, des semences de tomates volées, du braconnage d'animaux sauvages. Puis il avait commencé à sortir à l'unique pub local, un bar au look un peu ancien, décoré de trophées de chasse. Les gens l'appelaient « le p'tit gendarme », il se faisait payer des tournées, il en payait à son tour.

C'est là qu'on avait commencé à lui parler des disparitions. Un vieil homme, éméché, lui avait glissé à l'oreille :

– T'es nouveau, ici, p'tit gendarme. Personne te dira rien. Tout le monde se tait. Mais y a des disparus ici. Tout le temps. Des hommes et des femmes qui viennent et qui se volatilisent dans la forêt. Ouais.

– Des disparus ?

– Ouais. Comme j't'le dis, p'tit gendarme. Y viennent pour randonner. Y disparaissent.

Le barman avait mis un terme à leur discussion. Il s'était approché du vieux, et avait dit :

– Roger, ferme-la. T'es encore bourré. Excuse-le, p'tit gendarme. C'est un vieux pochtron.

Mais le cœur de Biéron s'était emballé.

Il n'y a pas de main courante dans les gendarmeries, mais les faits marquants sont répertoriés dans des comptes-rendus de service. Luc avait consulté le gros cahier dans lequel ceux-ci étaient notés. Et il s'était rendu à l'évidence. Le vieil homme ne délirait pas. Il y avait eu sept disparus.

Des appels de juges d'instruction, de familles, de lieutenants de police ou de gendarmes d'autres régions.

Il en avait avisé son adjudant, exposé les faits. L'œil de son supérieur, neutre au début, était devenu désapprobateur. C'était un regard qui voulait dire : « Dégage de mon bureau. » Pourtant, l'homme n'était pas un mauvais bougre. Il semblait même jovial, quelque peu écrasé par sa femme qui semblait porter la culotte, mais en aucun cas agressif ni imbu de sa personne. Cependant, sa réponse aux interrogations de Luc avait été sans équivoque :

– Qu'est-ce que c'est que ces foutaises de disparitions ? Vous n'avez que ça à faire, compter les mecs qui quittent leurs femmes, et disparaissent dans la nature ? Eh bien, je vous le dis, moi, ils ont fait ce qu'il y a de mieux à faire, vraiment...

Lorsqu'on connaissait les relations de l'adjudant avec sa femme, cette dernière réplique pouvait faire sourire. L'homme avait poursuivi, d'un ton apaisé :

– Ces disparus... Certes, sept en six mois, ça peut paraître beaucoup, mais on nous signale tellement de randonneurs dont on se rend compte après coup qu'ils n'ont jamais foutu les pieds ici. Ça arrive tout le temps. C'était un prétexte pour eux, mon cher Biéron, un prétexte pour foutre le camp, larguer les amarres, quitter bobonne, voyez-vous ! Vous débutez dans la profession, Biéron. Alors, je vais vous donner un chiffre. Quarante mille. Il y a quarante mille personnes qui disparaissent chaque année, en France. Et vous vous doutez bien qu'on ne lance pas une procédure pour chacune d'entre elles. Il nous faut des éléments tangibles, des doutes, des témoignages.

– Je vois, avait murmuré Biéron.

– Non, vous ne voyez pas... Vous n'avez pas demandé à être affecté dans la région, Biéron. Vous ne connaissez pas les gens d'ici. C'est une grave erreur que commet l'administration en affectant des gens qui ne sont pas du coin... Biéron, si vous commencez à enquêter dans les familles, dans les villages, vous allez vous exposer, et il n'est pas bon de s'exposer...

– Comment ça ?

– Je souhaite que vous ayez votre mutation à Nice, Biéron. Comment s'appelle votre fiancée, déjà ?

– Julie.

– C'est mignon, Julie.

– On devrait se marier l'an prochain. Si je reviens auprès d'elle, bien sûr.

– Je vous le souhaite, Luc, avait murmuré l'adjudant. Pensez à elle, uniquement à elle. Et ne soyez pas trop curieux. Les gens du Champsaur sont des amoureux de la nature, des gens hospitaliers avec les nouveaux venus, mais ils détestent... oui, ils détestent la curiosité.

– Vous refusez que j'enquête sur les disparitions.

– Je ne refuse rien. Je souhaite simplement que vous puissiez vous marier...

Il s'était retourné vers sa fenêtre, contemplant le massif immaculé et vierge de toute habitation humaine.

– ... Et pour cela, il faut que vous restiez en vie...

Luc Biéron était resté coi. Que venait faire *sa* vie là-dedans ? Il avait regardé le dos du brigadier, son cou incroyablement long, son bureau, vierge de toute paperasse et par la fenêtre, loin derrière, les nuages exploser entre les rayons rougeâtres du soleil qui semblait se faire décapiter par un crêt pointu.

4

Jean-Marie Lorey alluma son ordinateur.

Il était minuit quatre.

Il se souvenait de sa folle journée. Son avion pour Paris. Son appartement. Son hésitation.

L'hésitation ! Le mot lui-même le faisait doucement sourire tant tout ceci lui paraissait dérisoire.

Costume sombre, clair ? Chaussures vernies, mocassins ? M. Palistère l'avait convoqué pour, lui avait-il dit, une affaire de la plus haute importance : « On a besoin du meilleur commercial au monde ! »

Jean-Marie Lorey était en vacances. Pour la première fois, depuis quatre ans. Il avait trouvé un aller-retour pour Marrakech. Mais à vrai dire, il s'y ennuyait. Les visites ne lui plaisaient guère, le soleil le fatiguait. Il avait pris un peu de repos, c'était sa seule satisfaction. Mais il avait hâte de retrouver son PC. Il n'avait pas pris son ordinateur portable, et celui de l'hôtel marocain plantait la plupart du temps. Alors, le coup de fil de Palistère l'avait quelque peu soulagé, sauvé même, à vrai dire.

Il était parti seul. Âgé de quarante ans, Lorey n'était ni jeune ni vieux, pourtant il souffrait de la solitude. Sa femme l'avait quitté quatre années plus tôt. Depuis, il avait déménagé. Il avait eu un enfant avec son ex-femme, enfant qu'il ne voyait plus. Il avait eu une jolie petite maison, un chien et un chat. Bref, la belle vie. Et puis, tout s'était arrêté. Il s'était abruti au travail, s'était autoproclamé meilleur commercial du groupe, sans doute pour frimer un peu auprès des collègues, mais aussi et surtout pour se donner une contenance.

Et il y avait eu Sabrina...

Il était parti pour le Maroc avec l'espoir de faire quelques conquêtes, mais son charme n'opérait plus. Les Marocaines ne le regardaient même pas, tandis que les touristes féminines gloussaient sur son passage. Il répondait le plus souvent par un sourire, mais cela s'arrêtait là. Elles poursuivaient leur chemin. Pourtant, en toute objectivité, il ne se trouvait pas laid. Grand, brun, pas encore dégarni à son âge, plutôt musclé, un physique passe-partout, mais pas désagréable. Bref, il ne comprenait pas. Ou plutôt si, il comprenait trop bien. Il n'avait pas encore fait le deuil de sa relation passée. Il ressassait ses souvenirs en permanence. Ses amis auraient pu lui dire : « Ça va te bouffer la vie jusqu'à ta mort », mais voilà, d'amis, il n'en avait plus.

Il s'était complètement coupé du reste du monde suite à son divorce.

Et suite à Sabrina...

Il avait pris un appartement ridiculement petit, à l'écart de tout, dans lequel il passait ses nuits à jouer à des jeux en ligne.

Au moins, lorsqu'il était au travail, ou devant ses jeux, il ne ressassait pas ses souvenirs. Pas le temps. Il devait être rentable. Comme disait Palistère, soyez rentables, ou « rentez » chez vous !

Quand il revenait chez lui, après le travail, il branchait son PC et attendait fébrilement l'ouverture de « Sword-Temptation IV » en ouvrant un pot de Nutella. Taille maxi. Ses collègues de travail l'évitaient, il avait même oublié sa propre sonnerie de téléphone. Au début, il voyait encore sa fille, mais ça n'était désormais plus le cas. Son ex-femme avait décidé qu'il n'était pas un père responsable, et il avait conclu qu'elle avait sans doute raison. Il avait fait une croix sur tout : sa femme, sa fille ; en un mot, sa vie.

Et tandis qu'il sirotait sans plaisir un thé à la menthe sur la place Jemaa el-Fna, Palistère l'avait appelé.

– Lorey ?

– Oui.

– Vous devez rentrer à Paris.

Une affaire de la plus haute importance.

Le meilleur commercial du groupe.

Il s'en fichait, naturellement.

Il fallait juste qu'il s'occupe. Le travail, Sword-Temptation IV, le sourire des Marocaines. C'était ça, ou le suicide. La mort. Il avait choisi de vivre. Même s'il était bien conscient que ça n'était que de la survie. Une dérisoire survie. Une vie consacrée à ne pas vivre.

Il était rentré.

Premier avion au départ de Marrakech. Le sourire de l'hôtesse de l'air. Son endormissement. L'atterrissage.

L'appartement miteux, au fond d'une rue sale et malsaine. Un ou deux hommes affalés en permanence sur le trottoir. Jamais les mêmes. Une cage d'escalier dans laquelle pendouillaient des fils électriques. Et cette odeur de gaz, tenace, à chaque fois qu'il entamait l'ascension des cinq étages qui le séparaient de chez lui.

Lorsqu'il avait ouvert la porte de son studio, le silence l'avait oppressé. Tout était resté en place. Meubles, couleurs, objets, odeurs. Comme une scène qui attend que l'on rejoue la même pièce de théâtre, tous les soirs.

C'est exactement ça, ma vie. Une foutue pièce de théâtre. Un foutu jeu de rôle. Je travaille, je joue. Mais je suis qui, derrière tout ça, moi ?

Il avait ouvert sa penderie. Ses costumes semblaient le regarder, comme des pantins ridicules. *Ils me contemplent. Ils me contemplent et se demandent : « Mais que va bien pouvoir mettre le guignol aujourd'hui ? »*

Demain après-midi, rendez-vous avec Palistère. Ne pas se tromper d'uniforme. Il avait tendu une main un peu au hasard dans la penderie. Ses doigts s'étaient refermés sur un costume deux-pièces coquille d'œuf.

Pas terrible. Mais on va faire confiance au hasard.

Il avait filé devant son PC, excité comme un enfant devant une pochette-surprise. Il s'était assis sur la chaise, avait allumé son ordinateur. Il avait évacué les pensées le projetant au lendemain, et à sa future mission.

Il savait que, quels que soient l'importance et l'intérêt de l'affaire proposée par Palistère, il serait là, tous les soirs, planté devant l'écran, tentant de conquérir le château de Gylafjall, envahi par les gobelins. Cela faisait maintenant trois mois qu'il campait devant, avec ses complices magiciens et hobbits qui jouaient à distance avec lui et composaient son armée.

Ces pensées l'avaient rassuré, et pourtant, il avait ressenti une infime tristesse. Oui, il était triste de reprendre son jeu, son travail, la monotonie pourtant rassurante de son existence.

Étrange, avait-il pensé alors qu'il s'asseyait devant son PC, heureux et impatient d'en découdre avec des hordes de gobelins. Étrange de changer de sentiment comme cela. C'était peut-être dû au voyage. À sa peur chronique de l'avion. Oui, ça devait être ça. Car sinon, pourquoi aurait-il été triste à l'idée de reprendre la quête de Gylafjall ? Il n'y avait aucune, mais vraiment aucune raison, bien au contraire. Oui, c'était la peur de l'avion et le déphasage. Les vacances supprimées. Le retour précipité à Paris. La nouvelle mission.

Il décida de ne plus penser à ses états d'âme. Le monde de Gylafjall s'ouvrit devant ses yeux. Il y eut, comme d'habitude, un petit générique que Lorey trouvait inutile et puéril. Mais cela le détendit.

Je suis dans mon monde.

Et sa tristesse momentanée du matin fut oubliée aussi sec. Il joua jusqu'à ce que ses yeux se ferment d'eux-mêmes. Il était cinq heures du matin.

5

Malgré l'interdiction de son adjudant, Luc avait enquêté sur les disparus, mais cela avait tourné court. Rien, aucun indice. Aucun indice, mais une réalité troublante. Les disparus étaient des gens sans histoire. Pas de casier, pas de dette, pas d'amants, ni de maîtresses. Ils payaient leurs impôts à temps. RAS. Quant à l'hypothèse de l'adjudant qui voulait que les disparus se soient créé une nouvelle vie ailleurs, les rares éléments dont disposait Luc tendaient à montrer le contraire. Ils n'avaient pas utilisé leur carte bleue depuis qu'ils s'étaient volatilisés. N'avaient pas touché à leur compte en banque. Lorsqu'on refait sa vie, on a besoin d'argent ! Or, là, ce n'était pas le cas... Mais en dehors de cela, rien ne laissait supposer une fuite. Pas d'ennemis, des relations familiales et professionnelles saines. Faisaient-ils partie des quarante mille personnes qui disparaissent sans raison, et sans laisser de trace ?

Il était sur le point de laisser tomber son embryon d'enquête lorsqu'un matin le téléphone sonna :

– Gendarmerie d'Ancelle.

– Bonjour, monsieur. Monsieur Biennard à l'appareil. Je dirige un laboratoire d'analyses agréé par l'État.

– Oui ?

– Il y a plusieurs semaines de cela, j'ai envoyé deux de mes hommes pour analyser une source dans le massif du Champsaur, la source des Dix Diamants, vous connaissez ?

– Jamais entendu parler, mais vous savez, je suis ici depuis peu, alors… Quel est le problème ?

– Le problème est que, depuis, mes deux hommes ne sont jamais rentrés. J'ai déjà signalé leur disparition au commissariat le plus proche, mais ils m'ont dit que ces biologistes étaient majeurs, et que donc… Bref, ils ont noté une main courante, mais…

Un frisson parcourut l'échine de Luc Biéron.

– Où se sont-ils rendus exactement ?

– Le problème est que, en dehors du lieu-dit de la Source des Dix Diamants, il n'y a pas d'adresse, simplement de vagues indications données par un paysan.

– Pouvez-vous me les transmettre ?

– Hélas, non, marmonna Biennard. Le paysan leur a donné ces indications au téléphone ; du coup, je ne les ai pas moi-même. Il a contacté Agro World, vous savez, la firme multinationale. Il comptait vendre une source, un terrain. Et Agro World nous a ensuite mandatés pour une analyse de l'eau. C'est une procédure tout à fait classique.

– Donc, vous n'avez pas les coordonnées de ce paysan ?

– Non, désolé. Je n'ai que son nom.

– Je vous écoute.

– Piedra. Mattéo Piedra.

Biéron nota le nom. Il nota également les coordonnées du laboratoire Biennard, puis raccrocha. Deux disparus de plus… Et deux indices de taille. Le lieu de la disparition. La source des Dix Diamants. Un nom. Mattéo Piedra.

Il tapa « source des Dix Diamants » sur Internet, mais ne trouva rien. Il surfa un peu au hasard, au gré des mots-clés qu'il tapait sur Google. Son cœur s'emballa lorsqu'il découvrit que des sites traitaient de disparitions dans le secteur. Mais ceux-ci étaient fermés, ou en construction. Comme si quelqu'un avait créé des pages sur ce thème, des forums, des appels à témoignages, et qu'un hacker avait empêché l'accès à cette mine d'informations… Tout ceci était troublant : des disparus sans histoire, des sites référencés mais fermés… Il prit la liasse de documents qu'il avait commencé à constituer : coordonnées des amis des disparus, familles, comptes bancaires, relations – même éloignées – avec des individus ayant un casier judiciaire et la glissa dans le tiroir de son bureau, qu'il ferma à clé. Avant d'aller plus avant, il allait creuser la piste de ces deux indices. La source des Dix Diamants. Mattéo Piedra. Il hésita à en parler à l'adjudant, et se ravisa. Mieux valait commencer par les habitants du village.

Il se leva et sortit. Il aimait se promener dans les ruelles désertes d'Ancelle. Il avait appris à apprécier la petite ville, la sympathie des habitants, le caractère calme et serein de la région. Il aimait, surtout en cette saison qu'il découvrait, écouter le craquement de la neige fraîche sous ses chaussures. Il aimait contempler les sommets qui, peu à peu, se recouvraient d'une mince pellicule blanche.

Il se remémora les propos de l'adjudant : ne pas enquêter, repartir pour Nice, rester en vie. Y avait-il vraiment des choses si dangereuses, des individus si peu fréquentables dans le massif du Champsaur ? À la vérité, cette idée ne l'inquiétait pas : au contraire, il en salivait.

Il se dirigea vers le pub pour discuter avec Roger, ce vieux pochtron qui semblait être au courant de pas mal de choses à propos des disparus. Mais le bar était fermé.

Devant l'hôtel de ville, un petit vieux avançait lentement, un sac de provisions à la main. Son visage buriné faisait penser à une vie rude, menée à travailler dans les champs, sous des températures extrêmes. Biéron contempla ses mains, des mains calleuses, à l'envergure impressionnante. Il s'adressa à lui, à tout hasard :

– Bonjour, monsieur.

Le petit vieux sursauta.

– Je vous ai fait peur ? s'excusa Biéron.

– Non, non, pas du tout, dit le vieil homme. J'étais dans mes pensées, c'est tout !

– Je vous prie de m'excuser. Je mène une petite enquête et je...

– Il s'est passé quelque chose ?

– Non, non, rassurez-vous. Rien de bien grave. Enfin, voilà. J'aimerais savoir si vous connaissez la source des Dix Diamants.

Le vieux fronça les sourcils.

– Non, non, ça ne me dit rien... Mais pourriez-vous me dire pourquoi, ça m'aidera peut-être à retrouver cela dans mes souvenirs... Vous savez, à partir d'un certain âge...

Il se mit à rire d'une voix grave et caverneuse.

– Et un dénommé Roger ? Vous ne connaissez pas un Roger, habitué du pub ?

Le vieillard toussa de nouveau.

– Non. Vraiment non. Pourquoi devrais-je le connaître ?

– Eh bien, disons que Roger avait l'air au courant de... de nombreuses disparitions. Des hommes et des femmes ont disparu. Là-bas. Dans la forêt.

Le rire du vieil homme cessa.

– Répétez cela, jeune homme.

– Il y a des gens qui ont disparu. Près de cette source. Pas mal de monde, en fait. Roger était au courant, et je me demandais si...

Et son visage se transforma. Le montagnard fier et rieur laissa sa place à un vieillard chétif, aux yeux pâles et craintifs. Comme s'il avait vu le diable, ou écouté un conte macabre.

– Il ne s'agit pas de la source, dit le vieillard.

– Quoi ?

Le vieil homme évita le regard de Luc.

– Vous n'êtes pas d'ici, p'tit gendarme. Vous êtes de la ville. Et il y a des choses que... Il ne s'agit pas de la source.

– Vous avez peur ? Dites-moi de quoi. Dites-moi de quoi il s'agit.

Le vieil homme baissa les yeux et reprit sa marche, serrant plus fort son sac à provisions contre lui.

– S'il vous plaît ! Dites-moi !

Mais le vieux disparut par une petite ruelle. Luc regarda autour de lui. Quelques habitants l'observaient tout en pressant le pas pour rentrer chez eux alors que la nuit tombait. On aurait dit un couvre-feu. Comme si les hommes, les femmes et les enfants couraient se mettre à l'abri pour éviter d'être les proies d'une terrible bête nocturne. Les lumières s'éteignaient. Seule une enseigne continuait de clignoter. C'était une petite échoppe à l'enseigne bleutée « Cartographie – Équipement de montagne – Librairie ». Un libraire, un spécialiste de montagne.

Luc se dirigea vers la bâtisse, et entra.

– Bonjour ! fit un petit homme chauve penché sur un magazine.

Un désordre impressionnant régnait dans les lieux. Les piolets et les pantalons de pluie étaient mélangés à des cartes IGN. Des ouvrages spécialisés sur la montagne étaient disposés au beau milieu du matériel de camping.

– J'ai besoin d'un renseignement, dit Luc.

Le libraire releva la tête et siffla lorsqu'il vit l'uniforme de Luc.

– Un gendarme, un jeune gendarme, eh bien, écoutez, bienvenue ! Que puis-je faire pour vous ?

– Je cherche une carte de la région. Une carte où serait notée la source des Dix Diamants, ou plutôt les moyens pédestres ou routiers d'accéder à cette source.

– La source des Dix Diamants ?

– Oui.

– Non, je ne vois pas, répondit le petit homme. Je ne connais pas de source de ce nom. C'est vers quel col, quel lieu-dit ?

– Je ne sais pas. À vrai dire, je ne sais pas. C'est à quelques kilomètres après Ancelle. Quelqu'un a disparu là-bas.

Le petit homme éclata de rire.

– Tout est à quelques kilomètres d'Ancelle, ici ! Mais voyons voir…

Il sortit de l'arrière de son comptoir, se dirigea vers des popotes et des opinels, farfouilla au milieu d'un fatras indescriptible.

– Voilà, je t'ai, làààà !

Il retira une carte jaunie, pliée en quinze, qui se trouvait sous un amas de prospectus publicitaires vantant une nouvelle génération de lampes frontales pour spéléologues.

– C'est une vieille carte. La plus vieille carte des environs. Peut-être cette source a-t-elle été débaptisée, puis rebaptisée récemment…

L'homme déplia la carte. Il prit deux petites loupes, l'une qu'il garda en main, l'autre qu'il tendit à Biéron.

– Cherchez avec moi, dit l'homme. Nous irons plus vite à deux ! Regardez surtout les cours d'eau et…

Son regard se figea.

– Vous l'avez trouvée ? demanda Biéron.

– Non, dit-il en regardant le gendarme. Les Dix Diamants, dites-vous ?

– Oui.

– Pourquoi cherchez-vous cette source ?

– C'est pour… pour une enquête.

Le petit homme l'interrompit :

– Nous pouvons continuer à regarder sur la vieille carte si vous le souhaitez, dit-il. Mais je crois savoir de quoi vous parlez.

Le cœur de Biéron s'accéléra.

– Comment cela ?

– Il y a un nom qui ressemble à ce que vous dites. Un nom qui existe encore aujourd'hui et que je viens de croiser sur la carte.

– Vraiment ?

Le doigt du petit homme glissa sur la vieille carte. En italique était inscrit : *crêt des Dix Mendiants*.

– Mendiants, Diamants, c'est un peu la même chose, non ? dit le petit homme.

– La même chose à l'envers, oui.

– Si ce sont des disparitions, c'est peut-être là, murmura l'homme.

– Comment ça ? Vous dites que s'il y a des disparations, ça doit être par ici ? C'est-à-dire ? Pouvez-vous m'expliquer ? Je vous en prie, je ne suis pas de la région, et je…

Le petit homme mit un doigt devant sa bouche pour intimer à Biéron de se taire. Il sortit de son comptoir, prit une clé dans sa poche et se dirigea vers la porte d'entrée. Il la ferma à double tour.

– Je sais que vous n'êtes pas d'ici, murmura-t-il. Même si vous ne me l'aviez pas dit, je l'aurais su.

– Oui, je viens d'arriver, je ne connais pas toute la population et je…

– Ce n'est pas pour cela que je le sais, le coupa le petit homme.

– Comment alors ?

– Si vous étiez d'ici, jamais vous n'auriez osé évoquer le nom des Dix Mendiants.

6

« Pas de vagabond avec nous. Compris ? »

Le message que Lorey – alias Saar, du nom de son avatar dans le monde virtuel de Gylafjall – avait envoyé était clair.

À l'époque où il lui arrivait encore de regarder la télévision, Lorey avait vu un reportage sur les personnes, adultes comme adolescents, qui avaient une addiction aux jeux vidéo. On les appelait les « nolife ». Constamment rivés, nuit et jour, à leur ordinateur, à diriger leur avatar, leur autre « eux-mêmes » dans quelque aventure extraordinaire. La plupart d'entre eux vivaient encore chez leurs parents, à parfois presque quarante, voire cinquante ans, et ne sortaient de leur chambre que pour pisser, et avaler une part de pizza. Il y avait de rares cas où la personne se coupait complètement de toute relation humaine. Ils s'auto-enfermaient pendant des mois, parfois des années. Au Japon, on les appelait « hikikomori ». Ce n'étaient pas tous des addicts des jeux vidéo. Parfois, ils se retiraient d'une société dont ils ne désiraient pas faire partie. Ils se faisaient livrer de la nourriture, du papier toilette, de l'eau, et subsistaient comme cela, parfois jusqu'à la mort.

Ce n'était pas le cas de Jean-Marie Lorey. *Preuve que je ne suis pas encore foutu*, pensa-t-il alors que Saar, son avatar, balançait deux coups de hache dans la tête d'un vagabond qui cherchait à rejoindre son groupe virtuel de combattants. Lorey se disait parfois que non seulement il était le meilleur commercial d'Agro World, mais qu'il était de surcroît le meilleur guerrier de Gylafjall. Le meilleur des « nolife ».

« Pas de vagabond avec nous », hurlait Saar en découpant le vieil homme, avatar d'un autre « nolife ». Moins son groupe s'ouvrirait à d'autres, plus il aurait de chance de conquérir le monde de Gylafjall. Pour cela, il fallait d'abord investir un fichu château. Ensuite, il y avait une forêt à propos de laquelle de terribles légendes se transmettaient de gamers en gamers.

La nuit dernière, il avait joué jusqu'à cinq heures du matin. Le réveil avait été difficile.

Il avait appréhendé la réunion de l'après-midi avec Palistère. Surtout lorsqu'il avait entendu le voyage qu'il devrait effectuer : les Alpes, le massif du Champsaur... Que deviendraient Saar et ses hommes ? Les propos de Palistère l'avaient rassuré :

– Vous ne perdez pas de temps, Lorey. Vous y allez d'un coup de bagnole, hop, et vous rentrez dans la nuit. Vous ne leur laissez pas le temps de réfléchir.

Sur ce, le P-DG avait téléphoné au berger, Mattéo Piedra. Lorey s'était dit à ce moment-là qu'il s'arrêterait dans une vague zone industrielle pour se réfugier la nuit venue dans un hôtel à bas coût, équipé de la wifi. Il se connecterait. Gylafjall ne le laissait pas tomber, il n'allait pas laisser tomber Gylafjall.

Mais pour l'heure, il fallait donner l'assaut au château.

Il ne vit pas la horde de gobelins se jeter sur son groupe.

– Merde ! hurla-t-il.

Les créatures enfermèrent les membres du groupe dans de grandes cages en fer, qu'elles suspendirent à de grands arbres. Le chef gobelin leur dit :

– Vous allez servir de nourriture aux hippogriffes. Personne n'atteindra la forêt mythique !

Saar et ses compagnons regardèrent au loin. Une quinzaine de créatures ailées se dirigeait vers eux.

– Nous sommes perdus, merde alors, dit l'un de ses compagnons de route.

Une voix s'éleva. Une voix rauque, et sûre d'elle :

– On ne perdra pas.

C'était Saar. Il se déshabillait. L'avatar de Lorey se mettait nu comme un ver. Et jetait chacun de ses habits par les interstices des barreaux.

– Il pleut, mes amis. Il pleut et nous avons tous de la graisse de phoque dans nos poches. La graisse qui sert à nous chauffer le soir venu. Nous allons nous enduire le corps de graisse, et ensuite, nous passerons à travers les barreaux.

Lorey avait fait dire cela à son avatar automatiquement, sans avoir analysé la situation. Saar avait parlé. Les barreaux étaient larges, très larges. Son corps graisseux passerait, sans doute. Celui des autres également, puisque Saar était le plus épais de tous. L'épreuve à résoudre n'était en fin de compte pas très compliquée. Il admira le corps de Saar, épais et lisse. Il regarda ses mains se tartiner de graisse de phoque. Puis fit glisser d'un simple clic le corps de Saar à travers les barreaux tandis que ses compagnons faisaient de même.

7

– C'est une vieille, très vieille légende...

Le petit homme invita Luc à le suivre dans une pièce attenante à la boutique.

– Installez-vous...

Luc s'assit sur un petit canapé rouge. Le mobilier était très chargé : bibelots, fusils de chasse, boules de cristal, oiseaux empaillés, diplômes ésotériques en tous genres, Luc avait l'impression de se trouver dans l'antre d'un cartomancien.

– Désirez-vous boire quelque chose ? J'ai une petite liqueur de plantes des montagnes.

– Non, merci.

– Buvez ! Vous aurez bien besoin d'alcool lorsque vous aurez entendu l'histoire que je vais vous conter.

Le petit homme versa quelques centilitres d'un liquide jaune dans un verre en cristal, qu'il tendit à Luc. Il s'en servit le double.

– Merci, dit Luc.

Le gendarme porta le verre à son nez. Une douce saveur citronnée titilla ses narines. Le côté doux et aigre à la fois le fit saliver.

– Ça a l'air très bon.

– Ça l'est… les Dix Mendiants… Vous avez évoqué le nom des Dix Mendiants… C'est une vieille, très vieille légende. Une histoire qu'on se transmet de père en fils depuis trois siècles maintenant. Une histoire qui remonte à la création de l'ordre des Franciscains.

– Les Franciscains ?

– Oui… Vous connaissez Assise, jeune homme ? Une petite ville d'Italie, entièrement consacrée à la mémoire de saint François, le saint patron des animaux. Il leur parlait, il les comprenait, il comprenait leur langage.

Le petit homme s'était levé, il caressait l'oiseau noir empaillé. Luc porta la liqueur à ses lèvres. Une saveur piquante irrita son palais. L'homme poursuivit :

– Saint François d'Assise avait fondé un ordre monastique : les Franciscains. Dix de ces moines étaient venus à pied depuis l'Italie pour fonder un monastère, ici, à Ancelle. Malgré les légendes.

– Les légendes ?

– Les légendes, les croyances du Moyen Âge. À cette époque, les sous-bois étaient des lieux où se cachaient les sorcières, les esprits de la nuit. Tout le monde avait peur des sous-bois, des monstres qui attendaient le passant perdu pour l'égorger, le vider de son sang. Personne n'osait s'aventurer dans les bois, de peur de tomber nez à nez avec une créature de l'au-delà…

– Quel rapport avec la source ? Je ne comprends pas, je…

– Laissez-moi finir. Vous allez comprendre. Tout d'abord, le nom du lieu-dit… Les franciscains sont un ordre mendiant. Dix franciscains. Dix mendiants... Vous saisissez ? Les dix mendiants d'Ancelle étaient en osmose avec la Nature. Ils n'avaient pas peur de la forêt. Mieux, ils avaient décidé de bâtir leur monastère dans les sous-bois. Mais il y eut cette nuit terrible. Cette nuit où l'un des moines, nu, épuisé, couvert de sang, entra dans le village en hurlant. On l'avait énucléé. On lui avait tranché les organes génitaux. Il avait marché au jugé depuis le monastère, et rejoint le village, espérant trouver de l'aide. Mais il était trop tard. Il mourut au bout de quelques minutes. Et on n'a jamais retrouvé ses compagnons.

– La légende explique ce qu'il s'est passé ?

– Avant de mourir, le moine avait prononcé quelques mots. Quelques mots étranges. Quelques mots qui font que personne... personne, vous m'entendez, ne s'aventure vers le crêt des Dix Mendiants.

– Quels mots ?

– Les femmes. Les femmes de la forêt.

– Les femmes de la forêt ?

– Oui... Et au fil des siècles, on a parlé de succubes, ces vampires femelles qui suçaient le corps des hommes. De vieilles légendes.

Des succubes ! N'importe quoi ! Il s'agissait là de croyances datant du Moyen Âge ! Pas d'une piste sérieuse ! Il avait perdu assez de temps. Il mit un terme à leur échange.

– Merci beaucoup pour cette information. Elle me sera sans doute utile, oui. Maintenant, je voudrais acheter du matériel de montagne.

– Vous voulez du matériel de montagne ?

– Oui, je n'ai rien, ou quasiment. J'ai des chaussures de randonnée, mais il me faudrait une tente, de la nourriture lyophilisée, un réchaud à gaz, des vêtements de pluie, une lampe frontale.

– Oui, j'ai tout ce qu'il faut, mais… aller aux Dix Mendiants sera une chose, jeune homme. Je vous souhaite surtout d'en revenir.

Le poids de la légende fit sourire Luc.

– Je reviendrai, répondit-il. N'ayez crainte.

– Je vais vous vendre ce matériel, jeune homme. Je vais vous vendre tout ce dont vous aurez besoin. Connaissez-vous la neige ?

– La neige ?

– Oui… La neige déforme les paysages, les perspectives, mais aussi les comportements. Ceux des hommes, des animaux. Les animaux ont faim, beaucoup plus faim lorsqu'il neige. Les animaux ont soif de sang.

Il glissa du matériel dans trois gros sacs, et ne dit plus rien.

– Merci, dit Luc.

Le regard du libraire était grave.

– Ne me remerciez pas. Vous m'auriez dit merci si j'avais refusé de vous vendre quoi que ce soit, si je vous avais tenu cloîtré ici. En vous vendant ce matériel, je vous jette dans la gueule de l'enfer.

8

La gendarmerie d'Ancelle était située à la périphérie du village. Une bâtisse neuve, mal pensée : un gros bloc de béton orangé, craquelé, qui devenait noir pendant la saison des pluies. Sous les flocons, il semblait boueux, noyé sous une mélasse de neige fondue et de parpaings gris. Au rez-de-chaussée se trouvait l'accueil. En fait, quatre bureaux et une cellule de dégrisement, au sous-sol. Au-dessus, deux étages. Au premier, un grand appartement que l'adjudant partageait avec son épouse, et au second, deux petits studios occupés par les deux seuls gendarmes affectés à la brigade : Luc Biéron, et son collègue, Christophe Saloué, actuellement en permission. Luc entra par la porte principale, alluma la minuterie. Les bureaux étaient déserts. L'adjudant avait laissé la pancarte habituelle à l'entrée « Sonnez en cas d'urgence ». Le jeune gendarme monta les marches quatre à quatre. Il s'arrêta au premier palier et entendit le journal télévisé. La voix du présentateur était couverte par celles de l'adjudant et son épouse, en pleine discussion houleuse et bruyante.

Luc se retint de rire. Les disputes de l'adjudant et de sa femme étaient homériques. Il arrivait à Christophe Saloué et lui-même de se lancer dans des concours d'imitations, dès que l'intéressé avait le dos tourné.

Luc déposa ses achats sur son lit, déchira les étiquettes, plia les habits, et les regroupa. Puis il sortit ses chaussures de randonnée d'un vieux carton glissé sous son lit. Il les porta à son nez.

« C'est bien ce que je pensais. Vieilles chaussettes, vieilles chaussures, et mon odorat a la vie dure ! »

Il ouvrit le tiroir de sa table de nuit, sortit son téléphone portable. Trois appels en absence. Julie.

« Et merde. »

Il devait rentrer ce week-end. Demain, pour ainsi dire. Il faisait le trajet une fois sur deux. Ses finances ne lui permettaient pas de descendre sur Nice plus souvent. Ses finances, et ses permanences du samedi et du dimanche. Julie, quant à elle, ne pouvait pas monter à Ancelle non plus. Elle travaillait dans un bar, surtout les week-ends. De plus, la neige avait commencé à tomber depuis une semaine, et elle craignait les routes de montagne.

« Et moi, tu ne crois pas que je vais les craindre, les routes de montagne ? Sous la neige, avec juste ma tente et mes godasses qui puent ? »

Il chercha le nom de Julie dans son répertoire, l'appela. Une sonnerie, deux sonneries, trois sonneries. Le répondeur. Il ne laissa pas de message. Elle devait être sur Internet. En son absence, elle passait des soirées entières à deviser avec ses amies sur les réseaux sociaux.

« Je descends causer avec elle sur Skype, et je reviens », murmura-t-il pour lui-même.

Il se retourna et ouvrit la porte, actionna la minuterie, descendit les marches. Au premier palier, la dispute continuait.

Il entra dans son bureau, alluma l'ordinateur.

Il avança le curseur vers l'icône « Skype » puis se ravisa. Le dossier « Affaires en cours » l'attirait beaucoup plus.

Il ouvrit le programme qui le raccordait au réseau. Luc regarda par la fenêtre. Les réverbères s'allumaient, faisaient refléter des tons ocre sur la neige. Ancelle semblait peu à peu s'enfoncer dans la brume. Il vit au loin l'éperon rocheux, le crêt des Dix Mendiants, disparaître, lui aussi. Sa nuque fut saisie de frissons à la vision de son pic tranchant.

« Je vais faire une folie », murmura-t-il.

Luc cliqua sur « Adjudant ». Une multitude de dossiers s'afficha. Il en ouvrit plusieurs au hasard. Les dossiers « Enlèvements » concernaient des brebis ou des poules, les dossiers « Affaires civiles ou pénales » traitaient de vols de mobylettes. Rien de bien méchant. Soudain, un nom attira son attention. Un dernier dossier, dans le coin en bas à droite de l'écran. Deux lettres qui ne lui avaient pas tout de suite mis la puce à oreille.

– Qu'est-ce que tu nous caches ? demanda-t-il sans savoir s'il s'adressait à l'ordinateur ou à l'adjudant.

Au même moment, le rai de lumière qui passait sous la porte du bureau disparut. La minuterie venait d'éteindre l'éclairage de l'escalier. L'attention de Luc fut détournée quelques secondes par la semi-pénombre que cette extinction avait provoquée. Il lui semblait que l'ombre lointaine du crêt des Dix Mendiants s'étirait désormais sur son écran d'ordinateur. Il tourna la tête vers la fenêtre. On ne voyait plus le massif, au loin. Le brouillard et la neige, qui se faisaient denses, avaient obscurci l'horizon. Deux lettres. Pourquoi ne pas nommer explicitement un dossier ? Pourquoi deux lettres, d'apparence anodine, alors qu'elles ne l'étaient pas pour les habitants de ce fichu patelin ? Luc inspira profondément. Puis il fit glisser le curseur vers les deux lettres. Les initiales : DM. Comme « Dix Mendiants ». C'était peut-être une coïncidence. Peut-être. Ou peut-être pas. Il cliqua. L'ordinateur émit quelques bruits. Une boîte de dialogue s'afficha.

– Nom de Dieu…, dit Luc en regardant l'écran.

Le jeune gendarme ne pouvait pas télécharger le dossier « DM ». À côté de la boîte de dialogue, un petit cadenas était apparu.

« Accès interdit. Données confidentielles. Pas d'accès réseau. »

Si l'adjudant avait protégé l'accès à ce dossier, c'était bien parce que celui-ci contenait des éléments importants.

On entendait, à l'étage, la sourdine de la télévision de l'adjudant. Et la voix de sa femme qui maugréait encore une fois.

« Les dossiers sont protégés lorsqu'ils sont en réseau, mais pas lorsqu'on allume l'ordinateur source, il n'y a donc qu'une seule façon d'en savoir plus », se dit Luc.

Il éteignit sa machine, et se dirigea vers le bureau de l'adjudant.

9

Il avait peur.

Il était enfermé.

Enchaîné. Pieds. Mains. Tête. Il avait une espèce de grosse boule dans la bouche qui l'empêchait de déglutir et d'émettre le moindre son. Il allait crever. Un oiseau piqua du nez vers lui. Un oiseau gigantesque. Un oiseau qui avait les yeux et le regard de son ex-femme. Et le corps enfantin de sa fille.

Le bec filait vers son œil. Vers ses yeux. Le bec perfora son globe. Il hurla.

Puis se réveilla.

Ouvrit les yeux sur un appartement sale.

– Bordel, dit-il, en se rendant compte qu'il n'avait ni lien ni boule. Qu'il n'y avait pas d'oiseau, encore moins de cellule, et qu'il se trouvait chez lui, dans son appartement crasseux.

– Pas de femme ni de fille non plus, dit-il, en vérifiant si ses globes oculaires étaient intacts.

Il regarda sa montre. Midi douze.

– Et demain, à moi les Alpes ! dit Jean-Marie Lorey avec une joie feinte.

Car il partait demain. Aujourd'hui, il était en pause.

Il se leva. Se surprit lui-même en voyant que ses bagages étaient déjà prêts. Bien évidemment, l'ordinateur portable destiné à être utilisé dans l'hôtel bas de gamme le plus proche était prêt, lui aussi. Mais ça, c'était normal. Il n'omettait jamais de prendre son ordinateur, en vérifiant à chaque fois que son navigateur fonctionnait bien, et qu'il avait mémorisé ses codes d'accès à Sword-Temptation IV.

Il se dirigea vers la douche, laissa couler sur lui une eau bien chaude. Il ne faisait plus attention aux traces de moisissures qui vomissaient sur les joints et les carreaux. Il se remémora sa maison, sa femme et sa fille. Son grand jardin dans lequel il avait mis en place un petit potager. Les matins où il partait au travail, fier et hautain. Rasé de frais, costumes de marque, chaussures dernier cri, belle voiture. Nourriture sélectionnée avec soin. Proportions de glucides, lipides, et protides. Il repensait à son sourire en coin lorsqu'il croisait ses voisins. À son dédain. Il pensait que c'était des imbéciles. Il les méprisait. Il les trouvait laids, pauvres, inutiles. Lorey se figea sous la douche. Il resta dans cette position un long moment, massé par le jet ininterrompu de l'eau. Laissa les images défiler dans sa tête. Les images de lui, sa femme, leurs amis aussi superficiels qu'eux. Il pensa aux rares moments où il était seul. Où il ne travaillait pas. Où il se sentait vide. Il n'aimait pas cela. Désormais, seule sa solitude lui apportait du repos. Il ne se sentait pas inutile lorsqu'il était seul, ou lorsqu'il était au travail. Il *savait* qu'il l'était. Lui, comme tous ses camarades d'infortune. Comme le monde entier, en fait. Il coupa l'eau. Sortit de la douche, s'habilla d'un vieux jean et d'un t-shirt, passa dans la pièce principale. Il regarda son lit défait, sa table de cuisine perlée de traces de graisse. Il se surprit à sourire.

– À l'époque, ça m'aurait déprimé de voir ça, dit-il à haute voix.

Désormais, il ne voulait plus brandir sa réussite sociale comme un trophée. Pourtant, être considéré comme le meilleur commercial d'Agro World était toujours un acquis à ne pas lâcher, comme un chien referme les crocs avec autorité sur un os sans saveur. Il jeta un œil au réveil. Il n'était pas loin de treize heures. Il avait du temps à tuer, et décida d'aller se promener dans Paris. Jamais, lors de sa première vie, il n'avait goûté aux bienfaits de l'errance. Désormais, il appréciait de pouvoir marcher sans aucun but, au hasard des ruelles. On arrivait toujours, au bout d'un moment, à trouver une cage d'escalier, une plante, qui vous donnait le sourire pour la journée. Les parcours jalonnés par sa profession ou sa situation étaient tellement rectilignes, préfabriqués...

Il marchait. Les passants couraient dans tous les sens, le nez dans leur portable ou un journal, écoutaient de la musique, ou regardaient droit devant, vers la bouche de métro la plus proche. Jean-Marie Lorey les observait, le sourire aux lèvres, comme un enfant qui découvre le monde, avec un détachement un peu naïf qui le persuade qu'il n'en fera jamais partie.

Il repensa à la conversation téléphonique qu'il avait eue avec Mattéo Piedra. Le berger lui avait indiqué le chemin.

– Pas la peine de prendre un GPS. Le lieu ne figure sur aucune carte, aucune donnée satellitaire.

Il avait dû noter toutes les indications du berger sur un petit calepin.

– Soyez prudent, lui avait dit Palistère. Les deux biologistes qui sont allés là-bas ont disparu.

– Comment cela ?

– Oui, j'ai eu un appel de leur patron. Ils ne sont pas rentrés. Un accident, peut-être... Enfin, l'essentiel est qu'ils aient renvoyé leur étude...

Être prudent... Ne pas se perdre... Alors que ce n'était que maisons isolées et routes perdues. De plus, il avait cru comprendre qu'il commençait à neiger dans les Alpes.

« Tout cela ressemblera à un fichu jeu de piste, se dit Lorey en s'engageant dans une brasserie. Et j'adore les jeux. »

Il commanda un café, sortit son petit calepin et relut les notes prises pendant la conversation qu'il avait eue avec Mattéo Piedra.

« Dépasser Ancelle. Trois routes en pierre. Prendre route en pierre de gauche. Au bout : un oratoire. Un christ. Prendre de nouveau à gauche. Attention, ne pas prendre à droite. Car à droite : bourg. Ne pas y aller ! Habitants peu recommandables, agressifs. Aller à gauche (souligné). Au bout de plusieurs kilomètres, on a planté un panneau "DIX DIAMANTS". Pas de GPS, pas de carte. Pas d'autres panneaux de signalisation. »

Il lui semblait entendre la voix de Mattéo Piedra alors qu'il relisait ces quelques lignes. Une voix grave, lointaine, presque irréelle. Monstrueuse. La voix d'un démon… Lorey frissonna. Il rangea son calepin, et avala son café d'une traite.

Il ne faut pas que je repense à cette voix. Cette voix me fait bien trop penser à…

(Gylafjall)

… je ne sais à quoi au juste.

Dans le café, une télévision diffusait une chaîne d'informations en continu. Lorey regarda autour de lui, persuadé que

(*Mattéo Piedra)*

quelqu'un l'observait. Mais non. Tout le monde avait les yeux rivés sur l'écran télé. Sur le coup, il trouva son attitude ridicule. Il ne souffrait pas d'altération de la réalité. Il n'était pas paranoïaque, n'entendait pas de voix. Par exemple, il savait que Jean-Marie Lorey, lui-même, et Saar, le personnage qu'il jouait dans Sword-Temptation IV, n'étaient pas les mêmes personnes. Ou, en tout cas, il essayait de s'en persuader. Il avait lu que de nombreux « nolife » en venaient à confondre leur personnage et leur personne propre. Ce qui occasionnait de nouvelles formes de psychose. Lorey avait lu l'histoire de ce jeune homme, dans le Sud-Ouest, qui avait décapité les employés d'un hôpital parce qu'il croyait qu'ils étaient des zombies. Lorey n'en était pas là. Il savait que le garçon de café était un garçon de café, que Jean-Marie Lorey était Jean-Marie Lorey. Oui, il n'avait pas de doute. Pourtant, en relisant ces fichues indications sur le calepin, il ne put s'empêcher de penser de nouveau à la voix de Mattéo Piedra. Il se leva, paya, fila dans la rue. Le moment de calme que la brasserie aurait dû lui procurer, loin de chez lui, s'était mû en un moment de stress. Lorsqu'il avait eu Piedra au téléphone, il n'avait pas eu cette impression-là. Mais maintenant, il n'arrivait plus à se défaire de cette idée. Car, cette voix avait un visage.

Flou, indéterminé.

Un visage de cadavre.

10

Cadavérique.

C'était le mot qui lui vint à l'esprit, alors qu'il rencontra son propre visage dans le grand miroir qui trônait en entrant dans le bureau de l'adjudant.

Il alluma l'unité centrale. Aussitôt, un petit voyant bleu darda des rayons dans la pièce. Luc actionna la fonction « Rechercher » et tapa les deux lettres « DM ».

Vite, dépêche-toi...

Il y eut un grand bruit. Comme un clairon qui triomphe. Le son de l'ordinateur n'était pas coupé.

Merde.

Le clairon sonna de nouveau, pour signaler qu'il avait retrouvé le ficher « DM ». Celui-ci apparut sur l'écran. Luc tendit l'oreille. À l'étage, la dispute de l'adjudant et sa femme continuait. Il allait double-cliquer sur le fichier « DM », mais s'arrêta net, le remit à sa place, éteignit l'ordinateur. Car il n'y avait plus de bruit. La dispute avait subitement cessé.

Et des pas descendaient l'escalier.

Il était trop tard pour sortir.

Luc poussa la porte, s'agenouilla devant le trou de la serrure.

Il vit passer le ventre de l'adjudant recouvert d'un peignoir élimé. Son supérieur tenait, au bout de chaque main, un sac-poubelle en plastique noir. Le militaire déposa le sac dehors, puis revint.

Mais il ne remontait pas chez lui.

Non.

Il poussait la porte de son bureau.

Le jeune gendarme eut à peine le temps de bondir derrière le miroir tandis que son supérieur entrait dans la pièce.

L'adjudant s'assit devant son PC.

Luc entendit son postérieur s'affaisser sur le fauteuil, l'ordinateur s'allumer, ses doigts pianoter sur le clavier. Le cœur du jeune gendarme battait à deux cents à l'heure.

« Viens là, ma belle », l'entendit-il murmurer.

Et Luc devina le bruit d'une braguette qu'on ouvre. L'adjudant augmenta le volume. On entendait quelques petits cris d'une jouissance feinte.

Il surfait sur des sites pornos ! Luc avait l'impression d'être dans un mauvais théâtre de boulevard, comme un amant planqué dans le placard tandis que le mari vient se tripoter en cachette, à la nuit tombée.

« Oh oui, hein, oh oui, t'aimes ça », entendit Luc. Il faillit éclater de rire, et se demanda qui serait le plus ennuyé des deux si l'adjudant le surprenait.

« Allez, finis ! » murmura-t-il tandis que les râles de l'adjudant s'accéléraient en même temps que ceux de la jeune femme virtuelle.

Un râle un peu plus important résonna. L'adjudant coupa les cris de la jeune femme virtuelle qui, d'après ce que Luc pouvait comprendre, en voulait encore. Mais pas de pitié. L'adjudant en avait fini. Luc crut entendre le bruit du scotch d'un paquet de mouchoirs qu'on ouvre. Imagina avec dégoût la toilette intime de son supérieur, puis celui-ci fit grincer son fauteuil sur le sol.

Putain, c'est glauque. Mais c'est presque terminé.

Mais non.

La pièce de boulevard continuait.

Car la femme de l'adjudant hurla :

– Qu'est-ce que tu fabriques ?

Soupir du brigadier. Puis, d'une voix doucereuse :

– J'arrive, minou.

Respire lentement, et tente de ne pas rire.

L'adjudant éteignit l'ordinateur, fit quelques pas vers la porte.

Et puis, *La Chevauchée des Walkyries*.

Richard Wagner. Ou *Apocalypse Now*, selon les références.

Les hélicoptères dans le ciel rouge. Une musique stridente, impossible à ne pas entendre.

La poche de Luc.

Sa sonnerie de téléphone portable.

11

C'était une surprise.

Mais comme pour toutes les surprises, Julie Lecorre était tentée de la dévoiler. Elle *allait* la dévoiler, d'ailleurs, puisqu'elle téléphonait à Luc. Elle n'avait pas répondu, une demi-heure plus tôt à son appel, car elle savait qu'elle aurait eu du mal à cacher sa surprise. Celui-ci avait sans doute supposé que Julie était en train de discuter au téléphone avec une de ses copines, mais ça n'était pas le cas. Elle était tout simplement en train se reposer, sur son grand lit –

Notre grand lit…

– avant d'aller travailler. Lorsque Julie avait vu s'afficher le nom de Luc sur son portable – ou plutôt le surnom de Luc « Bichon » –, elle s'était forcée à ne pas répondre alors que les coups de téléphone de son copain étaient l'événement de la journée qu'elle attendait le plus.

Mais maintenant, ça devenait intenable. *S'il m'appelle, je vais tout lui dire, et si je ne lui réponds pas, je vais être exécrable avec les clients du bar.*

Alors, elle avait pris son téléphone, juste avant d'aller travailler.

Le bar où elle officiait comme serveuse n'était qu'à dix minutes à pied de chez elle, mais elle irait en voiture. Elle finissait son service vers les trois heures du matin, et avait peur de rentrer seule, le soir. Peur de la rue déserte. Surtout en hiver, lorsque les rues sont froides et noires. Elle avait pris son téléphone, et tant pis, la surprise n'en serait plus une, mais cela soulagerait sans doute Luc. Ils allaient enfin passer un vrai week-end en amoureux.

– Le patron a été sympa..., s'apprêtait-elle à lui dire alors que la première sonnerie retentissait – elle imaginait *La Chevauchée des Walkyries* résonner dans le petit studio de Luc – ... le patron a été sympa, j'ai mon week-end !

Mais Luc ne lui répondit pas. Et elle ne laissa pas de message.

L'éloignement lui pesait.

Les allers-retours de Luc, un week-end sur deux, ça allait cinq minutes. Mais s'il n'avait pas sa mutation, elle deviendrait folle.

Julie avait cherché à le rejoindre au début. Elle avait épluché les petites annonces, mais personne. Oh, grands dieux ! personne n'offrait d'emploi sur Ancelle. Ou alors, il fallait faire vingt kilomètres tous les jours pour se rendre à Gap.

– Tu pourrais faire ça, lui avait dit Luc. Tu fais vingt kilomètres le matin, vingt le soir. C'est pas énorme. Et en plus, on sera ensemble !

L'idée avait séduit Julie, elle ne le niait pas, mais Julie travaillait dans la restauration, et les vingt kilomètres le soir auraient dû se faire en pleine nuit, dans une neige tourbillonnante, et une route verglacée. Et, pour elle, la fille du Sud, c'était tout bonnement impossible.

– Tu pourrais reprendre tes études, lui avait également proposé Luc. Avec mon salaire, on arrivera à tenir. J'ai un logement de fonction. Tu reprends tes études, et on sera ensemble.

– Dans quelle université ? avait sifflé Julie.

– Eh bien, suis des cours à domicile !

Elle avait refusé. Les cours à domicile, très peu pour elle ! On savait où ça menait ! Ça commençait par des cours à domicile, et puis, comme la femme est à domicile et que le très cher homme est au travail, la femme doit faire à manger, puis le ménage, puis on se retrouve rapidement à pondre deux ou trois gamins et devenir esclave de sa propre famille ! Très peu pour elle ! Si elle avait abandonné ses études de psychologie, c'était pour devenir indépendante. Elle ne se faisait pas suer depuis trois ans à exercer le noble, mais épuisant métier de serveuse pour tout lâcher et changer d'esclavage !

Sa mère lui servait de contre-exemple parfait. Étudiante en médecine brillante, puis chirurgienne réputée au début de sa carrière, elle avait tout abandonné pour la mettre au monde. Et s'occuper d'elle. Son père, quant à lui, était un bien piètre médecin, mais il avait l'avantage d'être un homme, ce qui valait toutes les études, tous les diplômes et toutes les expériences du monde. Il avait continué à exercer, puis avait largué sa mère à près de cinquante ans, la laissant avec une modique pension alimentaire. Il vivait désormais dans une belle villa entre Nice et Toulon, tandis que sa mère avait attendu de longues semaines pour obtenir un F3 en HLM. Alors, non, vraiment, dès que Julie entendait le mot « domicile », elle répondait immédiatement par un autre mot. Un verbe en fait, « fuir ».

Aussi, Luc et elle vivaient séparés depuis presque un an. Leur rencontre datait déjà puisqu'ils s'étaient rencontrés trois ans auparavant. À leur âge, trois ans étaient un cap. Une durée sans doute jamais atteinte dans leurs passés respectifs. Un record.

Julie se souvenait parfaitement de leur rencontre. De son déroulement. Seconde après seconde.

« C'est la plus belle rencontre du monde », disait-elle souvent.

Sans doute parce que, ce jour-là, elle avait failli mourir. Elle s'était *vue* mourir. Elle avait senti l'eau dans ses poumons, la terrible brûlure dans son œsophage, la sensation d'étouffement, l'eau au-dessus d'elle, l'eau encore et encore, dont elle ne voyait pas la fin alors qu'elle nageait pour retrouver la lumière du jour. Mais lorsque ces images se dessinaient dans son esprit, elle n'éprouvait aucune peur *a posteriori*.

– Pas de traumatisme, avait conclut le psychiatre qui l'avait suivie peu de temps après. Visiblement, votre cerveau a parfaitement géré cet événement.

Il avait souri, puis regardé Julie sévèrement.

– Cela ne durera peut-être pas, avait-il rajouté.

– Comment cela ?

– Il arrive que des traumatismes passent inaperçus pour le cerveau, mais votre corps, votre psychisme, votre structure psychologique ont intégré cet événement. Et il ne sait pas encore où le catégoriser : traumatisme, événement anodin, événement heureux. Cet événement est un peu dans les limbes, voyez-vous.

– Je vois, mais je ne comprends pas.

Le psychiatre s'était raclé la gorge.

– Lorsque votre estomac ingère un aliment nocif, vous faites une intoxication alimentaire, on est d'accord ?

– Oui…

– Eh bien, disons que votre cerveau n'a pas encore tout à fait digéré l'événement. Lorsqu'il l'aura digéré, il se rendra bien compte qu'il s'agit d'une toxine. Et alors, Dieu seul sait comment vous réagirez.

– Vous me faites peur, avait répondu Julie.

– N'ayez pas peur, avait rigolé le psychiatre. Il n'y a pas de raison que cela soit négatif. Mais prenez rendez-vous avec moi si vous pensez que quelque chose ne va pas. Si vous sentez que vous avez peur, sans trop savoir pourquoi, ou si vous vous sentez terriblement attirée par l'eau.

– Attirée ? Comment ça ?

– Eh bien oui, il arrive que des patients sauvés de la noyade soient attirés par l'eau. Par une chute dans l'eau, ou un plongeon suicidaire. Un peu comme les personnes atteintes de vertige, qui sont irrésistiblement attirées par le vide. Si cela vous arrive, revenez me voir.

– D'accord, avait dit Julie.

Et le psychiatre avait rajouté, sans le moindre sourire :

– D'urgence.

Mais depuis trois ans, elle n'avait jamais été attirée par l'eau. Elle ne ressentait aucune angoisse inexplicable, aucune paranoïa.

Et le souvenir de sa presque noyade était un véritable plaisir.

Sans doute parce qu'elle avait vu cette main plonger dans l'eau.

Cette main au-dessus d'elle.

Je ne dois pas être loin de la surface...

Cette main tendue vers sa main à elle.

... mais je n'ai plus aucune force...

Ses poumons qui brûlent.

Cette main qui la propulse hors de l'eau.

La main de Luc.

12

Luc glissa sa main à toute vitesse dans la poche de son pantalon, et coupa la sonnerie. Mais trop tard.

L'adjudant regardait le miroir.

Il avait entendu.

Évidemment.

Luc était pris la main dans le sac.

Qu'est-ce que je vais bien pouvoir lui dire ? Salut, chef, j'étais caché là pour vous observer vous taper une petite branlette ! C'était bien sympa !

Il entendit le bruit caractéristique d'un cran de sûreté que l'on ôte.

Je ferais peut-être mieux de sortir, pour éviter de prendre une balle dans la tête, s'il ne m'identifie pas tout de suite.

Il allait se mettre en mouvement lorsqu'il entendit plusieurs bruits sourds. Des pas dans l'escalier. Et la voix de la femme de l'adjudant dans le couloir.

– Tu fous quoi ?

– J'ai entendu une, une musique… une musique, minou.

– Une musique ?

– Oui, une musique, là, derrière le miroir.

– Pauvre alcoolo, siffla-t-elle. Tu feras attention en remontant. Tu as mal refermé ta braguette. Allez, dépêche. Passe devant.

L'adjudant s'exécuta.

Et ne redescendit plus.

Mais Luc ne sortit de derrière le miroir qu'à trois heures du matin. Au début, il n'avait pas osé bouger, puis s'était assoupi.

Lorsqu'il se réveilla, il remit en marche son téléphone portable afin de regarder l'heure et n'en crut pas ses yeux. Il avait dormi près de cinq heures derrière le miroir ! Il coupa de nouveau son portable, s'étira.

– Ça serait tout de même bête de se faire choper maintenant…

Mais l'occasion était trop belle.

Il s'assit devant le PC, ouvrit le dossier « DM ».

Il y avait une bonne dizaine de pages. Il passa en revue le fichier.

– Nom de Dieu…

Page un, deux, six, neuf, toutes se ressemblaient.

Il vit sur la dernière page les noms des deux biologistes. Et, plus haut, les sept noms à propos desquels il avait amorcé une investigation.

– C'est pas possible, dit-il en revenant à la première page.

Mais il dut se rendre à l'évidence.

Des noms, des noms, encore des noms. Et des dates. Depuis 1946. L'invention de l'ordinateur avait permis à l'adjudant de recopier des archives manuscrites afin de stocker un état des lieux général. Mais dans quel but ? Pourquoi stocker tous ces noms, si c'était pour ne rien faire ? Et des noms, il y en avait ! Encore, et encore... Des noms en face d'une date. Pas une année ne manquait. Des noms et des prénoms, avec, à chaque fois, les deux mêmes mentions, en police rouge :

« Crêt des Dix Mendiants » et « Disparu ».

Et en dessous, toujours le même adjectif :

Sombre.

Le libraire avait-il raison ? Y avait-il des succubes, des monstres dans la forêt qui avaient enlevé les moines au Moyen Âge, et qui maintenant faisaient de même avec les randonneurs ?

Il soupira.

Tu débloques.

Tu débloques, mais tu n'as pas d'autre explication à donner.

Il se leva, marcha vers la porte. Il l'ouvrit avec appréhension. Les gonds pouvaient grincer. L'adjudant se trouvait peut-être derrière, son arme de service à la main. Mais il n'y avait personne dans le couloir. Il grimpa jusqu'à son appartement. Il pensa qu'il n'avait jamais été aussi content de retrouver son studio. Il regarda son lit. Les affaires de randonnée qu'il avait achetées.

– Folie, murmura-t-il.

Il regarda la tente, les chaussures, les vêtements, les chaussettes, l'opinel.

– Folie, folie, folie, répéta-t-il alors qu'il pliait et agençait les affaires dans son gros sac à dos.

13

Partir à l'assaut du château Gylafjall était une folie.

Pourtant, Saar et ses compagnons s'en donnaient à cœur joie. Lorey jouait avec frénésie, mais la voix mortuaire du berger qu'il allait rencontrer le lendemain résonnait sans cesse dans son crâne. Sa voix effrayante. Sa voix… inhumaine.

Ne sois pas idiot. Mattéo Piedra est sans doute un peu plus viril que toutes ces bobos que tu fréquentais. Pourquoi voudrais-tu qu'il soit un mort-vivant ? Tu es resté trop longtemps dans ta bulle. D'abord, ta femme, ton mariage, ta maison, ta vie de commercial bourgeois,

(Sabrina)

Non, ne plus penser à Sabrina

et maintenant,

(la voix, logique, de la mort)

ta déchéance solitaire. Tu ne t'es jamais intéressé aux autres.

Il tenta de sourire et d'oublier la

(mort)

(Sabrina)

voix.

Il croqua dans la pizza qu'il venait de se faire livrer, et poursuivit son jeu. Saar dégommait un zombie au visage grêlé. Puis entra dans le château.

Mais une horde de gobelins attendait son groupe. Nombreux, mieux armés qu'eux, plus agiles. Ils les capturèrent, et les enfermèrent séparément.

Saar était pris dans les fers.

Seul.

Triste.

Dans sa cellule.

Lorey se leva, arpenta les quelques mètres qui le séparaient de sa fenêtre, l'ouvrit. Il entendait les cris, au-dehors. La plainte des toxicomanes en manque qui attendaient le crack. Sa rue était devenue l'un des points de repère de la vente de drogue sur Paris. Une petite rue, isolée, mal éclairée, sordide. L'endroit idéal pour laisser crier les tox. Il distinguait des reflets. Sans doute des seringues percutées par le halo d'un réverbère. Ça hurlait partout. Sur son ordinateur. Dehors. « Yeslife », ou « nolife », le destin était le même.

Il contempla les murs immaculés de son studio. Ferma la fenêtre, marcha autour de son lit, sa pizza se digérant en souffrance dans son estomac. Je suis comme un lion...

(en cage...)

Un lion qui n'a plus d'adversaires à combattre, plus de proie à dévorer.

Il finit par s'asseoir sur son lit défait, regarda une nouvelle fois son écran.

Saar semblait l'observer, comme un miroir reflétant la même image à l'infini.

14

Elle se regardait dans le miroir dans la salle de bains, le téléphone à la main.

« C'est Julie. C'est encore moi. J'espère que tout va bien. Il est trois heures… trois heures treize exactement. Trois heures treize du matin, je précise… Je t'ai déjà laissé un message vers vingt et une heures, il n'y avait personne. Là non plus. Je sais bien qu'il n'y a que des brebis là-haut, mais j'espère simplement que la brebis en question n'est pas blonde… Je plaisante. Rappelle-moi, bichon. »

Elle raccrocha, fut surprise de se retrouver dans le salon. Elle avait fait les cent pas avec son téléphone, sans s'en apercevoir. Elle était anxieuse.

Ça ne ressemblait pas à l'attitude habituelle de Luc. Pas du tout, même. Ils formaient un couple fusionnel. Très fusionnel. Trop, selon Sandra, la meilleure amie de Julie. Sandra lui avait dit : « Vous êtes toujours l'un avec l'autre, partout où vous allez. Vous riez ensemble, vous chuchotez pendant les soirées. Méfie-toi, ma vieille, le jour où il te larguera, tu n'auras plus aucune personnalité, tu m'entends, plus aucune ! »

Julie avait rigolé. Elle se souvenait parfaitement du ton sérieux de Sandra, derrière le comptoir du bar où elle officiait, elle aussi, comme serveuse. Julie avait cru bon de répondre : « Mais non, ne t'inquiète pas, je suis amoureuse, c'est tout ! » « C'est pas ça être amoureuse, avait sifflé Sandra. Tu sais quoi ? Il te vampirise. Oui, c'est comme un vampire. Tu n'es plus qu'une marionnette quand tu es avec lui, il est comme un ventriloque. Tu parles à travers lui, à travers ce qu'il pense, à travers ce qu'il est. Le jour où il te laissera tomber, tu seras comme une petite fille qui a perdu son papa. »

Julie avait cessé de rire. Deux clients étaient entrés, ce qui avait mis fin à leur discussion. Cela l'avait soulagée. Que pensait donc cette petite peste de Sandra ? Elle ne risquait pas de se faire vampiriser par un mec ! Certainement pas elle !

Julie n'avait plus jamais repensé à cette conversation. Jusqu'à ce soir.

Ça y est, il t'a laissée tomber. Il t'a laissée tomber, et tu ne sais plus quoi faire. Tu es comme une petite fille. Oui, comme l'avait dit Sandra. Tu te sens vide.

Elle s'assit sur le canapé, et contempla son appartement. Il était plein de meubles aux couleurs chatoyantes et de bibelots qu'ils avaient achetés ensemble. Les larmes lui vinrent aux yeux.

Tu deviens dingue, ma pauvre vieille. Tu es dépendante, oui. Çà, là-dessus, Sandra a sans doute raison. Tu es une droguée de ce mec, et ta came te manque.

Elle reprit son portable. Hésita à composer le numéro encore une fois. « Il va te trouver lourdingue », lui dit une petite voix. Lourdingue et cinglée de l'appeler à trois heures du matin. Elle reposa le portable, fit quelques pas, hagarde. Elle retourna vers la salle de bains. Prit du coton démaquillant, essuya ses yeux, ses joues, ses lèvres. Se regarda dans le miroir.

« Tu es jolie comme tout », se dit-elle sans y croire.

Elle avait froid. Froid et peur, sans trop savoir pourquoi.

Et moi qui ne travaille pas ce week-end ! Moi qui ai tout fait pour ne pas travailler, pour passer le week-end avec lui ! Je vais me retrouver seule, seule !

Elle actionna le robinet d'eau chaude, puis celui d'eau froide, et entreprit de se faire couler un bain. Elle déversa une bonne rasade de gel moussant à l'eucalyptus. Elle se dévêtit. Elle se regarda de nouveau dans le miroir, tandis que la vapeur d'eau commençait à embrumer son reflet.

Féministe... Rebelle... Tu parles.

Le reflet en face d'elle lui sourit, ce qui la fit frémir. Parfois, lorsqu'elle était adolescente, elle avait l'impression qu'une autre personne surgissait, derrière elle. Il lui semblait alors qu'elle se dématérialisait, passait de l'autre côté. C'était une sensation étrange. Comme si se voir dans un miroir lui faisait prendre conscience qu'elle était en fait une autre.

– Tu es qui, demanda-t-elle au reflet. Une rebelle, ou la gentille meuf du mec qui t'a sauvé la vie ?

La baignoire était remplie aux trois quarts. Elle y posa son pied gauche et apprécia la chaleur qui s'en dégageait.

Elle s'y glissa. Son corps s'allongea de tout son long contre le fond. La douce moiteur de l'eau lui faisait ressentir un bien-être infini. Elle aimait que sa baignoire soit remplie, presque à ras bord. Cela avait quelque chose de réconfortant pour elle. Comme se lover dans un cocon, disparaître à l'intérieur de celui-ci.

Ne pense plus à Luc. Détends-toi. Tu y verras plus clair.

Elle plongea la tête sous l'eau. Ouvrit les yeux. C'était trouble, sans doute à cause des produits chimiques additionnés au gel moussant. Elle distinguait l'eau qui s'écoulait en rafale depuis le robinet. Depuis qu'elle avait été sauvée de la noyade, elle adorait rester quelques secondes en apnée dans son bain, à écouter les différents bruits assourdis par le cercueil aquatique. C'est sans doute comme ça qu'on meurt, aimait-elle se répéter à chaque fois. C'est sans doute comme ça qu'on naît aussi. Dans l'eau. Dans la douceur de l'eau. Dans les bruits lointains de la ville, de la vie, dont l'eau nous éloigne. Que pense le nouveau-né, lorsqu'il quitte le doux placenta de sa mère ? À quoi pense-t-il alors qu'il n'est pas encore tout à fait libéré de l'eau, et pas encore tout à fait à l'air libre ? Il pense certainement

(je ne dois pas être loin de la surface)

que la fin est proche… Alors que ce n'est que le commencement.

Son visage sortit de l'eau. Elle essuya ses yeux. La vapeur avait envahi toute la pièce. Le visage de Luc s'imposa à elle, naturellement. Comme à chaque fois qu'elle émergeait de l'eau.

« J'espère au moins que tu vas bien... »

Elle ferma le robinet.

Elle prit une grande bouffée d'oxygène et plongea de nouveau. Il n'y avait plus aucun bruit. Simplement le cercueil, autour d'elle. Et l'eucalyptus qui lui piquait les yeux. Ses mains descendirent vers son entrejambe. Elle imagina Luc, son corps qu'elle aimait serrer contre elle. Son corps lui faisant l'amour. Elle entreprit de se caresser, lentement, mais pas trop, réglant les mouvements de sa main sur ceux de ses poumons qui recrachaient peu à peu l'air qu'elle avait inspiré. Son souffle faisait de petites bulles émettant un petit bruit d'éclatement en surface. Les oreilles de Julie pouvaient entendre cette explosion miniature, comme un corps qui tape en douceur contre un autre. À chaque explosion, elle imaginait le corps de Luc penché sur elle, son sexe entrant dans le sien, son pubis heurtant le sien. Elle entrouvrit la bouche. Le goût de l'eucalyptus la surprit. Ses doigts accéléraient. Elle sentit que ses poumons arrivaient presque au bout de leur réserve d'oxygène, accéléra encore et encore. Fut tentée de reprendre sa respiration tant l'exercice l'essoufflait. Au lieu de cela, elle cracha un nombre impressionnant de bulles, qui sortirent et sortirent encore de sa bouche désormais grande ouverte, criant presque, ouvrant les yeux dans le cercueil qui l'enserrait. Elle ne contrôlait plus les détonations des bulles en surface, le bruit presque assourdissant qui l'entourait désormais, comme un écho mortuaire. Elle soufflait encore et encore, tandis que le pubis imaginaire de Luc la heurtait de plus en plus fort. Elle voulut hurler de jouissance, mais ne fit qu'avaler un peu d'eau moussante. L'explosion se fit dans son crâne. Il n'y eut plus de bulles. Il n'y eut plus de bruit. Il n'y eut plus que son visage, écarlate et radieux, qui jaillit de l'eau et inspira, sans doute trop rapidement et trop fort, une bonne rasade d'oxygène.

DEUXIÈME PARTIE

L'enfant qui avait assassiné les deux terroristes, dans un hôtel proche de Marseille, est interrogé par les enquêteurs, mais reste désespérément mutique. Rappelons que les deux terroristes tués par l'enfant préparaient un attentat contre la tour Eiffel, sur le modèle de celui perpétré contre le World Trade Center.

Les enquêteurs recherchent activement les parents de l'enfant.

Le petit garçon, âgé de huit ans, ne livre aucune information sur les raisons qui l'ont conduit à tuer ces deux personnes, ni sur l'origine des armes qu'il possédait.

Il ne fait que répéter la même phrase depuis que les enquêteurs se succèdent à son chevet.

« JE SUIS UN POISSON-CHAT. »

L'hypothèse d'un délire psychotique reste la plus probable.

Dépêche AFP – 14 décembre 2001 – 02 h 27

1

Il neigeait sur l'autoroute du soleil. L'esprit de Lorey était accaparé par son jeu vidéo. Faire évader Saar des geôles du château. Il s'en occuperait, le soir venu, dans la chambre de l'hôtel bas de gamme, avec wifi, qu'il avait louée dans la zone industrielle de Gap. Il se concentra sur sa conduite, rendue difficile à cause des conditions climatiques.

Il s'arrêta sur une aire d'autoroute. La petite station-service était presque vide. Les gens se plaignaient du froid, et de la neige qui ralentissait tout le monde. Les routiers, surtout.

– On n'avance pas.

– Les services d'autoroute font pas leur boulot.

Quelques années en arrière, Lorey aurait acquiescé. Il aurait fustigé la fainéantise et le désintérêt des hommes en gilet jaune. Que les travailleurs qu'ils étaient, lui, le commercial, et eux, les routiers, en subissaient les conséquences. Les routiers auraient sans doute approuvé, et lui auraient payé un verre. Pourtant, Lorey les méprisait, eux aussi. Il n'aimait que lui.

Mais désormais, il était à des années-lumière de tout ceci. Être le meilleur. Bouffer le monde. Être le plus grand prédateur parmi les prédateurs. Rien n'avait plus d'importance. Cette mission n'en avait pas. Cette source. Il y a quelques années, il aurait été ravi d'être envoyé sur le front. Là, il était ravi d'y aller, parce que ça l'éloignait. De quoi, là était la grande question. Et il craignait, au fond de lui-même, de connaître la réponse.

(*Sabrina*)

Il prit un café au distributeur, observa les gens qui allaient et venaient dans la station. Les plaintes des routiers. Les commerciaux, comme lui, qui ne regardaient rien ni personne.

L'atterrissage sera difficile pour eux, pensa-t-il.

Une femme entra. Lorey ne la remarqua pas tout de suite. Les routiers la désignaient d'un signe de tête, se tapaient du coude. Une femme de presque trente-cinq ans, avec un bonnet rouge. Lorey la vit de dos alors qu'elle se dirigeait vers les toilettes. Son cœur s'emballa sans qu'il comprenne immédiatement pourquoi.

(*C'est elle...*)

(*C'est...*)

Il ne fallait pas qu'il pense à ce prénom. (*Sabrina...*)

Non, pas Sabrina. Sa femme. Il ne fallait pas qu'il pense à sa...

(*femme...*)

Il regarda dehors, pour voir s'il reconnaissait la voiture. La voiture, et sa fille, sans doute, dedans. Il se leva.

« Putain de gonzesse », crut entendre Lorey.

Il ouvrit la porte de la station-service, fit quelques pas dehors. Il y avait une dizaine de voitures garées. Il se revit dans sa grande maison, son matériel high-tech dernier cri dans le grand salon. Sa fille qui court partout. Son sourire, à lui, à elle, le week-end, lorsque des amis venaient dîner. Il se sentit tout à coup

(Vide)

triste, seul, abandonné comme un chien, sur cette aire d'autoroute vide et froide. Il se dirigea vers les toilettes. La femme au bonnet rouge n'en était pas encore ressortie. Les toilettes pour femmes étaient sur la gauche, celles pour hommes sur la droite. Il se posta entre les deux. Il respira lentement, mit ses mains dans ses poches pour se donner une contenance.

La porte des toilettes pour dames s'ouvrit. La femme au bonnet rouge se trouvait face à lui. Lui lançait un sourire de circonstance, celui qu'on dessine lorsqu'on croise quelqu'un dans une situation incongrue. Ce n'était pas

(Elle)

celle qu'il attendait. C'était une junkie, au visage émacié. Les joues creusées. Les dents et le nez blanchis par la cocaïne.

– C'est les chiottes pour femmes, là, mec, lui glissa-t-elle avant de partir.

Son visage faisait peur. Putain de gonzesse, comme avaient dit les routiers. Elle avait un visage terrible, effrayant.

Un visage de cadavre.

2

« Bon sang, je ressemble à un mort ! »

Luc Biéron avait fait le tour du cadran. Son réveil indiquait quinze heures.

« Et merde ! »

Le sac à dos était prêt. Les vêtements étaient prêts. Quinze heures ! La journée était déjà bien avancée ! Il fila vers la salle de bains. Pas de temps à perdre. Il se glissa sous la douche, actionna le robinet, se savonna et se lava en quatrième vitesse. Il sortit, s'habilla en randonneur : grosses chaussures imperméables, sous-vêtements thermiques, pantalon de neige, gants, bonnet, lampe frontale.

Il regarda par la fenêtre.

« C'est de la folie. »

La neige commençait à tomber. Les flocons, ridiculement petits depuis deux ou trois jours, commençaient à gagner en grosseur, et leur chute, légère et fluide, s'était intensifiée. Luc avait même du mal à distinguer l'éperon rocheux, au loin.

« Je n'ai jamais fait de randonnée, ou si peu. Je ne suis même quasiment jamais allé à la montagne avant d'être muté ici. Et me voilà avec un sac à dos, prêt à marcher aux Dix Mendiants... »

Il ôta son bonnet et ses gants, prit la carte générale de la région que lui avait vendue le libraire. La déplia sur son lit. Mit le doigt sur Ancelle, le fit glisser vers l'éperon rocheux. Comme le lui avait dit le libraire, il n'y avait pas de carte détaillée de la zone des Dix Mendiants, ce qui aurait rendu son organisation plus facile. Il regarda Ancelle, les routes qui y entraient, celles qui en sortaient.

Il dit à haute voix :

– Des grands axes, seulement des grands axes... Là, c'est peut-être là.

Il y avait des petits traits en pointillés, qui semblaient mener aux Dix Mendiants. Minuscules, ils se confondaient avec les courbes de dénivellation. Il regarda la légende. Les traits en pointillés désignaient une « ancienne voie carrossable ou route en construction ». Luc sourit.

– J'opte pour l'ancienne voie, dit-il.

Des voies moyenâgeuses.

À vol d'oiseau, l'éperon rocheux semblait n'être qu'à une dizaine de kilomètres.

« Si je prends ma voiture, et que la route est praticable, je me garerai dans un coin de la forêt et j'explorerai tout ça à pied, tranquillement, se dit-il. Ce sera une petite promenade. L'affaire de deux ou trois heures, tout au plus. »

Il se leva, allait remettre ses gants, lorsqu'il vit son téléphone portable sur la table de nuit. Il l'alluma. Il y avait un message de Julie. À trois heures et quelques du matin. Il porta l'appareil à son oreille. Écouta le message. Raccrocha. Se posa quelques secondes sur le rebord du lit.

Je vais la rappeler. Lui dire que je suis sur une affaire. Que je ne rentrerai pas ce week-end. Lui parler des Dix Mendiants. Lui dire où je suis parti, qu'elle prévienne les flics, mais surtout pas ceux d'Ancelle.

Il chercha le numéro de Julie dans son répertoire. Appuya sur la touche d'appel.

Mais ce fut une voix métallique qui lui répondit.

Julie avait éteint son téléphone, elle aussi.

Répondeur.

C'était à lui de parler.

« Coucou, bichonne, murmura-t-il en feignant un ton enjoué. C'est ton bichon préféré. Rassure-toi, pour cette nuit, la brebis n'était pas blonde, pas brune non plus d'ailleurs... »

Arrête avec ton humour à la con...

« ... J'ai une affaire là. Une affaire qui est tombée à la dernière minute. Un truc bizarre, chérie. Des disparitions. Il faut... il faut que j'aille vérifier deux ou trois trucs. Je ne pourrai pas venir ce week-end. Rappelle-moi. Je t'aime. »

Il raccrocha. Prit son sac à dos. S'apprêta à ouvrir la porte. Il prit de nouveau son portable en main et rappela Julie.

Ce fut de nouveau le répondeur.

« Chérie, ne me demande pas pourquoi, mais n'appelle pas la gendarmerie. Ne leur dis pas où je suis ni ce que je fais. »

Il raccrocha, mit le portable dans sa poche.

Alors qu'il était sur le palier, s'apprêtant à descendre l'escalier, il se rendit compte qu'il n'avait même pas dit à Julie où il allait.

Un étrange pressentiment lui disait qu'il avait eu raison.

3

Après Ancelle, Lorey prit une route pavée. Les grands axes filaient dans l'autre sens. La route en pierre semblait se perdre dans une forêt touffue, puis grimper vers un éperon rocheux proéminent. Malgré la neige, Lorey avait bien roulé. Au début, la route ne l'avait pas impressionné plus que cela, mais au bout d'un moment, la végétation avait semblé plus dense, les branches d'arbres envahissaient la route. La nature prenait possession des lieux. D'ailleurs, le soleil n'arrivait plus à se frayer le moindre passage et Lorey avait l'impression d'être au beau milieu de la nuit. Dans son rétroviseur, l'ombre des arbres projetait un noir quasi total sur la petite route en pierre.

« Me voilà dans le trou du cul du monde », s'était-il dit en allumant la radio, qui ne diffusait que des crachotements.

C'est à ce moment-là qu'un lièvre déboula devant lui.

Il pila. Et c'est alors qu'il le vit. Tel que le lui avait décrit Piedra. Un oratoire. Un monumental christ aux cheveux blonds. Il coupa le moteur, descendit du véhicule.

« Nom de Dieu… »

Il fit quelques pas vers la sculpture. Il avait déjà vu, dans une autre vie, lorsqu'il voyageait à la campagne avec

(elle)

son ex-femme et sa fille, des christs et des ex-voto sur le rebord des petites routes. Cela témoignait de croyances ancestrales, populaires. Protéger les champs de blé, les champs de maïs. Remercier Dieu de nous laisser profiter et de nous laisser cultiver le sol de Sa terre. Mais jamais il n'en avait vu un comme celui-là. Sa taille, tout d'abord. Il devait faire trois ou quatre mètres de haut. Son visage, ensuite. S'il n'avait pas été cloué sur une croix, Lorey n'aurait sans doute jamais reconnu le Christ. Il lui semblait plutôt voir une espèce de zombie, au visage très blanc, sans yeux. Les orbites étaient vides, et des larmes

(de sang)

coulaient sur le torse blanc maculé de taches. Sa bouche était ouverte sur une dentition prognathe, son nez était difforme. Ses pieds, semblaient crochus, comme atteints de rhumatismes ou d'une maladie génétique. Oui, c'était ça. On aurait dit que le christ, blond au visage livide, était un homme issu d'une union consanguine, honteuse, et qu'on l'avait martyrisé pour cela. Lorey regarda derrière lui. On ne voyait plus Ancelle. On ne distinguait aucune route, mis à part la petite route en pierre, perdue au milieu de la forêt immense. À perte de vue, on ne voyait qu'elle. Derrière la croix, l'éperon rocheux semblait menaçant, comme s'il pouvait s'abattre, à n'importe quel moment sur la tête de ce pauvre être difforme. Lorey dut chasser ce qui lui vint naturellement à l'esprit. Il était à Gylafjall, et il avançait vers le château des gobelins.

Ne perds pas la boule. Tu es tout simplement sur une petite route perdue en montagne, dans une forêt, et c'est tout.

Pourtant, alors qu'il retournait dans sa voiture, le silence de la nature, tout autour, se mit à l'étouffer. Il dut s'accrocher quelques instants à sa portière pour reprendre son souffle. Il se remit au volant et se fit la remarque que la neige ne tombait plus.

Il alluma le moteur, puis la radio.

De nouveau, les crachotements. Des voix, dans le fond. Mais impossible de distinguer le moindre son intelligible.

Il prit son calepin. Et relut les indications de Piedra. Piedra et sa voix de cadavre. Sa voix qui résonnait dans son esprit.

Arrête de penser à ça. La femme dans la station-service, Piedra, et les monstres à Gylafjall. Tu débloques vraiment, mon pauvre vieux.

Il verrouilla tout de même les portières.

Il relut les indications du berger :

« Dépasser Ancelle. Trois routes en pierre. Prendre route en pierre de gauche. Au bout : un oratoire. Un christ. »

Cela correspondait bien. Pas de quoi flipper. Tout était normal.

« Prendre de nouveau à gauche. Attention, ne pas prendre à droite. Car à droite : bourg. Ne pas y aller ! Habitants peu recommandables, agressifs. Aller à gauche (souligné). »

Il déverrouilla les portières, remonta le col de son manteau, sortit de nouveau, et se dirigea vers la croix. Il regarda à gauche, là où Piedra lui avait dit d'aller. Il vit effectivement un tout petit chemin qui s'engouffrait dans la forêt, presque en pente douce.

– Jamais la voiture ne passera là-dedans, maugréa-t-il. Piedra est un berger, il doit tout faire à pied, jamais je ne passerai par là.

Ne sois pas idiot. Les biologistes sont venus. Et ils ne sont pas venus à pied ni en hélicoptère ! Ils sont venus en voiture et ont dû se faire la même réflexion que moi ! Et ils sont passés. Ça passe juste, c'est tout !

Il se retourna. Et vit, un peu plus loin, le chemin de droite.

« Attention, ne pas prendre à droite. Car à droite : bourg. »

Il y avait donc un village dans ce coin reculé. Des habitants. Cela l'avait toujours fasciné, lui, le citadin, que des hommes et des femmes s'installent dans des coins éloignés de tout ce qui faisait le sel de la vie. Tout du moins, c'est ce qu'il pensait dans son ancienne vie. Désormais, il pouvait concevoir qu'on préfère vivre seul, éloigné de toutes et tous. Le sel de la vie était parfois violent, surtout lorsqu'on l'étalait sur des plaies. À vif.

Le chemin de droite lui paraissait plus large. Un chemin que devaient emprunter quotidiennement plusieurs familles. Tout était normal puisqu'il y avait un bourg

(*Ne pas y aller !*)

avec trois maisons en pierre, comme le lui avait dit Mattéo Piedra. Il fit quelques pas dans cette direction. Bizarrement, ce large chemin semblait ne mener nulle part. La route plongeait dans les méandres de la forêt, puis semblait grimper, au loin, presque à pic, vers l'éperon rocheux. Il y avait un petit panneau à l'orée du chemin. Ce n'était pas un panneau posé là par la direction de l'Équipement. Non, il s'agissait d'un petit panneau de bois où l'on avait griffonné, à l'américaine : « Dix Mendiants, pop. : ??? »

(Habitants peu recommandables, agressifs.)

« Dix Mendiants, Dix Diamants, tout s'appelle pareil ici... »

Il y eut une bourrasque.

Et le cri, soudain.

Un cri de

(gobelin.)

Un cri strident, horrible. Une plainte. Un busard s'était posé sur le panneau, les deux serres ancrées sur le morceau de bois. Il tenait dans son bec un mulot ensanglanté et regardait Lorey, l'œil menaçant. Le mulot poussait de petits cris aigus, en tous points semblables au hurlement qui l'avait fait sursauter. Ce n'était donc pas le vent. C'était le busard. Ou le mulot. Le sang du rongeur dégoulinait sur le panneau et recouvrait le *M* et le *e* de Mendiants. Les plaintes du mulot se faisaient plus pressantes, et l'œil noir du busard lorgnait Lorey, comme s'il surveillait ce que le commercial allait faire. Il serra son bec un peu plus fort. Dans le silence étourdissant de la forêt, Lorey entendit distinctement les os du mulot craquer sous la pression du bec. Le busard déploya ses ailes qui claquèrent sur son corps puissant, puis s'envola en direction du bourg. Lorey trembla. Il sentit des milliers d'yeux l'observer. Il entendit des branches craquer, un cri d'oiseau au loin.

– De toute façon, je ne vais pas par là, dit-il à haute voix pour se donner une contenance.

Il pressa le pas jusqu'à sa voiture. Mais, il sentait une présence. Comme s'il était dans la ligne de mire d'un tireur embusqué. Comme si des chasseurs attendaient dans l'ombre de la forêt le moment propice pour faire feu. Jamais, dans sa vie antérieure, il n'aurait été angoissé par la forêt, encore moins par le busard. Il aurait avancé dans la nature inhospitalière comme un conquistador au milieu des lianes amazoniennes. Il aurait été le maître du monde.

Avoue-le, tu aurais même pissé contre le christ, pas vrai ? Juste pour marquer ton territoire.

Mais là, il n'était pas prêt à conquérir ce territoire, pas dans cette nouvelle vie en tout cas.

Il prit place au volant, et mit en route le moteur. Regarda le christ. Sans qu'il puisse contrôler sa pensée, il se mit à se détester lui-même. Avoir peur d'un oiseau ! D'une sculpture ! De ses yeux énucléés, de ses pieds difformes. Il inspira profondément. Sa main descendit sur sa braguette.

« Je vais pisser, nom de Dieu. »

Il coupa le moteur. Sortit. Avança d'un pas décidé vers la croix.

Des branches craquaient.

Des oiseaux hurlaient, loin, là-haut, dans le ciel.

Il distinguait la tache de sang, sur le panneau des Dix Mendiants.

Il crut entendre des pas, loin, derrière.

Il ne se retourna pas.

C'était sans doute

(un cadavre)

le fruit de son imagination. Il n'y avait personne.

Il se posta sous la croix. Les pieds difformes du christ se tenaient juste en face de sa braguette.

« Allez, pisse ! » Il ouvrit sa braguette, sortit son sexe, qui se ramollit instantanément au contact de l'air glacial. Il lança un jet jaunâtre et fumant qui heurta les pieds crochus et grumelés du christ en bois. Il n'avait pas une forte envie, il n'avait pas envie du tout même, mais un sourire de satisfaction se dessina sur son visage lorsqu'il fit tomber ses dernières gouttes.

Lorey se figea.

C'était certain, ça n'était plus son imagination.

Il avait entendu des pas.

Derrière lui.

À une trentaine de mètres, peut-être. Ça venait de derrière sa voiture.

Il se retourna. Personne. Il se frictionna les mains, gelées par le froid, accéléra en direction de son véhicule.

On m'observe. Il y a quelqu'un qui m'a vu pisser contre ce foutu christ. On m'observe depuis que je me suis garé ici.

Il entra dans l'habitacle, mit en route le moteur. Voulut démarrer en trombe. Mais il ne résista pas au plaisir de contempler les fumerolles, sous la croix.

– Le meilleur commercial du groupe, énonça-t-il avec un sourire.

Mais son sourire se figea.

Il vit une chose qu'il n'avait pas vue.

La main du christ.

La main gauche.

Elle n'était pas clouée.

Le bras était figé en l'air. Quatre doigts étaient repliés et l'index pointait dans une direction. Les yeux du christ, énucléés et horrifiés, regardaient, ou tout du moins, semblaient regarder dans cette même direction. La nature même du christ se dévoila à Lorey. Son étrangeté ne faisait plus de doute. Le christ désignait un chemin. Avec effroi. Le chemin des Dix Mendiants. Le bourg habité par les habitants peu recommandables.

(*Ne pas y aller !*)

Il démarra en trombe dans la direction opposée : celle de la ferme de Mattéo Piedra.

La voiture passa sans problème. On eût dit que le chemin avait été conçu au millimètre près. Ses quatre roues s'étaient calées dans les recoins presque invisibles du chemin.

On se croirait sur des rails.

Il se mit à sourire, comme pour refréner les angoisses qui le tenaillaient depuis qu'il avait pissé sur la croix.

Les pas, derrière lui.

L'index du christ désignant le chemin.

Les yeux horrifiés.

Le cri et le sang du mulot.

Au bout d'un kilomètre, il prit une route un peu plus large. Au beau milieu, un grand panneau avait été planté : « Source des Dix Diamants ».

Le panneau était en bois, comme celui des Dix Mendiants, mais il était beaucoup plus grand, et écrit dans une calligraphie maladroite. « Par un analphabète », aurait dit l'ancien Lorey. Le nouveau n'avait, lui, qu'une hâte : arriver à bon port, négocier le contrat, et repartir aussi sec pour s'évader de la prison des gobelins !

Et il vit enfin la ferme.

Et un homme.

Un béret, sur la tête.

– Voilà le bouseux, siffla Lorey.

Il fit son sourire numéro sept, celui du commercial « faussement heureux de vous rencontrer, j'ai fait bon voyage, quelle magnifique région », puis se gara devant la ferme de Mattéo Piedra.

4

Luc était en train de démarrer sa voiture quand l'adjudant tapa à sa vitre. Il coupa le moteur, déglutit avec peine. Il était fichu. L'adjudant allait lui demander : « Alors, Biéron, comme ça vous aimez *La Chevauchée des Walkyries ?* » Et il ne saurait quoi répondre.

Luc baissa la vitre, sourit comme il put. L'adjudant lui rendit son sourire, et dit :

– Tu es encore ici ? Vu l'heure, je croyais que tu étais déjà en route pour Nice.

– Si, si... je m'en vais. J'ai juste fait la grasse matinée. Je pars pour Nice, là.

– Chez ta copine ?

– Oui, chez ma copine.

Luc accentua son sourire.

Ne rien laisser paraître.

Rester naturel.

– Luc ?

– Oui ?

– Tu n'as pas entendu des bruits bizarres, cette nuit ?

Le cœur de Luc s'accéléra.

Il faut que je me calme, il faut que je parle lentement... sereinement...

– Non, pourquoi ? réussit-il à balbutier.

Le regard perçant de l'adjudant fixait les yeux de Luc.

– Il y avait quelqu'un dans mon bureau.

Luc feignit la surprise. *Garder son calme. Surtout, garder son calme.*

– Quelqu'un, ici, dans la gendarmerie ?

– Oui...

Ne pas répondre. Attendre la réaction de l'adjudant. Le laisser parler. Improviser.

L'adjudant soupira. Regarda les montagnes, au loin.

– J'espère que tu feras bon voyage, Luc.

– ... Merci...

– Tu sais, quand je vois la neige, cette neige qui commence à tomber de plus en plus fort, je t'envie. Je t'envie car j'aimerais beaucoup, ce week-end, prendre l'autoroute et me rendre dans le Sud, au soleil, tu vois...

– Oui, je pense que cela me fera le plus grand bien.

– Je n'en doute pas.

L'adjudant désigna l'éperon rocheux, de sa main droite.

– Je ne voudrais pas habiter par là-bas dans les jours qui vont venir, chuchota l'adjudant. Je ne voudrais pas non plus m'y rendre...

Le cœur de Luc s'accéléra.

Ne pas
(paniquer)
(se liquéfier)
montrer quelque sentiment que ce soit.

L'*adjudant est au courant…*

– Ah oui, pourquoi ?

L'adjudant sourit.

– Parce qu'il va y avoir beaucoup de neige. Et que tout va être bloqué, partout, dans la région. C'est toujours comme ça pendant les premiers épisodes neigeux. Et cela va devenir très, très dangereux. Allez, file maintenant. Ta bien-aimée t'attend !

Luc actionna la première. L'adjudant l'interpella de nouveau :

– Ah, au fait, Luc ?

– Oui ?

– Encore une fois… Sois prudent.

Il lui fit un clin d'œil, suivi d'un grand sourire, puis retourna dans la gendarmerie.

Luc souffla, démarra, et explosa de joie lorsque sa voiture sortit enfin du parking de la brigade.

Il mit en route la radio. Un flash météo était diffusé. Une voix masculine prévoyait une mini-tempête de neige en début de soirée, suivie d'un épisode froid, puis de nouvelles grosses chutes de neige pour la nuit.

Pourvu que j'aie acheté tout le matériel nécessaire, pensa-t-il. *Au pire, j'aurai toujours la voiture pour me réfugier…*

Le véhicule fila dans les rues quasi désertes d'Ancelle. Si, avant de partir, il avait jeté un œil dans son rétroviseur, Luc Biéron aurait sans doute vu l'adjudant, debout devant sa fenêtre, en train de le regarder partir vers le crêt des Dix Mendiants. Ce qu'il n'aurait pas vu, en revanche, juste derrière lui, c'était l'ordinateur allumé sur la boîte de dialogue d'un moteur de recherche examinant les dossiers ouverts récemment sur la machine, et détaillant leurs nom, contenu, et date de dernier accès. Et il n'aurait bien entendu pas pu voir le dossier « DM » désigné comme ayant été ouvert en pleine nuit, *cette* nuit très exactement.

Il n'aurait pas pu entendre la voix de l'adjudant enroulée autour de sa glotte, comme anesthésiée.

– Je suis désolé, Luc…

5

L'enfer.

Elle ne comprit pas pourquoi, mais c'est cette image qui s'imposa à elle. L'enfer.

Peut-être à cause des pics rocheux, au loin, enveloppés de brume, comme dans un linceul.

Peut-être à cause des nuages noirs qui l'enveloppaient, elle et sa voiture, tandis qu'elle se rapprochait de sa destination.

Peut-être à cause de la chaussée et des voitures qui transformaient les flocons immaculés, blancs, vierges, en amas noirâtres de boue.

Elle avait pris une petite portion d'autoroute.

Elle n'avait pas l'habitude de courir après les mecs, ça la répugnait même. Pour rien au monde, elle n'aurait couru après un mec, après tout ils n'avaient qu'à crever s'ils ne voulaient pas d'elle, mais là, c'était différent.

Parce que c'était Luc.

Parce qu'il ne répondait pas au téléphone.

Parce...

(qu'il m'a sauvé la vie...)

qu'elle était inquiète, inquiète de ne pas avoir de nouvelles.

Après son bain, elle avait mis du temps pour s'endormir. Il ne l'avait pas rappelée. Et ça ne lui ressemblait pas. Évidemment, elle avait pensé à une autre femme. Toujours cette jalousie, presque maladive, cette impression qu'on allait lui voler quelque chose, *son* mec.

Bon sang, je n'ai pas de mec.

Ils ne sont pas à moi.

Je ne suis pas à eux.

Il y avait toujours l'image de son père et de sa mère. Sa mère sacrifiée. Sa mère lâchée, réduite à vivre dans un appartement minable jusqu'à la fin de ses jours. Les filles ressemblaient souvent à leur mère, Julie en était consciente. Elle tentait de se réfréner, de se contrôler lorsque des pensées ou des émotions de dépendance à la gent masculine faisaient irruption dans son cerveau, lorsque ce comportement semblait parfois être une pâle imitation de celui de sa mère, comme si elle n'avait aucune personnalité, comme si l'histoire des individus, leur parcours, leur vie étaient condamnés à n'être que de vastes mensonges.

La dépendance. L'attente lorsqu'il n'est pas là. Lorsqu'il ne l'appelle pas. L'angoisse. La jalousie. Les pleurs.

Alors, lorsqu'elle avait vu, au petit matin, l'inscription « Aucun appel, aucun SMS » sur son téléphone portable, son cœur s'était mis à s'accélérer. Ça n'était sans doute pas une autre femme. Luc n'était pas idiot. S'il l'avait trompée, il lui aurait téléphoné. Au moins pour faire bonne figure. Et pour mentir. Les hommes adorent mentir. Adorent croire qu'on croit à leur mensonge. Mais non, ça n'était pas ça. Il lui était peut-être arrivé quelque chose. Elle avait pris son week-end. Il fallait juste qu'elle prenne quelques affaires un peu plus chaudes... Elle avait réuni des vêtements adaptés à la montagne. Pullovers, polaires... Elle n'avait pas l'habitude de conduire sous la neige. Bien sûr, elle avait déjà été aux sports d'hiver, mais c'était avant. C'était lorsque son père et sa mère étaient encore ensemble. C'était avant

(la noyade...)

Elle chassa l'image de son esprit. Depuis qu'elle avait pris l'autoroute, elle ne faisait que penser à

(*la noyade,*

la mort)

Luc.

La sortie vers Gap était annoncée ; ensuite, elle en aurait encore pour une vingtaine de kilomètres de routes de montagne avant d'atteindre Ancelle. Il neigeait un peu et cela restait supportable, mais elle pensait tout de même à l'enfer.

Avant de partir, elle avait composé le numéro de la gendarmerie. Il était midi pile.

« Tu vas être forte, se dit-elle. Tu vas être forte, et tu vas mettre les choses au clair. »

L'appel à la gendarmerie avait fait voler ses illusions en éclats. Elle était tombée sur une voix d'homme, une voix très grave. L'homme s'était présenté comme étant l'adjudant. Elle avait demandé :

– Pourrais-je parler à M. Luc Biéron, s'il vous plaît ?

– Qui le demande ?

– Je suis sa copine. Julie. Je n'ai plus de nouvelles de lui depuis hier soir et je...

Elle entendit un soupir. l'adjudant dit :

– Vous l'avez appelé hier soir ?

– Oui, répondit Julie. Pourrais-je lui parler, je...

– À quelle heure l'avez-vous appelé, mademoiselle ?

– Je ne sais plus, plusieurs fois, et à chaque fois, je suis tombée sur sa messagerie...

– Je vous demande deux secondes, mademoiselle.

Elle entendit le raclement des pieds d'une chaise sur le sol. Des pas. Une porte qui se ferme.

– Allô ?

– Il faut que vous veniez, mademoiselle, si vous le pouvez.

– Pourquoi ?

– Il s'est passé quelque chose. Quelque chose dont je ne peux décemment pas vous parler au téléphone. Luc est parti. Il faut que vous veniez. Il faut que je vous explique ce qu'il s'est passé.

Elle n'avait pas répondu. Il avait raccroché presque aussitôt. Et elle avait pleuré. Coupé son portable de rage. Ne l'avait plus rallumé de la journée.

Elle pleurait encore, là, sur une aire de repos de l'autoroute. Les pics rocheux lui tendaient les bras dans leur linceul de brume. Elle tenta de réfréner la poussée de jalousie qui montait en elle. Une femme. Il était sûrement parti avec une femme.

Je ne me battrai pas pour toi, je me battrai pour moi, tu m'entends, pour moi !

Ses mains frappèrent le volant. Elle inspira. Essuya les larmes qui coulaient le long de ses joues.

– J'ai pris mon putain de week-end pour toi, connard, cria-t-elle.

Elle fit tourner la clé. Démarra. Elle sortit de l'autoroute.

L'enfer.

Je sais pourquoi je vais en enfer.

Je sais pourquoi j'ai ces pensées-là en tête.

Elle allait le perdre.

Elle allait perdre son

(*sauveur*)

homme, celui avec lequel elle se sentait aussi bien. Celui avait lequel elle s'imaginait vivre et vieillir.

Comment j'ai pu être aussi conne... Mais je vais te le faire vivre à toi aussi.

L'enfer.

6

Elle était déjà venue à la gendarmerie, à deux reprises. Lorsque Luc avait eu sa mutation, ils avaient fait la moue. Ils allaient être séparés pour la première fois depuis la noyade. Julie avait senti une boule se former dans son estomac, une boule qui avait comprimé son ventre puis sa cage thoracique. Elle allait se retrouver seule. Voilà ce qu'elle avait conclu. Pourtant, Luc avait mis les formes pour lui annoncer sa mutation. Il avait même sorti le grand jeu, celui que l'on ne sort que lors des phases de séduction ou de rupture. Grand restaurant, petites boucles d'oreilles en rubis à l'apéritif, clins d'œil complices pendant tout le repas : Julie était sous le charme. Mais

(ce salopard)

Luc avait attendu le dessert pour le lui annoncer. Dès la première bouchée de mousse au chocolat, il avait glissé :

– J'ai eu ma mutation, Julie.

Et, tout de suite, la boule s'était formée. Soit il lui disait qu'il avait obtenu Nice. Soit c'était l'autre bout de la France. La séduction. Ou la rupture.

– Et alors ? avait-elle balbutié.

Il lui avait proposé de prendre sa main. *L'autre bout de la France*, avait-elle pensé. *Je vais me retrouver seule, nom de Dieu, je vais me retrouver seule.* Elle appréhendait la solitude plus que tout. Même si elle aimait mettre en avant ses velléités d'indépendance, entrer le soir et trouver une maison ou un appartement vide avait quelque chose d'effrayant. Les murs résonnaient de l'absence de l'autre. On était seul, inutile, souvent triste, on errait sans savoir que faire, en attendant le retour de l'autre. Et la boule avait grossi subitement lorsqu'il lui avait dit :

– Je ne suis pas si loin que ça. Je suis dans les Alpes. Dans un petit village.

Certes, ce n'était pas l'autre bout de la France. Mais il la quittait. Elle lui avait répondu :

– Ça nous fera du bien. Ça mettra du piment dans notre couple.

– Pourquoi ? Tu trouves qu'il va mal ?

– Non, c'est pas ça. Mais la routine, ça va nous tuer.

La main.

L'eau.

Les poumons qui se remplissent.

La suffocation.

La

(noyade)

vie.

Elle chassa ses pensées nostalgiques de son esprit, et entra dans la gendarmerie. Il y régnait une chaleur douce, accueillante. Cette chaleur que l'on retrouve en rentrant chez soi lorsque l'hiver est rude.

Elle avait sonné avant d'entrer, comme le stipulait une affichette. Désormais, elle attendait, dans le petit couloir qui servait de salle d'attente. Là étaient affichés les avis de recherche. Il y avait deux chaises, mais Julie était restée debout. Elle regardait presque nonchalamment les affiches. Et elle reconnut la voix qu'elle avait entendue au téléphone.

– Julie ?

C'était un homme d'une cinquantaine d'années. L'adjudant. Elle l'avait déjà vu lors du déménagement, mais n'avait pas parlé avec lui.

– Oui, lui répondit-elle. Luc est rentré ?

– Hélas, non, dit l'adjudant en faisant un pas vers elle. Il est arrivé quelque chose de grave.

Le cœur de Julie s'emballa. L'adjudant se rapprocha. Il était tout près, désormais. Elle pouvait sentir son parfum, une fragrance de supermarché à l'odeur musquée et piquante.

– Vous n'avez aucune... nouvelle ?

– Si..., dit-il en avançant un peu plus vers elle.

On aurait dit qu'il était en train de la séduire, qu'il s'approchait pour la prendre dans ses bras, peut-être pour la consoler, ou bien pour l'embrasser. Luc était mort, voilà ce qu'il allait lui annoncer. Elle faillit fondre en larmes, mais n'en eut pas le temps. L'adjudant sortait quelque chose de sa poche.

– Il faut que je vous montre un courrier qu'il a laissé.

Elle fut surprise par le geste brutal du gendarme, qui lui plaqua un mouchoir sur le nez. Elle respira l'odeur mentholée du chloroforme. L'effet de surprise, ajouté à son emprise, fit qu'elle ne se débattit pas.

7

Comme indiqué sur la carte IGN, Luc vit distinctement, à la sortie d'Ancelle, deux grandes routes bifurquer l'une vers l'ouest, l'autre vers le nord. Il connaissait ces routes pour les avoir empruntées plusieurs fois pour des affaires différentes. Celle qui partait vers le nord prenait au bout d'un moment la direction de l'Italie, et il avait déjà intercepté quelques grammes de drogue, ou quelques faux papiers dans cette direction. L'autre route allait vers des fermes plus ou moins isolées, et il avait dû résoudre quelques querelles de voisinage ou des vols de matériel agricole.

Face à lui, là où devait se trouver l'ancienne voie, il y avait une forêt épaisse, noire malgré la neige, mais pas de chemin. Puis il vit les pavés, sur le sol. Il tourna son volant, appuya sur l'accélérateur et s'engagea sur la petite route pavée. Ça ne pouvait être que là.

La route était en bon état. Le chemin serpentait et semblait disparaître dans la forêt avant de remonter vers l'éperon rocheux.

– Vers les Dix Mendiants...

Alors qu'il roulait lentement, il fit un point sur ce qu'il savait de l'affaire. À vrai dire, pas grand-chose.

Une liste interminable de disparus. Depuis les années quarante. Aucune enquête.

La légende des Dix Mendiants, des dix moines franciscains qui avaient été massacrés par un succube, une créature femelle monstrueuse.

La forêt et le crêt des Dix Mendiants qui n'étaient mentionnés sur aucune carte.

Et c'était tout.

Plus Luc avançait, plus les paroles que le libraire avait prononcées sous le regard froid de son oiseau empaillé lui revenaient en mémoire. Les légendes du Moyen Âge. Le moine énucléé. Il pensait à ces dix moines, en robes de bure, trempés par la pluie et la neige, avançant inlassablement contre le vent, mordus par le froid, luttant sans cesse contre les images de dragons, de sorcières, de monstres des forêts alors qu'ils bâtissaient leur monastère.

Une bourrasque fit faire une embardée à la voiture. Il ralentit.

La forêt était sombre, presque noire.

Il jeta un œil dans son rétroviseur.

Et il sentit le coup.

Il vit l'ombre.

Le corps.

Qui venait de s'étaler de tout son long sur le pare-brise, lui obstruant la vue.

Le corps qu'il venait de heurter. Et qui agonisait sur son capot.

Un vieil homme.

– Merde !

Il coupa le contact. Une petite traînée de sang dégoulinait de la bouche du vieillard, sur le pare-brise. L'homme était vêtu d'un vieux manteau gris. Il pensa immédiatement à une robe de bure, mais il savait bien que ce n'était pas possible. Il resta comme ça, la main sur la clé pendant cinq ou six secondes. Il haletait. Il avait écrasé quelqu'un. Bon sang, il avait écrasé quelqu'un, là, sur cette route déserte, paumée en pleine forêt ! Et si c'était un disparu ? Un biologiste ? Mais pourquoi n'avait-il pas regardé avant d'accélérer ?

Parce qu'il n'y avait personne. Tu ne pouvais pas savoir qu'il y avait quelqu'un. Surtout aussi près. Que foutait-il aussi près de ta voiture ?

Luc s'arc-bouta sur son tableau de bord. Le visage du vieillard était scotché sur le pare-brise, comme un moucheron pris au piège. L'homme semblait âgé. L'homme ou... la femme, d'ailleurs. Il n'arrivait pas bien à définir le sexe de la personne. La personne...

Tu ferais mieux de dire le clochard. Mais que fichait-il si près de la voiture ?

Luc ouvrit le sac à dos qui se trouvait sur le siège passager. Il y prit son revolver.

On lui avait appris, lors de sa formation de gendarme, à se méfier des corps placés au milieu de la route. On lui avait raconté l'histoire de ce type, tueur de flics, qui avait pour habitude de se placer au milieu de la route, dans une position pas croyable, pour faire croire qu'il avait eu un malaise. Les flics arrivaient, avertis par un coup de téléphone anonyme. Et le type se relevait, et cartonnait les flics, les uns après les autres, avec deux flingues qu'il tenait dans ses mains. Avant d'être abattu par un policier plus rapide que lui, cet homme-là avait tué vingt-cinq flics. Vingt-cinq ! Et ce, sans que jamais on ne connaisse clairement son mobile.

Il chargea son arme, ouvrit la portière. Il fut immédiatement saisi par le froid. La neige fouetta son visage, il dut remonter son col. Il n'avait pas revêtu son blouson en Gore-Tex, qu'il avait laissé sur le siège passager et hésita à rouvrir sa portière pour le prendre. C'est alors que son œil fut attiré par une ombre fugace. Sur sa gauche. Dans la forêt.

Il se retourna.

Le vent.

Les branchages.

La neige qui claque.

Rien.

On le regardait, pourtant. Il était sûr qu'on le regardait.

Il ôta le cran de sûreté. Ses doigts gelés se mirent en position. Il s'avança lentement, vers son capot. Le corps, si impressionnant de l'intérieur de la voiture, était en fait minuscule.

– Une vieille, bon sang, c'est une vieille.

Il tenta de retourner le corps du bout du canon de son revolver. Il semblait léger, un poids d'enfant dans une enveloppe charnelle de centenaire. Il rangea l'arme dans sa poche et poussa le corps. La femme roula comme une pierre jetée du haut d'une falaise. Il y eut un bruit mou lorsque son corps s'affala sur le matelas neigeux. La femme avait des cheveux blancs, très longs. Son visage était ridé. Sa bouche ouverte, vomissant des flots de sang en continu, était dépourvue de toute dent. Ses lèvres semblaient gercées à un degré très important. On eût dit qu'elle était atteinte de scorbut tant ses muqueuses paraissaient rongées par le froid. Elle était vêtue d'une redingote de l'armée, avec une inscription brodée « Forces françaises libres », sans doute récupérée dans un surplus militaire, ou une poubelle.

– Une putain de clocharde, murmura Luc.

C'est alors qu'il le vit.

Son regard n'avait pas été attiré tout de suite, trop occupé qu'il était à observer le corps.

Mais il était là.

Dans la main de la clocharde.

La main gauche exactement.

Le couteau.

Un couteau affilé, de taille impressionnante. Un couteau à découper la viande, ou un couteau de commando, à la lame tranchante, crantée.

– Elle voulait me charcuter, murmura Luc. Cette bonne femme voulait me charcuter.

Il regarda tout autour, encore une fois. Il faisait de plus en plus noir. S'il y avait quelqu'un planqué et armé, Luc ferait une cible facile. Il en avait conscience. Les cachettes ne manquaient pas. Mais la cachette la plus sûre était sans aucun doute son véhicule, dont la portière passager ne se trouvait qu'à un mètre.

Il pressa son index contre la carotide de la vieille.

Il ne sentait rien.

Ou plutôt, si.

Loin, derrière.

Un battement, faible.

La clocharde n'était pas morte. Elle était *en train* de mourir, mais elle n'était pas *encore* morte. Il passa sa main devant le nez de la vieille femme. Il ne sentit aucune chaleur. Aucun air expiré. Il n'y avait plus qu'une seule solution : le massage cardiaque. Il savait le pratiquer, bien évidemment, mais...

Fiche le camp d'ici.

Il se sentait observé. Il repensait à ces dix moines, encerclés de loups et de brigands et de sorcières. Il repensait à ce que lui avait raconté le libraire à propos de cette forêt.

Bouge !

Il arracha la redingote de la clocharde. Découvrit un torse décrépit par les ans, creusé, jauni. La vieille ne portait pas de soutien-gorge, Luc vit deux petits seins flasques, pendant comme de vieux filtres à café usés par le passage de l'eau chaude. Il posa ses mains sur son torse, cherchant son cœur. Il entreprit le massage cardiaque. Fit le décompte. Se rappela qu'au bout du décompte, il devait faire du bouche-à-bouche à la vieille. Poser sa bouche à lui sur cette bouche dégoulinante de sang. Il appuya sur les côtes, le cœur. Compta. Força. Biéron prit un peu de neige dans sa main, essuya les contours de la bouche sanguinolente comme il le put. Il sentit la neige racler contre les rides et la peau parcheminée. Il tenta d'éluder la sensation de dégoût qui montait en lui face à ce sang qui sortait en bouillonnant, cette bouche qu'il allait devoir étreindre…

Ce corps surtout, ce corps que tu as tué…

Il regarda de nouveau le couteau, dans les mains de la vieille. Écarta ses doigts. Soupesa l'engin. C'était un couteau vraiment imposant. Il le posa à terre. Inspira. Boucha les narines de la vieille d'une main, tandis qu'il approchait ses lèvres.

La ramener à la vie.

Puis, la cuisiner.

Il ferma les yeux.

Ouvrit sa bouche à elle.

Sa bouche à lui.

Posa ses lèvres sur les lèvres gercées et sanglantes de la vieille. Sentit la saveur cuivrée du sang. Il saliva de façon naturelle et instinctive, comme le font tous les mammifères au simple goût du sang, mais fut saisi d'une nausée soudaine.

Il souffla.

Il ne savait plus s'il devait le faire deux ou cinq fois.

Il opta pour cinq.

Un, deux, trois…

Il salivait de plus en plus.

Le goût du sang était de plus en plus prononcé.

Quatre…

Envie de vomir.

Bave sur ses lèvres.

Cinq...

Il se releva.

Relâcha la narine de la vieille.

Elle gardait la bouche ouverte, les yeux fermés. Il expira bruyamment. Se retourna vers la portière passager. Il sentit venir un haut-le-cœur du plus profond de ses entrailles. Il ne le retint pas. Le jet de bile jaunâtre arrosa la roue de sa voiture et enfuma l'air d'une vapeur chaude, et moite. L'estomac de Luc se comprima. Il sentait qu'il tournait de l'œil.

Reprendre ses esprits.

Tranquillement.

Reprendre ses esprits.

Respirer.

Lentement.

Respirer.

La vieille ne revenait pas à la vie. Il aurait fallu recommencer. Refaire le massage. Le bouche-à-bouche. Il ne pouvait pas. Il prit de la neige dans la main et essuya ses propres lèvres noyées sous le sang et la bile. Il prit une autre poignée de neige et la mâcha pour évacuer le goût cuivré. Il regarda le corps, allongé à côté de lui dans une position indécente. Comme s'il venait d'abuser d'elle.

– Mon téléphone, murmura-t-il.

Il allait téléphoner à la brigade. Oui, c'était sans doute ce qu'il y avait de mieux à faire. Téléphoner à l'adjudant et tout lui expliquer. Le dossier « DM », le matériel de randonnée, la vieille clocharde. Tout lui expliquer et lui demander, les yeux dans les yeux, ce qu'il se passait vraiment ici, au crêt des Dix Mendiants. Il se redressa péniblement. Mais alors qu'il allait entrer dans la voiture, il entendit un bruit derrière lui. Un bruit sourd. Comme une déflagration. Son cerveau ne l'analysa pas tout de suite. Il était encore sous le choc de son bouche-à-bouche répugnant. Il mit peut-être quelques secondes à comprendre la nature même de ce bruit. Pourtant, la douleur ne pouvait lui laisser aucun doute. La douleur qu'il avait ressentie, soudainement, sous l'omoplate droite. Une douleur violente, et aiguë.

– On m'a tiré dessus, putain, on m'a tiré dessus, réussit-il à dire alors qu'il s'affalait sur le sol, à côté du cadavre dénudé de la vieille femme.

8

Une odeur rance.

De vomi et, sans doute, de vin.

C'était une cellule de dégrisement comme il y en avait dans toutes les gendarmeries et tous les commissariats. Sauf qu'elle n'était pas saoule. Elle était assise sur un matelas dur posé dans un coin de la pièce. De l'autre côté, il y avait un trou. Les sanitaires, sans doute. Si l'odeur de vin était prédominante près du lit, elle n'osait imaginer ce qu'elle serait amenée à sentir si elle s'approchait du petit trou. Elle avait envie de se lever et de crier, d'appeler au secours, mais elle ne le fit pas.

Que me veut ce type ? Pourquoi m'enferme-t-il dans ce sous-sol ?

Elle regarda tout autour d'elle. Il n'y avait aucune ouverture vers le monde extérieur. Simplement, un mur tagué de tout un tas d'inscriptions. Déclarations d'amour, de haine, délires d'ivrognes.

Elle se leva, fit quelques pas timides en direction des barreaux. Elle se dirigea vers la petite grille et tenta de la pousser. Elle était bien évidemment fermée à clé. Les barreaux lui semblaient épais. Très épais. Avec des interstices très fins. Des barreaux de prison... Face à elle se trouvait la porte par laquelle l'adjudant l'avait traînée ici. Derrière, il y avait l'escalier qui remontait au rez-de-chaussée de la brigade.

Pourquoi ce gendarme l'avait-il enfermée dans ce sous-sol ? Et puis, soudain, l'évidence. Il allait la violer. Oui, c'était ça. Il l'avait fait venir ici, pour lui tendre un piège, telle une araignée qui ne bouge pas de sa toile tandis que la guêpe vient se planter pile au milieu de ses fils et de ses pattes velues. Oui, il lui avait dit de venir. Et Luc ? Où était Luc ? Bon sang, il devait réellement être sur une affaire. Parti enquêter au fin fond des Alpes, pendant que ce fichu pervers allait la coincer là, au fond de la cellule puant le vin et l'urine, lui attacher les bras avec des menottes et la...

Ses mains serrèrent les barreaux avec force, comme si elles s'accrochaient à une bouée de sauvetage.

Elle entendit des pas dans l'escalier.

Les larmes lui vinrent aux yeux.

– Aidez-moi ! Au secours !

Julie se figea. Il y avait deux voix. Celle de l'adjudant, mais aussi une voix de femme. Elle regarda la cellule. Chercha un objet dont elle aurait pu se servir. Une arme. On lui avait ôté ses lacets, sa ceinture. Elle ne pourrait se servir que d'une seule chose. Ses poings.

Et sa tête.

Sers-toi de ta tête.

La porte s'ouvrit. L'adjudant fit un signe circulaire de la main pour laisser passer son invitée.

Une vieille femme entra en titubant. Julie fut immédiatement impressionnée par son regard. Un regard bleu, perçant. Comme celui de ces chiens-loups vivant en meute. Un regard animal. Beau, incroyablement beau. Et vide, incroyablement vide.

– C'est elle ? demanda la femme en désignant Julie d'un doigt crochu.

– C'est elle, répondit l'adjudant.

Il semblait en retrait. Son regard à lui n'était pas bleu, sauvage et beau. Il transpirait la peur.

La vieille femme observait Julie, comme une touriste détaillant une toile dans un musée. Elle était vêtue d'un vieil uniforme élimé. La peau, sur son visage, était burinée, et ses mains étaient criblées de taches brunes de vieillesse.

– Sa nationalité ? demanda la femme.

– Française, répondit l'adjudant.

Elle fit la moue, puis reprit :

– Quel âge as-tu, miststück ?

Julie déglutit. Se recula au fond de sa cellule, loin, vers le lit, tandis que la vieille approchait des barreaux.

– Qu'est-ce que vous me voulez...

La vieille ricana d'un air triste et résigné :

– Je t'ai posé une question. *Wie alt bist du ?*

Julie explosa. Elle se cala contre le mur couvert d'inscriptions obscènes et se mit à crier :

– Sortez-moi de là ! Virez-moi cette vieille ! Sortez-moi de là !

La vieille se retourna vers l'adjudant :

– Fais-la taire.

L'adjudant sortit son arme en tremblant.

Julie entendit un déclic. Le cran de sûreté. L'adjudant fit quelques pas vers elle, son arme tendue au bout de son bras, le canon en direction de sa tête.

– Non... non, non..., murmura Julie.

– Obéissez à ses ordres, Julie, marmonna l'adjudant. Ça vaudra mieux pour tout le monde. Si seulement Luc n'était pas...

– Si seulement quoi ? Où est Luc ? Que se passe-t-il ici ?

– Fais-la obéir, dit la vieille. Montre-lui qui on est.

L'adjudant la regarda.

– Je vais le faire, répondit-il.

Mais que voulait-elle, exactement ? Pourquoi l'avait-on enfermée là ?

– Je te demande de lui dire de se taire, de se taire et de ne parler que lorsque je lui en donne l'ordre. *Wie alt bist du ?* Quel âge as-tu ?

Julie balbutia.

– Vingt-trois, mais...

– Mais rien, l'interrompit la vieille. Tends ton arme, toi, ordonna-t-elle au brigadier. Tends-la vers son pied. Je suppose que tu es droitière ?

Julie étouffait. Elle avait du mal à inspirer puis expirer normalement. Elle se revoyait en train de se (*noyer.)*

Oui, c'était ça. Elle se noyait. Elle ne maîtrisait plus la situation. Il y avait ces barreaux, et derrière ces barreaux, un flic qui la tenait en joue, et une vieille folle.

– Alors, droitière ? hurla la vieille femme.

Des yeux de démente. De la bave qui coule légèrement sur le menton. Un menton sur lequel se dressaient trois poils aussi bruns que les cheveux de la vieille étaient blancs.

– Oui, murmura Julie.

La vieille exulta :

– À la bonne heure ! Tire, ordonna-t-elle.

– Quoi ? demanda-t-il.

– Quoi ? répéta Julie.

– Je t'ai dit de tirer.

– Vous voulez me tuer, c'est ça ?

La vieille, tout à coup, ne la regarda plus avec agressivité. Au contraire, ses yeux étaient pleins de bonté et compassion. Elle murmura :

– Non. On ne veut pas te tuer. On veut seulement te ramener à la raison.

9

Mattéo Piedra ne ressemblait pas à un cadavre.

Il avait la peau brûlée par le soleil. Les cordes vocales usées par la cigarette. Et une petite cicatrice qui dessinait un arc de cercle autour de son cou. Comme s'il avait, un jour, essayé de se pendre. Ou comme si on l'avait ouvert, là, précisément, autour de la trachée.

C'est un pauvre cancéreux. Un fumeur passé par la case « cancer de la gorge ». Rien de plus.

Il avait accueilli Lorey avec un grand sourire, et lui avait demandé s'il avait fait bon voyage.

– Oui, j'ai trouvé facilement.

Et la négociation avait commencé. Ou plutôt, l'absence de négociation. Le fermier était d'accord pour tout vendre.

Les deux hommes étaient assis dans la pièce principale. Une paillasse était posée à même le sol. De vieux ustensiles de cuisine vomissaient leur crasse dans l'évier. Une cheminée semblait étouffer sous les traces graisseuses de suie. La solitude. Voilà ce qu'était la vraie solitude. Pas la nolife, cette solitude nourrie autour de mondes imaginaires. Cet homme vivait ici, seul, vraiment seul. Et cela était son monde, son seul monde.

– Vous vivez seul ici ? demanda Lorey.

Le berger parut surpris. Son regard, fermé au premier abord, eut comme un sursaut. Comme si quelqu'un, enfin, se souciait de sa santé, de sa vie.

– Oui, je vis seul.

Il se leva, tourna le dos à Lorey, comme s'il était honteux de ce qu'il venait de dire. Dehors, une bourrasque siffla contre la bergerie. Les murs craquèrent. Piedra se redressa.

– Il vaut mieux vivre seul dans ces montagnes, voyez-vous, murmura-t-il. Seul et loin de tout.

– J'ai vu cette... sculpture dont vous m'aviez parlé...

– Une sculpture ?

– Oui, le christ. Impressionnant. Elle ne ressemble pas au Christ, je trouve.

Le berger se retourna, regarda Lorey droit dans les yeux.

– C'est normal qu'elle ne lui ressemble pas. Ici, même un homme ne ressemble pas à un être humain.

Un busard hurla.

Le berger se mit à sourire.

– Heureusement, il y a les animaux, dit le berger. Avec eux, au moins, on sait à quoi s'attendre.

Cet homme ressemblait réellement à un cadavre. Symboliquement. Une vie passée dans la solitude de ces montagnes. Une vie passée dans la crainte. Il ne l'avait pas remarqué tout de suite, mais derrière le berger, il y avait une armoire vitrée. Et, derrière la vitre, il vit une carabine.

Noire. Immense. Il n'y connaissait rien en armes, mais il se dit qu'elle n'était pas faite que pour chasser le sanglier. Sans savoir pourquoi, il eut la certitude que ce Mattéo Piedra avait déjà tué un homme.

– Parlons de nos affaires, dit Lorey.

– Oui.

– Vous me disiez que mon prix serait le vôtre, mais je voulais vous...

– Ne me dites rien, coupa le berger. Je veux partir d'ici. Alors, achetez !

La voix avait été ferme. L'explication rapide. Le berger avait trouvé une source. Il s'était demandé quoi en faire. Et puis, il avait pensé à un groupe agroalimentaire. À l'argent qu'il pourrait se faire. Pour partir.

Ainsi, la vallée serait rachetée par le groupe. C'était la mission que Palistère avait confiée à Lorey. Tout racheter au plus bas prix possible. Construire ici même une usine, une route. Les habitants, les écolos, le maire (s'il y en avait un !) allaient rouspéter un peu. Mais la promesse d'emplois, même mal payés, et les pots-de-vin habilement versés calmeraient les ardeurs revendicatives, et l'amour de la nature laisserait sa place au progrès, au travail et au niveau de vie. La promesse d'un avenir meilleur ferait que les plus farouches opposants à de tels projets deviendraient très vite leurs meilleurs défenseurs, surtout à grand renfort d'euros et de promesses – même non tenues.

Pendant la discussion, Lorey ne quittait pas la carabine des yeux. Comment un berger pouvait-il avoir une arme aussi belle, aussi sophistiquée ?

– Ma carabine vous plaît ?

– Oui, je... je la trouve très belle... Très grande.

– Elle l'est, lança Piedra en se relevant. À cause des loups.

– Des loups ?

– Oui. Ils ont été réintroduits. En Italie, et un peu plus bas, dans le Mercantour. Mais les loups ne connaissent pas de frontière. Alors, j'ai besoin de ça. Au cas où ils s'approcheraient un peu trop près de mes bêtes.

On frappa à la porte.

Le berger sursauta. Il mit son index devant sa bouche pour signifier à Lorey de ne rien dire. Le commercial avala sa salive.

Pourquoi poses-tu toutes ces questions ? Tu lui fais signer ton papelard, et tu te casses, tu m'entends, tu te casses !

Et qui pouvait bien toquer à la porte ?

Ne sois pas débile. Tu crois que c'est qui ? Un trafiquant de drogue ? Un tueur en série ? Tu es dans un trou paumé, mon vieux ! Dans un trou paumé, pas dans un de tes jeux à la noix.

Une voix de femme. De vieille femme. Une voix chevrotante.

– Mattéo ?

Piedra fit quelques pas vers Lorey, chuchota :

– Ne dites rien, c'est une vieille folle. Je vais la faire partir.

La main du berger se posa sur son épaule. Position numéro neuf, nous sommes des amis, nous allons donc coopérer. Le contact physique, comme acte fondateur de tout acte de vente. Merde alors, ce mec-là se comportait encore mieux qu'un apprenti commercial.

Le berger entrouvrit la porte. Elle grinça, comme l'aurait fait n'importe quelle porte dans n'importe quel mauvais film d'horreur. Lorey tenta de jeter un coup d'œil. Dans l'embrasure, il entraperçut un fichu noir posé sur des cheveux blancs. Un visage de sorcière. Mentalement, il se mit à compter le nombre de pas qu'il devrait faire pour atteindre l'armoire vitrée avec la carabine.

– Tu es seul, Mattéo ? demanda la vieille.

Lorey ne distingua pas ce que répondit le berger. Puis la vieille murmura à son tour. On aurait dit des voix d'outre-tombe, des voix rauques mutilées par l'âge et le tabac, claquant contre le vent. Des personnages sadiques, se cachant derrière une lourde porte en bois pour prononcer une sentence.

Quelques instants plus tard, Piedra referma la porte.

– Elle est partie, dit-il de la façon la plus neutre possible.

Mais Lorey lut de la peur sur son visage. Comme si le berger avait été effrayé par cette apparition.

10

Luc reprenait connaissance.

On aurait dit qu'il revenait des profondeurs.

Comme un mauvais nageur, perdu au fond des eaux, et qui arrive, grâce à la force de ses bras, à remonter à la surface.

C'était un long tunnel noir, sans bruit et sans âme. Pourtant, dans le lointain, il lui semblait entendre comme des frottements.

Zip... Zip...

Il savait que c'étaient ces frottements qu'il devait atteindre. Alors, il nageait, nageait. Il sentait que sa respiration revenait peu à peu. Il sentait qu'il pouvait la canaliser, la contrôler.

Zip... Zip...

Il ne marchait pas, ne dormait pas, ne courait pas. Pourtant, il bougeait.

Où était-il ?

Lorsqu'il ouvrit les yeux, il fut fouetté par des projectiles blancs. Il était gelé. Il sentit une douleur terrible sous l'omoplate droite. Et toujours ce bruit :

Zip... Zip...

Et la douleur. Derrière les flocons de neige, il voyait les branches, hautes, dans un ciel qui commençait à devenir noir. La nuit tombait. Il était allongé. Il avait mal. Et les branches... les branches bougeaient. Et soudain, tout lui revint : le cadavre de la clocharde qu'il avait écrasée, le coup de fusil, la balle dans son omoplate, et puis le noir.

Et il comprit où il était.

Il était allongé sur le sol, dos contre terre, encore habillé. Il sentait son sang sortir par le trou laissé par la balle fichée dans son omoplate. Il sentait son cœur battre. Il tenta de se redresser.

Zip... Zip...

Impossible.

Il vit les liens qui attachaient ses pieds au niveau des chevilles. Et les branches qui n'en finissaient pas de défiler. Il sentit une douleur atroce au niveau de ses bras. Ils étaient eux aussi attachés, et tendus en arrière, juste derrière sa tête. Son corps faisait un zip... zip... entêtant dans la neige. Quelqu'un – sans doute celui qui avait essayé de le tuer – le traînait sur le sol, au beau milieu de la forêt comme un lourd paquet. Il entendit grommeler. Une voix aiguë. Une voix de femme. Elle haletait, soufflait. Les quatre-vingt-dix kilos de Luc ne devaient pas être évidents à tracter.

Les liens qui enserraient ses poignets lui faisaient terriblement mal. La traction qu'exerçait la femme allait lui tordre les mains en deux. Il les imaginait attachées avec des lanières de cuir, ces mêmes lanières reliées à un long filin que la femme de la forêt tirait par-dessus son épaule, comme s'il était un sac de charbon traîné sur le sol.

Elle va me tuer. Elle ne m'a pas achevé tout à l'heure, elle a tiré en visant tout sauf un organe vital, car elle me veut d'abord vivant, mais elle va me tuer. Me torturer. Lentement.

Il fallait réagir, se tirer de là.

Zip... Zip...

Il avait sans doute plus de force physique que la femme. Et l'effet de surprise jouerait en sa faveur.

Zip... Zip...

Il devait contracter ses abdominaux, ses fessiers. En un mot, paraître plus lourd, gonfler son ventre. Que la bonne femme ralentisse. Et qu'il tire, là, d'un coup. Quitte à fracturer ses propres poignets. Il ne voyait que cette solution. Ralentir la bonne femme...

Zip... Zip...

ralentir, encore ralentir...

Zip... Zip...

puis tirer, d'un coup. Elle tomberait, et il faudrait se relever. Et frapper, frapper, frapper. Éclater ce visage sur le sol. On discuterait ensuite.

Il décida de compter jusqu'à trois...

Zip...

Les flocons de neige accéléraient leur cadence.

Un...

Il inspira, poussa le poids de son corps vers le bas.

Deux...

Il sentit la vieille ralentir. Il poussa encore. Il entendit un grognement. Nom de Dieu, ça n'était pas un grognement humain...

Trois.

Il hurla.

La déflagration.

La douleur.

Et le rire de la femme des bois, derrière.

Son omoplate droite venait de heurter une souche d'arbre. Il avait entendu le craquement, senti son épaule faire un arc de cercle vers l'avant. Il avait senti le morceau de bois pénétrer sa chair.

Et le rire, encore.

Le cri de douleur, qu'il ne pouvait plus retenir.

– Laissez-moi ! Laissez-moi !

Mais elle tirait. Par à-coups. Elle essayait de dégager l'épaule de la souche d'arbre et du morceau de bois qui s'était enfoncé dans la chair de Luc. La vieille cherchait à avancer, coûte que coûte, quitte à éclater l'épaule de Luc.

Il hurla de nouveau. Il sentait le morceau de bois s'enfoncer. Puis il fut secoué. Dans tous les sens. Comme un chien bataillant pour retirer un os de la main de son maître. De grands mouvements secs. Sur la gauche. La droite. En bas. En haut. Elle voulait faire craquer le morceau de bois. Il avait l'impression qu'on introduisait un morceau de ferraille rougie dans son dos. Elle ne riait plus désormais, mais soufflait, comme une sportive dans une épreuve difficile.

Luc sentit le morceau de bois le pénétrer plus profondément. Il n'allait pas sortir de son dos, il n'allait pas déchirer sa chair, au contraire, il était en train de se figer, comme une agrafe transperçant une feuille vierge pour s'y fixer.

Ne pas sombrer. Ne pas tomber dans les pommes, sinon ça serait la fin.

Il banda ses biceps, tira le filin d'un coup sec, et entraîna la bonne femme en arrière. Alors que le corps lourd de la femme des bois tombait sur le sien, il entendit la branche craquer pour se clouer dans son dos. D'une façon presque comique, il pensa qu'au moins la branche resterait en place et empêcherait l'hémorragie.

La femme était tombée sur lui. Il vit un œil jaune juste devant ses yeux.

– Tu vas venir avec moi. *Komm her*.

Il bascula son corps, et se retrouva sur elle. L'effet de surprise avait joué. Il joignit ses deux poings, les leva au-dessus de sa tête, et frappa dans le nez de la vieille. Il entendit le craquement de l'os. Sentit la douleur dans ses phalanges. Frappa de nouveau.

Son épaule le lançait terriblement, mais il frappait.

Il hurla.

Et frappa en hurlant.

Encore, et encore.

Le nez de la vieille s'aplatit peu à peu, l'œil jaune devint vide.

Il frappa, frappa, frappa.

Hurla.

Le bout de bois, fiché dans son dos, finit par tomber.

La carabine de la bonne femme était au sol, au garde-à-vous, près du corps de sa propriétaire. Il la prit entre ses deux mains. S'en servit de béquille pour se relever. Il souffla, sentit la forêt tourner autour de lui. Ses jambes semblaient ankylosées, comme celles d'un vieillard.

– Pourquoi, murmura-t-il.

Et le murmure se fit cri.

– Pourquoi, pourquoi, pourquoi ?

Il prit la carabine par le canon et frappa avec la crosse le visage de la vieille. Le nez était déjà aplati, mais il continua à le cogner, l'enfonçant encore plus profondément, l'enterrant sous un amas de chair et d'os.

Il ne sut dire combien de fois il frappa. Son esprit était ailleurs. Il cognait. Comme un forgeron façonnant son ouvrage en fer, sans discontinuer. Avec une montée en puissance, une montée en violence dans son geste.

Son épaule le lança.

La neige explosa de sang.

Les os éclatèrent.

Le visage de la bonne femme n'avait plus rien d'humain.

Luc hurla, comme un loup affamé, perdu dans les bois qui l'entouraient.

Tout autour de lui, ce n'était que ténèbres, froid, et douleur.

11

Les ténèbres envahissaient tout.

La nuit tombait.

Il fallait conclure.

Conclure et partir.

– Allons voir la source ! proposa Piedra.

Lorey répondit :

– Voir la source ? Elle n'est pas à dix mètres de profondeur ?

– Si. Mais il y a un petit jet, vous verrez. Comme un mini-geyser. Juste derrière la maison. Et vous pourrez la goûter, avant de partir.

Il ne pouvait pas y couper.

Cela faisait partie de son métier.

Le berger rouvrit la porte.

Il n'y avait personne.

Pas un bruit.

La neige tombait dru.

Le jour tombait, lui aussi, soulignant la blancheur des flocons qui voguaient dans l'air.

Lorey regarda la carabine, comme s'il espérait qu'elle l'accompagnât, à la manière d'un fidèle chien de garde. Le vent s'engouffra dans la maison du berger. Il faisait encore plus froid que tout à l'heure. Le commercial s'habilla et sortit sur le perron.

Il regarda l'éperon rocheux. Le chemin par lequel il était arrivé. La brume, qui tombait. La neige. Il eut la sensation d'être en danger. La sensation qu'on

(l'observait...)

– Alors, vous faites quoi, hurla Piedra. La nuit tombe, et il fait un temps de chien ! Je suppose que vous ne voulez pas rester ici toute la nuit.

Oh que non, il ne voulait pas. Il préférait mille fois les geôles du château des gobelins, mille fois le monde de Gylafjall. Il ne souhaitait rien de moins que de filer à l'hôtel, et s'enfermer le plus vite possible. Jamais, dans son ancienne vie, il n'avait été aussi froussard, eh bien, tant pis ! Désormais, il l'était devenu, et il fallait que le nouveau Jean-Marie Lorey s'accommode de sa nouvelle personnalité !

La source était en effet très proche. Le berger n'avait eu à faire qu'une cinquantaine de pas pour arriver à une quinzaine de rochers, posés là, sur le sol. De l'eau bouillonnante en sortait par petites saccades. D'après le rapport biologique, il y avait une véritable mine d'or sous le sol. Des millions de bouteilles pouvaient être remplies chaque année. De plus, la roche était très friable. Les travaux pour extraire l'eau seraient ridiculement peu coûteux. La construction de l'usine coûterait sans doute un peu plus, de même que la construction d'une véritable route d'ici à Ancelle, mais peu importait. Agro World en général, et Palistère en particulier, étaient très forts pour arriver à faire financer leurs travaux colossaux par les deniers publics.

Lorey trempa ses lèvres.

– Bonne. Très bonne. Mais les travaux vont coûter, vous savez...

Sourire numéro un de circonstance. L'arnaqueur copain, comme l'avait surnommé Lorey.

– Ne jouez pas à ça avec moi, ricana Piedra. Votre prix sera le mien, je vous l'ai déjà dit. Ne vous donnez pas cette peine.

Malgré le vent, la neige, et le rire de la sorcière, Lorey ravala son sourire numéro un et présenta le sien. Un sourire franc. Il n'osait imaginer la réaction euphorique de Palistère. L'opération était un succès. Il se releva. Et maintenant, se casser d'ici.

– Eh bien, alors, nous n'avons plus qu'à signer, dit Lorey.

– Oui, c'est ça, signons !

Le berger retourna vers sa maison à grandes enjambées.

Ils paraphèrent le contrat prérempli par Palistère. Piedra ne lut quasiment aucune clause. Simplement le prix. Il fit mentalement un petit calcul. Sans doute le temps de confirmer que cela lui suffirait pour vivre sa retraite au Brésil ou n'importe où ailleurs que dans ce trou à rat. Ils se serrèrent la main.

Lorey regarda son téléphone. Il avait un peu de réseau ! Un bâton. Il photographia le contrat, et l'envoya à

Palistère. La vente était actée ! Puis, il glissa l'original du contrat dans la poche de sa chemise, en remit un double au berger.

– Il va faire nuit, dit Piedra. Je vous conseille d'y aller.

– Oui.

– Vite.

Lorey se leva :

– Merci encore.

– Merci à vous !

Le commercial fila vers sa voiture. Allez, même chemin en sens inverse, puis le christ, puis Ancelle, et hop, à moi la civilisation ! Et surtout Gylafjall !

– Soyez prudent, monsieur Lorey, hurla Piedra alors que le moteur de la voiture semblait presque couvrir le bruit émis par les rafales de vent.

– Ne vous en faites pas ! J'ai bien repéré la route !

Le retour ne serait qu'une formalité. Il n'y avait pas de raison. C'était le même chemin, mais à l'envers. Le petit chemin. Le christ. Mais la visibilité devenait limite.

Il s'engouffra dans la forêt de sapins, roula au jugé pendant plusieurs minutes, avant de voir la croix. Cette vision le soulagea. Il était sur la bonne voie. Mais le pinceau de ses phares avait du mal à dessiner la route devant lui, aussi fut-il surpris lorsqu'il sentit son véhicule partir du côté droit.

– Et merde, hurla-t-il en tirant le volant du côté gauche.

Le véhicule tangua, et ne put retrouver l'équilibre. Il glissa, tourna, manqua de partir en tonneau. Lorey agitait le volant, mais ne maîtrisait plus sa voiture, devenue folle. Au bout d'une bonne minute, elle s'immobilisa enfin.

La sueur perlait sur le front du commercial. Il reprit ses esprits. Inspira. Expira.

Tu l'as échappé belle.

Mais la neige s'intensifiait, les bourrasques obstruaient sa vue. Il décida d'attendre que tout cela se calme, en restant bien au chaud dans son habitacle. Alluma son téléphone. Pas de réseau. Prit son ordinateur portable. Pendant que le PC s'allumait, il écouta le sifflement aigu du vent, la violence de la neige qui mourait sur le métal et le sol. Il rechercha une connexion wifi, même codée. Un informaticien d'Agro World lui avait appris à les pirater. Mais il n'y avait rien. Aucune connexion disponible.

– Néant, dit-il à voix haute.

Voilà un mot qui définissait bien les lieux.

Il soupira. Saar allait être en retard. Pour mourir dans sa prison. Ou survivre, grâce à un énième coup de pouce du destin. Il mit la radio. Ce ne furent que des crachouillis, des vagues bruits de voix, des sons épars, volatiles. Des voix graves, comme celle de la

(*femme...*)

Il coupa la radio. Puis le moteur. Les phares s'éteignirent, ce qui le plongea dans le noir. Le bruit des flocons faisait penser à des becs d'oiseaux attaquant la carcasse d'un animal mort. Il soupira. Ferma les yeux quelques secondes. Les rouvrit. Le noir absolu le recouvrait. Seules des projections violentes et blanchâtres lui signifiaient qu'il n'était pas dans une pièce obscure, mais dans une voiture attaquée par des flocons de neige géants.

Au milieu de nulle part.

D'une forêt.

Il fit glisser sa main vers sa sacoche. Il sentit le petit boîtier en métal. Son téléphone portable. Il allait vérifier s'il avait du réseau, quand la neige se mit à faiblir d'un seul coup.

Le vent cessa. Lorey ralluma le moteur, puis les phares. Le pinceau balaya tout ce qui se trouvait en face.

Il laissa tomber son téléphone.

Il y avait quelque chose, là, devant.

Une masse sombre.

Le christ.

Non, ça n'était pas le christ.

Une maison !

C'était une maison !

Une bâtisse en pierre.

Il n'y avait pas de lumière, rien.

Ou, tout du moins, il n'arrivait pas à en distinguer l'ombre d'une.

Je dois être au bourg. Les Dix Mendiants. J'ai dû rater ce foutu christ, m'être trompé de sens.

Il déconnecta son portable, le rangea dans sa sacoche. Il éteignit le moteur de son véhicule, sortit. L'air était plus doux, la neige ne le fouettait plus.

Mais elle avait tout recouvert sur le sol. Il ne distinguait plus les traces de pneus que sa voiture avait nécessairement laissées. Ni la route.

– Et merde, merde, merde, dit-il tout haut.

Il soupira. Regarda la bâtisse.

Je vais frapper à la porte, me remettre un peu de tout ça, et demander mon chemin. Et si c'est pas praticable, eh bien peut-être que ces gens-là pourront me dire où loger en attendant.

Ces gens avaient certainement un téléphone fixe. Frapper à la porte. Demander son chemin. Et après, improviser. Il se souvint que Piedra lui avait dit que les habitants du bourg n'étaient pas recommandables. Cependant, c'étaient avant tout des montagnards, et les gens de la montagne étaient connus pour leur sens de l'hospitalité. Il ironisa sur ce qu'il venait de penser. Jamais le Jean-Marie Lorey de l'ancienne vie n'aurait réagi comme ça. Le Jean-Marie Lorey de l'ancienne vie serait remonté, triomphal, dans son véhicule et aurait, tout aussi triomphalement retrouvé son chemin en deux temps, trois mouvements. Et il aurait raconté sa glissade et son retour à la civilisation en fanfaronnant auprès de toute la gent féminine qui aurait bien voulu l'écouter.

Mais il n'était plus le Jean-Marie Lorey d'avant.

Il marcha vers la bâtisse.

Une porte en bois.

Il inspira.

Ils n'allaient pas le laisser tout seul dehors. Personne ne laisserait quelqu'un par ce froid.

Il tapa trois coups vifs.

Immédiatement, il entendit des pas pressés dans la maison. Il ne savait pas pourquoi, mais il eut l'impression qu'on l'attendait.

Ils me surveillent depuis que j'ai pissé sur le christ. Ils m'attendent.

Étrangement, il se mit à sourire. Eut l'impression que ces pas rapides sur le sol lui disaient : « Enfin, te voilà ! » Comme si sa mère habitait derrière ces murs, rongeant son frein au coin du feu alors qu'au-dehors la tempête faisait rage. Et sa mère, entendant son fils taper à la porte, bondissait pour l'accueillir et le serrer dans ses bras, puis l'entraînait vers la cuisine où mijotait un bon navarin d'agneau.

Sa mère, ou son ex-femme.

Son ex-femme ou un

(cadavre)

(une junkie dans une station d'autoroute)

(Sabrina).

Il entendit le cliquetis derrière la porte, un loquet qu'on débloque. Puis il vit la poignée qu'on actionnait. Ses oreilles commençaient à le piquer, tant le froid mordait ses lobes. Et la porte s'ouvrit. Ce n'était pas la mère de Lorey. Ni son ex-femme. Ni une junkie. À vrai dire, il ne sut pas qui c'était. Il put juste sentir une odeur rance qui fut expulsée par l'ouverture de la porte, mais il ne distingua pas la personne qui se tenait sur le seuil. Il vit juste un énorme cric à pneu qui s'abattit sur son crâne, le laissant s'abandonner à un noir sans neige.

12

Je ne vais pas mourir.

Il se répétait cette phrase depuis plusieurs minutes, plusieurs heures même, il ne savait plus. Il l'avait prononcée, à voix basse tout d'abord, comme une comptine qu'on ne chantonnerait que pour soi-même, puis à voix plus haute.

Sa tête n'était plus là.

Sa tête tournoyait avec la forêt et ses ombres.

Sa tête tentait d'oublier son épaule qui le lançait.

Je ne vais pas mourir…

Ses pas étaient lourds.

Dans son dos, le sang coulait lentement. Le sang de la vieille femme poissait sur ses vêtements thermiques, et ses poings. Il avait laissé le corps au beau milieu de la forêt. Le corps et la carabine, et ses empreintes. Mais les conséquences judiciaires ne l'effrayaient pas. Il fallait d'abord rester en vie.

Je ne vais pas mourir…

Ses pieds traînaient sur le sol.

Tant bien que mal, il avançait.

Les branches dans le visage.

Le fouet des flocons.

La nuit qui tombait, peu à peu.

Le vent violent.

Il y voyait encore suffisamment pour

(*retrouver sa voiture)*

avancer. Vers où ? Il ne savait pas. Les arbres ressemblaient aux arbres. Les fourrés aux fourrés. Il n'y avait pas de route.

Il n'y voyait pas bien car

(*sa tête tournait)*

tout était flou autour de lui. Il savait qu'il ne resterait pas en vie longtemps à cause de sa blessure. À cause du froid. À cause de ses poignets et de ses pieds endoloris.

Il avait réussi à défaire ses liens autour de ses chevilles.

Mais ses mains étaient encore liées. Il n'avait pas eu la force d'essayer de les libérer.

Il avait fouillé le cadavre de la vieille. Rien. Ni papiers ni clés. Rien de rien.

Elle était là, simplement là, dans la forêt, avec sa comparse.

Deux femmes. J'ai tué deux femmes.

C'était un guet-apens. Comme ces chasseurs cachés dans les miradors qui attendent la bête sauvage pour l'abattre.

Je ne vais pas mourir...

Il n'arrivait pas à remettre ses pensées dans l'ordre. Ne pas mourir, retrouver la voiture. En dehors de ces deux impératifs, il n'y avait plus rien. Ou plutôt si. L'odeur cuivrée du sang sur son corps.

L'odeur de son propre sang, et celui des deux vieilles.

Ses yeux cherchaient la route, mais il était prisonnier de la forêt épaisse. Perdu.

Je ne vais pas mourir…

Et il le vit, loin, devant lui, derrière les sapins, derrière la neige qui tourbillonnait.

C'est une hallucination…

Il avança plus vite.

Le christ…

Il hurla de joie.

Il accéléra la cadence, traînant ses pieds meurtris.

Il arrivait à

une route…

Bon sang, c'était *la* route. La route qu'il avait empruntée. Il y avait le christ, et, au-dessus, un peu loin, derrière la brume, l'éperon rocheux.

Le christ était immense.

Le christ était son Sauveur.

« Repartir sur la droite. Si l'éperon rocheux est à gauche, je dois repartir sur la droite. Retourner à Ancelle ! »

Il sourit.

Il ne savait combien de mètres il devait faire, mais c'était par là.

La

(*délivrance)*

voiture.

Il entendit une détonation.

Hurla.

Sauta vers les fougères, sur le bas-côté du chemin. Les détonations venaient du christ.

Il s'aplatit de tout son corps sur le sol.

Je vais mourir.

Tout tournait autour de lui.

Tout devenait noir.

Tout était absorbé par la tempête et les flocons.

Il avait besoin d'un médecin.

La détonation.

Le moteur.

Le moteur d'une voiture.

Il vit une voiture qui tournoyait dans tous les sens.

Sa vision était trouble.

Était-ce une voiture ?

Il n'avait pas le choix.

Il ne savait pas où était son propre véhicule, et il y en avait un, là, à seulement quelques dizaines de mètres. Avec un chauffeur.

Et s'il était complice ? Si c'était un succube, lui aussi ?

Il n'y avait pas de succubes. Seulement ces deux

(*chasseuses*)

femmes qui l'avaient attiré dans leur filet.

Il se redressa, se planta au milieu de la route.

Tenta de hurler.

– Eh ! Oh !

Ce ne furent que deux borborygmes qui se perdirent dans le vent. La voiture ralentit.

– Au secours !

La voiture se mit de nouveau à tournoyer. Elle s'éloignait. Elle filait sur la droite.

Elle me fuit...

Luc accéléra. Il fallait la rattraper. Il soufflait à chaque pas. Il sentit le goût du sang dans sa bouche.

– Aidez-moi !

Il avait voulu hurler.

Il ne fit que chuchoter.

Plus de force dans les poumons.

Plus de cordes vocales.

Une voix grave qu'il ne se connaissait pas.

Le goût du cuivre, dans la bouche.

Il ne se sentit pas tomber, pourtant il tomba.

Il n'y eut plus un bruit.

Seulement le vent, et les flocons qui fouettaient son visage.

Ses jambes se dérobèrent, comme transformées tout à coup en coton.

Il mit un genou à terre.

– Aidez...

Il eut un nouveau spasme. Son corps fut agité de plusieurs secousses. Il cracha du sang, puis s'affala de tout son long.

Se relever.

Retrouver son souffle.

Je ne vais pas mourir...

Il faut que je souffle.

Lentement.

Que je souffle.

Il tenta de se relever, mais n'y arriva pas.

Je vais mourir...

Il tenta de crier. Encore une fois.

Le hurlement resta coincé.

Comme un murmure.

– Au... secours...

Mais la voiture était loin. Invisible. Disparue.

L'image de Julie s'imposa à lui, remontant à la surface, et sa main, sa main à lui la tirait vers le haut, vers l'air. Il tendit sa main, aussi, comme dans un mauvais délire. Comme si la voiture ou bien Julie, ou bien n'importe qui d'autre, le christ géant, peut-être, allait le sauver, à son tour.

Le sol tourna, et la main tourna et la neige tourna, et le bruit du moteur, au loin, le bruit du moteur faiblissait. Des dizaines de pas, des dizaines de gens, des bruits de pas résonnaient, comme un martèlement dans ses oreilles, un acouphène permanent. Des bruits de pas sur la route pavée, des bruits de pas dans la forêt, des bruits de pas tout autour. Des bottes. Une armée.

Ses yeux se fermèrent.

Des rires, des dizaines de rires, autour de lui.

Et cette certitude... Cette certitude qui se transforme en effrayante perspective.

Je ne vais pas mourir...

Et il pria, pria pour mourir, pria pour qu'on l'achève, pria, dans un murmure, pour Julie et pour le Christ, dans le noir de l'inconscience dans laquelle il sombra lorsque les rires résonnèrent de plus en plus fort.

13

– On veut simplement te ramener à la raison.

La vieille femme regardait Julie. Elle ajouta :

– Pourquoi ? Pourquoi as-tu trahi ?

Une folle. C'était une démente... et l'adjudant était son complice.

– Je t'ai posé une question, dit la vieille. Pourquoi as-tu trahi ?

Julie ouvrit la bouche pour crier, mais cela resta au stade de la plainte. Puis, il y eut la déflagration, suivie d'une morsure violente, dans le pied droit.

L'odeur de poudre.

Julie tomba.

La vieille femme éclata d'un nouveau rire, moins rauque, plus aigu.

– La traîtresse ne pourra pas courir vite, conclut la vieille femme.

Julie voulut hurler, de nouveau, mais elle n'y arriva pas. Elle essayait de contenir les sensations de douleur qui envahissaient tout son corps. Tout cela n'était pas possible. Irréel. Elle n'était pas là, pas dans ce sous-sol, le pied explosé par une balle, alors qu'elle avait seulement prévu un week-end en amoureux avec Luc. Et Luc, où était-il ? Elle se mit à espérer que la femme de l'adjudant avait entendu le coup de revolver, et qu'elle allait appeler les... Appeler les quoi ? Les flics ? Mais elle y était chez les flics, et c'était eux qui la torturaient, c'était eux qui allaient la tuer, ici, dans cette cave ! Non, même la femme de l'adjudant n'y pourrait rien. Elle se mit à pleurer. La vieille femme s'approcha des barreaux.

– Tu pleures ? C'est bien. Tu vas devoir te repentir. Et maintenant, déshabille-toi.

Julie sentait des hoquets lui remonter du fond de l'estomac. Ses pleurs venaient du plus profond d'elle-même.

– Pour... pourquoi ?

– Ne pose plus de question, traître. Déshabille-toi.

Il fallait qu'elle gagne du temps. Peut-être que si elle faisait tout ce que cette folle lui demandait, elle pourrait avoir un peu de répit. Peut-être que la folle voudrait assouvir ses fantasmes, pénétrer dans la cellule, ou la faire sortir elle, Julie, pour la toucher, la violer, puisqu'il serait question de viol, sans doute. Il est toujours question de viol lorsqu'on enferme une jeune femme dans un sous-sol. Et à ce moment-là, Julie lui prendrait son arme. Elle ôta son chemisier, dégrafa sa braguette, hésita à descendre son jean.

– Voilà, ça vous va ?

La vieille la fixait de ses yeux de chien-loup.

– Je t'ai dit de déshabiller, entièrement. Enlève ta culotte. Enlève ton soutien-gorge.

– Mais vous voulez quoi de moi…

– Je t'ai dit de ne plus poser de questions, je t'ai dit de te déshabiller. Je t'ai dit d'obéir.

Julie jeta un œil vers l'adjudant. Il évitait le regard de la vieille. Il évitait le regard de Julie.

Bon sang, on dirait qu'il a vu un fantôme. On dirait qu'il est sous l'emprise de cette femme. Qu'il n'est qu'un pantin dont elle tire les ficelles.

L'adjudant ressemblait à une marionnette à laquelle un manipulateur fou faisait faire n'importe quoi. Il obéissait à ses ordres !

– La culotte. Le soutien-gorge, commanda la vieille.

Elle tendit le revolver en direction de l'autre pied de Julie. Elle poursuivit : « Je n'ai pas besoin de tes pieds, *junges Mädchen*. Alors, je n'hésiterai pas. La culotte et le soutien-gorge. »

L'adjudant déglutit bruyamment.

– Tu as mal au pied droit, dit la vieille femme.

– Oui, répondit Julie.

– Je ne t'ai pas posé de question. Je sais que tu as mal au pied droit. Je ne te le demande pas. Et je pense, sans te le demander, que tu n'aimerais pas pisser le sang de la même manière, du pied gauche.

– S'il vous plaît, s'il vous plaît…

La vieille s'adressa au gendarme :

– Tu ne m'avais pas dit que c'était une pleurnicharde. Pour une traîtresse, elle me semble bien faible…

– Déshabillez-vous, murmura l'adjudant. Déshabillez-vous, qu'on en finisse.

Julie déboutonna sa chemise. Elle avait du mal à coordonner ses bras qui tremblaient sous l'effet de la peur. Les larmes embuaient ses yeux. Elle retira son vêtement, et ne savait plus où poser son regard. Sur le sol. Dans les yeux du gendarme. Dans ceux de la vieille folle.

– Enlève ton soutien-gorge.

Julie s'exécuta.

Ça ne sert à rien de discuter. Si je proteste trop, elle me tuera.

Machinalement, elle serra ses bras contre sa petite poitrine.

– Enlève tes bras, ordonna la vieille.

Elle s'exécuta. La douleur au pied droit la lança de nouveau.

– J'ai mal au pied, madame...

– Je vais te soigner, répondit la vieille. Je suis là pour te soigner. Te rééduquer.

Julie jeta un œil vers elle. La femme la contemplait comme un seigneur faisant ses achats sur un marché aux esclaves. Elle évaluait son corps. Comme si elle allait pouvoir en retirer un certain prix. Elle devait être la mère maquerelle d'un quelconque réseau de prostitution.

Elle va me mettre sur le trottoir, les seins à l'air, elle va m'apprendre à alpaguer les hommes esseulés en voiture, tard la nuit, dans les banlieues des grandes villes ! Et là, elle évalue combien je pourrais lui rapporter !

– Enlève ton pantalon, dit la vieille.

– Mon pantalon..., répéta Julie bêtement, comme si elle n'avait pas compris la requête.

– Oui. Je veux tout voir. Tout. Je veux t'humilier. Comme tu as humilié les nôtres.

– Comme j'ai humilié les vôtres ? Mais que...

– Tais-toi ! Enlève ton pantalon !

Julie était au bord de la crise d'hystérie. Ses membres tremblaient. L'éclairage de la cellule vacillait.

– Très mignonne, marmonna la vieille.

Si seulement elle m'avait trouvée moche. Pas vendable. Pas acceptable sur le marché.

– Qu'est-ce que vous allez faire de moi ?

– Je t'ai dit de taire.

Ça n'était plus un ordre. C'était un cri. Instinctivement, Julie recula en rampant. Elle replia de nouveau ses bras sur ses seins, et fit remonter ses jambes vers son torse. Elle se retrouva en position fœtale lorsque la vieille lui demanda :

– Enlève ta culotte.

Elle s'en doutait. Bien sûr. Elle voulait voir le produit jusqu'au bout.

– La culotte, répéta la vieille.

Julie s'exécuta. La vieille poursuivit :

– Écarte les cuisses.

Ne pas gagner du temps. Pas maintenant. Obéir. Et, à la moindre opportunité, fuir. Elle écarta les cuisses.

– Encore, demanda la vieille.

Julie s'exécuta de nouveau. La vieille était maintenant toute proche des barreaux. On aurait dit qu'elle évaluait chaque centimètre carré, chaque grain de peau. Elle passait en revue les lèvres, le clitoris, les poils pubiens, les cuisses, les seins, les yeux, les cheveux. Le gendarme jeta un œil vers

Julie. Il la regardait d'un air épouvanté, cet air de pantin manipulé par une marionnettiste folle, mais le pantin reste un homme, et l'homme ne résiste pas à la vision d'une jeune femme nue.

– Espèce de connard.

La vieille femme éclata de rire.

– Et en plus, tu as du caractère. Mais c'est tout bon, ça. Tu es superbe, et avec du caractère en plus.

– Mais qu'est-ce que vous voulez, bon sang ? Qu'est-ce que vous voulez ?

La vieille approcha son index de ses lèvres, lui intimant le silence.

– Chut, murmura la vieille.

Elle se retourna, fit quelques gestes en direction de l'adjudant, comme si le rituel habituel était terminé. C'est à toi de jouer semblait-elle lui dire. Sans se retourner, la vieille dit :

– Julie ?

– Oui ?

– C'est bien Julie ton nom, n'est-ce pas ?

– Oui...

– Julie, ne t'inquiète pas. Tu es prisonnière. Tu as trahi, mais tu vas servir. Et tu vas nous aimer. Prendre du plaisir. Nous avons besoin de belles plantes comme toi pour nous repeupler.

La vieille fouilla dans sa poche, et sortit un petit revolver qu'elle pointa en direction de Julie. La jeune femme n'eut pas le temps de réagir. Elle sentit une piqûre dans sa cuisse.

– Ne t'inquiète pas, c'est juste pour dormir...

Puis la vieille sortit.

Julie resta sur le sol, ses fesses nues sur le sol gras, les cuisses écartées, les mains contre sa poitrine, la voix de la femme aux yeux de chien-loup résonnant dans son esprit. Son esprit s'embruma.

Son impression, sur la route, n'avait pas été fausse.

D'ailleurs, ça n'était pas qu'une impression.

Plutôt une prémonition.

Une prémonition qui se vérifiait, là, maintenant, alors qu'elle tombait de sommeil.

La noyade n'était qu'un lointain souvenir. Un plaisant souvenir. Là, c'était autre chose.

Elle était en enfer.

14

Le froid.

Le froid, puis la douleur.

Luc ouvrit les yeux. Il était allongé à terre dans une pièce blanche, éclairée au néon.

Des espèces de blocs rouges à la forme indéfinissable pendaient du plafond. Il regarda le sol, autour de lui. Il était rouge de sang, liquide par endroits, aggloméré à d'autres. Il regarda de nouveau les choses qui pendaient. C'était des corps. Des morceaux de corps. Des jambes, des troncs. Des têtes. Accrochés au plafond par des crocs de boucher.

Il se leva d'un bond et cria. Puis se tut. Ne pas se faire repérer. Se taire. Oui, il fallait se taire, et se tirer d'ici en vitesse.

La clocharde l'avait déposé là, comme ça, comme un

(*morceau de viande)*

moribond, destiné à être suspendu. S'il ne s'était pas réveillé en sursaut, il aurait probablement fini découpé en mille morceaux, suspendu à un croc de boucher !

Comme

(de la viande)
les autres.

Il regarda les morceaux de corps qui pendaient. La nature du lieu ne laissait aucune place au doute. Il était dans une chambre froide. Mais ce n'était pas un frigo. Non, c'était un congélateur. Les corps et les membres suspendus étaient piqués de givre. Il regarda de nouveau autour de lui, et retint un hurlement. Juste à côté, il y avait un homme sans jambes, ouvert au niveau du thorax, qui semblait le regarder de ses yeux vitreux. Partout, il y avait des bras accrochés, des pieds, des bassins.

Sa respiration s'accéléra. Une arme, il avait besoin d'une arme. Il tâta son propre corps instinctivement, cherchant son flingue de service. Mais il n'avait plus de vêtement. Son regard fut attiré par une petite lumière jaunâtre, à l'autre bout de la pièce. Derrière une cuisse dont le fémur était mis à nu, il y avait une table éclairée par un petit spot jaune. Et au-dessus de la table, des couteaux. Des dizaines de couteaux. Des couteaux fins, pointus, d'une taille impressionnante. Voilà ce dont il avait besoin. Mais pour atteindre la table, il lui fallait traverser la forêt de cadavres. Sans réfléchir. Il réprima un haut-le-cœur, écarta un tronc du bras, et se mit en mouvement.

Puis s'arrêta net.

Il y avait un bruit.

Un bruit venant du fond de la pièce.

Il n'était pas seul.

15

C'est l'odeur qui la réveilla.

Une odeur animale, comme si elle était entourée de bêtes sauvages, retenues captives dans un lieu clos. Elle n'ouvrit pas les yeux tout de suite. Elle essaya de chasser l'odeur de son esprit.

Et puis les images revinrent. La cellule où elle était enfermée. La vieille aux yeux bleus et l'adjudant. Son corps nu, sur le sol.

– Et après, que s'est-il passé après ? murmura-t-elle sans même s'en rendre compte.

Une voix lui répondit :

– Après, on t'a droguée, on t'a amenée ici. Et tu as dormi. Plusieurs heures.

Julie ouvrit les yeux. Face à elle se trouvait une femme jeune, une vingtaine d'années à peu près, blonde, les yeux verts. Plutôt mignonne.

La femme blonde mit un doigt devant ses lèvres.

– Chut.

Elle grimpa sur la couchette superposée sur laquelle Julie était couchée. C'est au moment où elle se hissa auprès d'elle que Julie prit conscience de l'endroit où elle était retenue prisonnière. Ça n'était plus la cellule de la gendarmerie.

C'était une grande pièce, avec de larges fenêtres. Une pièce qui sentait le fauve et la saleté. Partout, autour, il y avait des couchettes de deux ou trois lits superposés. Et, au centre, une petite table et un poêle à bois. Il n'y avait que des femmes. Quelques-unes étaient seules, d'autres jouaient aux cartes ou aux échecs. Les femmes étaient vêtues de peaux de bêtes, comme si elles sortaient tout droit de la Préhistoire. Julie vérifia si elle était vêtue de la même manière. Elle eut la désagréable surprise de constater qu'elle était nue.

– Pas de panique, dit la jeune femme blonde. Tu ne resteras pas nue longtemps.

Julie se mit à rougir, et remonta les draps sur elle. La jeune femme ricana :

– Ne t'inquiète pas, je ne mange pas de ce pain-là ! De toutes les manières, les choses du sexe me dégoûtent, comme elles dégoûtent beaucoup de ces femmes.

– Mais où je suis ? Et qui êtes-vous ?

– Tu peux me tutoyer, tu sais. Je m'appelle Stéphanie. Et pour répondre à ta question...

Il y eut un cri. En face d'elles, deux femmes assez âgées étaient en train de se quereller autour d'une partie d'échecs. Visiblement, l'une reprochait à l'autre d'avoir permis à une tour de se déplacer en diagonale.

– Ne t'inquiète pas, dit Stéphanie. Les disputes comme celles-ci sont fréquentes. Ce sont... ce sont des vieilles.

– Des vieilles ?

– Oui. Toute femme ayant plus de trente ans est considérée comme une vieille ici, tu comprends ?

Les cris des deux femmes redoublèrent d'intensité. Un murmure d'intérêt parcourut la petite pièce.

– Je faisais du stop il y a un an et demi, poursuivit Stéphanie. Du stop à la sortie d'Ancelle. Quelqu'un m'a prise en voiture. Je pensais que c'était un berger, un homme d'apparence placide. Et il m'a emmenée... il m'a entraînée ici.

– Vous... pardon, tu... tu as dit un an et demi ?

– Oui. Un an et demi. Au début, j'ai cru qu'on me tuerait, après j'ai pensé que les flics viendraient à mon secours, mais... subitement, elle se mit à pleurer.

– Stéphanie ?

Les cris montèrent en puissance. Des noms d'oiseaux fusèrent. Quelques femmes s'étaient levées et regardaient les deux joueuses d'échecs en souriant. Leurs attitudes faisaient penser à des êtres que l'on aurait trépanés, des aliénées qui prenaient un malin plaisir à venir voir des bagarres, en se dandinant de gauche à droite. Julie avait l'impression d'être enfermée dans la pièce de vie d'un asile de fous.

– Je pensais qu'on allait me tuer, reprit Stéphanie. Le berger m'a entraînée dans cette... maison, et je pensais qu'il allait me torturer, me tuer. Mais non, on ne m'a pas tuée.

Julie n'en croyait pas ses oreilles.

– Ça fait un an et demi que tu es là ?

– Oui… Je croyais qu'on allait partir à ma recherche, j'avais un petit ami… Mais personne ne part à la recherche de personne ici.

– Mais qu'est-ce qu'ils nous veulent ? Qu'est-ce qu'ils te voulaient à toi ?

– Tu veux dire : qu'est-ce qu'*elles* me veulent ?

– Elles ?

– Oui. Le berger n'était que le transporteur. Ici, il n'y a que des femmes.

Il y eut un cri.

Un cri, suivi du bruit mat d'un poing qui s'abat sur un crâne.

La femme qui avait déplacé la tour en diagonale avait planté ses phalanges dans le visage de l'autre.

Les spectatrices qui s'étaient agglutinées autour d'elles s'enflammaient, applaudissaient. Criaient de joie. L'autre joueuse d'échecs se jeta sur son adversaire, l'empoigna par les cheveux. Les bras des deux femmes s'agitaient en tous sens, cherchant à atteindre le visage de l'autre.

– Elles sont déjà vieilles et moches, ça va être pire…

Julie regarda Stéphanie. La jeune femme blonde avait dit ces quelques mots d'un ton détaché, mais ses yeux semblaient hallucinés, comme ancrés dans un délire profond.

– Que veux-tu dire ? demanda Julie.

– Je veux dire qu'elles n'ont plus aucune chance, tu vois. Contrairement à toi et moi.

Stéphanie tendit une main vers le drap de Julie. Elle le tira d'un coup sec, dévoilant les seins de la jeune femme. Elle plaqua sa main sur son sein droit, fit le tour de son téton avec son index. Julie eut une désagréable sensation lorsque son téton se mit à durcir.

– La chance de quoi ?

– De survivre, conclut Stéphanie en accentuant sa pression sur le téton.

Un cri rauque retentit. Une grosse femme aux cheveux blancs, postée à la fenêtre, venait de hurler. Subitement, le groupe des femmes se dispersa et toutes retournèrent se coucher sur leurs bannettes.

– Elles arrivent, dit Stéphanie d'un ton effrayé. Elles arrivent.

Et elle sauta de la couchette.

– Mais qui arrive ? demanda Julie.

– Ma'. Ma' et les autres. Les autres filles.

Stéphanie se tenait debout. Derrière elle, les femmes en peaux de bêtes couraient en tous sens pour rejoindre leurs couches.

– Ma' ? Qui est Ma' ? demanda Julie. Qui est Ma', et qui sont les autres filles ?

Stéphanie la regarda d'un œil noir.

– Ma', c'est la cheftaine. Une vieille aux yeux bleus. Les autres l'appellent Ma', ou « Mon lieutenant ». Les autres filles… Tu verras. Tu les verras. Il y en a de tous âges. Mais parmi elles, il y a des nôtres.

– Des nôtres ?

– Oui…

La porte s'ouvrit. Ma' entra. Et Julie la reconnut. C'était la vieille aux yeux bleus qui l'avait

(*torturée*)

observée dans la cave de la gendarmerie.

La mégère entra lentement, et le silence se fit comme par magie dans tout le dortoir. On aurait dit une mère supérieure qui pénétrait dans une salle de classe d'un collège catholique. Sauf que cette mère supérieure était vêtue d'un uniforme.

D'autres femmes entrèrent. Une dizaine, puis une autre dizaine. Une armée de femmes. Julie n'en croyait pas ses yeux. Il y en avait de très vieilles, mais aussi des nourrissons, des petites filles âgées d'à peine quelques mois que d'autres femmes – de tous âges – tenaient dans leurs bras. Certaines femmes étaient en uniformes, d'autres vêtues de simples peaux de bêtes.

– Il y a eu des cris, dit Ma'.

Les femmes qui venaient d'entrer se mirent à rire. Celles qui étaient sur leurs couchettes se recroquevillèrent.

– Il y a eu des cris et coups, martela Ma'.

Des bébés se mirent à pleurer. Julie vit quelques femmes allongées se tourner vers les cris des nourrissons, comme appelées par leur

(*progéniture...)*

cri.

– Je ne veux pas de cris et de coups, martela Ma'. Je veux que les coupables se dénoncent. Je veux que les autres femmes dénoncent les coupables.

L'armée de femmes se mit à rire. Les bébés gloussèrent.

Des doigts se tendirent depuis chaque couchette, désignant les deux fautives. Les femmes du dortoir dénonçaient les querelleuses. Sans se faire prier.

– C'est bien, mes chéries, c'est très bien, dit Ma'. *Danke.*

Trois soldates tirèrent les deux joueuses d'échecs de leur couche. Elles n'opposèrent aucune résistance. Elles les amenèrent face à Ma' qui les toisa :

– Vous êtes déjà si vieilles, leur dit-elle. Vous n'auriez pas dû vous faire remarquer comme cela.

Puis elle claqua des doigts.

La pièce se remplit d'un chant de joie. La garde rapprochée de Ma' ulula de plaisir tandis qu'on emmenait les deux joueuses d'échecs au dehors.

La vieille Ma' ne chantait pas.

Elle fixait Julie alors que ses comparses disparaissaient.

– On va bientôt s'occuper de toi, lui dit-elle.

Puis elle se retourna, et sortit.

Julie ne put réprimer un frisson d'horreur lui parcourir l'échine.

Un frisson d'horreur et une terrifiante envie de vomir.

16

Cela faisait plusieurs heures qu'il vivait un cauchemar. Lorey était assis dans le noir le plus complet, adossé à un mur, les fesses collées au sol. Il avait essayé de bouger, mais ses bras n'avaient pu esquisser le moindre geste : il était menotté, attaché sans doute à une barre de fer fixée au-dessus de sa tête. Puis, en se concentrant, il avait pu entendre comme… comme une respiration. Cette respiration pouvait être celle de n'importe qui. Un bourreau. Un animal… Il tenta :

« Il y a quelqu'un ? »

Mais personne ne répondit.

Le goût du sang dans sa bouche.

Et la douleur, sur son crâne.

Il ne se souvenait pas vraiment de ce qu'il faisait ici, mais le lancement au niveau de sa tempe le lui rappela : la source des Dix Diamants, la tempête de neige, le christ, et puis la maison grise. Le cric sur son crâne. Ses pieds glissèrent sur le sol. L'image de Saar s'imposa à lui. Ou plus exactement l'image qu'il avait choisi de donner à Saar. Le choix du personnage animé. Au début du jeu, le logiciel demandait de choisir un prénom et proposait plusieurs sortes de configurations pour les personnages. Choix des yeux, des jambes, des cheveux, couleur de l'armure. Les forces et les faiblesses étaient laissées à la libre appréciation du joueur. Tout participant était à la fois Dieu et sa créature. Il avait une prise sur sa propre vie. Pas comme lui, Jean-Marie Lorey, formaté pour devenir le meilleur commercial parmi les meilleurs commerciaux puis réduit à être un « nolife » pitoyable dans un appartement crasseux. Grâce à Saar, il avait enfin une prise sur les événements. Il pouvait diriger un personnage, un autre lui-même, en fonction de ses désirs. Il soupira.

Si je sors d'ici, je balance mon ordinateur, mon appartement, et je deviens moi-même Saar.

Que ferait Saar ?

Que ferait le Jean-Marie Lorey d'avant ? Celui qui était le petit chéri à sa môman, et à qui rien ni personne ne résistait ?

D'abord, il analyserait la situation.

D'abord, il essayerait de se détendre.

Il se sentit partir. Il allait s'évanouir. Il entendit un râle. Un petit cri de fond de gorge.

La respiration… Il y avait bien quelqu'un…

Quelqu'un qui poussait un gémissement de désespoir. Une autre personne était ici, dans le noir. Sans doute enchaînée à l'autre bout de la pièce. Et le gémissement qu'elle poussait ne laissait aucun doute sur l'état dans lequel elle était.

Le compagnon de captivité de Lorey était en train de mourir.

17

Des grognements.

Inaudibles.

Les femmes, car ces voix aiguës ne pouvaient appartenir qu'à des femmes, s'exprimaient dans une langue inintelligible. Luc entendit claquer la lourde porte du congélateur dans lequel il était enfermé. Et des pas. Elles étaient au moins deux. Et elles avaient refermé la porte derrière elles. Il essaya de les discerner, mais les carcasses lui cachaient la vue. Pourtant, elles étaient bien ici. Le lourd écho de leurs pas sur le sol ne laissait aucune place au doute. Il darda son regard vers la porte, puis son œil fut attiré par une cuisse poilue qui ondulait de gauche à droite. Et il la vit. La femme. La clocharde. En tous points identique à celle qui l'avait agressé dans la forêt. Elle venait de repousser le morceau de barbaque poilu, et regardait dans sa direction. Il plongea à terre, rampa, et reprit la position qu'il avait au sol. Il ferma les yeux.

Il faut qu'elle me croie mort. Sinon, je vais y passer. Ce sont des folles, des dégénérées consanguines qui se sont établies dans ce coin isolé de la montagne. Il n'y a pas de succubes ni de monstres. Mais des cinglées qui torturent les humains, et les accrochent à des crocs de boucher !

– Il est là-bas, dit la clocharde.

– Oui, dit une deuxième femme.

Les pas s'approchaient de lui. Luc tenta de réguler sa respiration. Si les femmes venaient trop près, elles verraient son torse se soulever à chaque inspiration, et il n'y aurait pas d'échappatoire. Il devait oublier la morsure du froid, et se concentrer pour respirer le plus lentement possible et... il pensa au visage de la clocharde qui venait d'entrer. Quelques centaines de neurones dans son cerveau se mirent en branle. Il était fichu. Même s'il respirait lentement. Même s'il se faisait passer pour mort. Car ça n'était pas le mouvement du morceau de barbaque ni même le visage de la femme qui avait attiré son regard. Non. C'était autre chose. La vapeur. La vapeur blanche qui sortait des narines et de la bouche de la clocharde alors qu'elle regardait dans sa direction.

Même si je respire lentement, un air chaud sortira de ma bouche. Un air chaud est en train de sortir de ma bouche.

– Il est là-bas, il faut le préparer.

– Oui, il faut qu'on le prépare. Il est temps. Il est grand temps.

– Grand temps ! Sale traître !

Les deux femmes pouffèrent. Il prit une grande bouffée d'oxygène et bloqua sa respiration. Les pas approchaient. Il entrouvrit légèrement ses paupières, de façon que ses yeux soient toujours cachés derrière ses cils. Il distingua deux ombres habillées de pelures grisâtres.

Une main ferme empoigna ses cheveux. Il hésita à se redresser et les prendre par surprise, mais il se sentait trop faible pour combattre sans arme.

De plus, il ne savait pas depuis combien de temps il était enfermé dans ce congélateur. Ses muscles devaient être engourdis, ses réflexes ralentis. Il faudrait pourtant saisir cette opportunité. C'était sa seule chance !

– On va le mettre là-bas, dit l'une des femmes.

– En route !

On le traînait par les cheveux. Il se laissait transporter comme un pantin désarticulé, faisant croire à une mort récente, un corps pas encore rigide, mais définitivement dépourvu de tout muscle. Il retint une grimace de douleur, et se risqua à ouvrir un œil et vit défiler le sol, fait de pierre et de sable, souillé par le sang. Le frottement de son corps sur la pierre ne lui procurait aucune sensation désagréable, au contraire, il avait l'impression que cela le réchauffait, préparant ses muscles à l'affrontement avec les deux clochardes.

– Aide-moi, dit celle qui le traînait par les cheveux.

On l'empoigna par les mains et les pieds et on le souleva. Trouver le bon moment. Le bon moment pour les surprendre, les frapper, et s'enfuir de ce lieu de cauchemar.

On le posa sur une table, puis on le retourna. Il ferma les yeux une nouvelle fois, mais il avait eu le temps de voir où il était. La table de découpe ! Ces folles l'avaient posé sur la table de découpe, où elles allaient le débiter en morceaux avant de le suspendre !

– Allez, au boulot.

Il entendit le son d'une lame qu'on décroche du mur, puis une autre. Elles venaient de prendre des couteaux. Il n'y avait pas de temps à perdre.

J'ai des armes à portée de main. J'ai l'effet de surprise, puisqu'elles me croient mort. Je n'aurai pas de seconde chance.

Il se dressa d'un seul coup en hurlant, ouvrit les yeux. Les deux clochardes reculèrent d'un pas, par réflexe.

– Il est vivant !

Il tendit sa main derrière lui, décrocha un hachoir, le planta dans le cou de la femme qui venait de parler. Elle tomba aussi sec. L'autre bondit sur lui, mais il fit un pas de côté. La femme s'étala sur la table en inox, lâcha son couteau. Il agrippa son cou d'une main, saisit ses cheveux gras, et frappa sa tête contre la table.

– Qui es-tu, hein, qui es-tu ? cria-t-il.

Et il frappa, frappa, frappa. Il entendit le craquement des os de la femme, le sang et la chair jaillirent par à-coups. Il n'y avait plus aucune résistance, plus aucune raideur de la nuque ni du visage, la main de la femme ne cherchait plus d'arme à portée. Il lâcha le corps qui s'affaissa sur le sol. Il se rapprocha de l'autre femme, retira le hachoir de sa jugulaire.

Il prit un petit couteau, se pencha vers la femme qu'il avait tuée avec le hachoir et entreprit de la déshabiller. Sa peau de bête semblait moins élimée, moins sale que celle de l'autre. Il s'en vêtit, et ressentit de nouveau une douleur cinglante à l'omoplate alors qu'il s'emmitouflait dans la pelure. Le bout de bois qui s'y était fiché avait fait des dégâts. Il regarda partout dans la chambre froide pour voir s'il y avait une armoire à pharmacie, ou au moins de l'alcool, mais rien ne ressemblait à cela. Il mit un doigt sur sa blessure. Elle était ouverte. Mais pas si douloureuse que cela, au toucher.

Aucun organe vital n'a été atteint. C'est un coup de chance énorme. Mais il faut que je parte d'ici. Que je trouve un médecin. De l'alcool. Vite.

Il serra le petit couteau dans sa main gauche, le hachoir dans la droite, fit quelques pas vers l'entrée de la chambre froide.

« Nom de Dieu, mais combien êtes-vous ? » murmura-t-il alors qu'il actionnait le loquet de la porte et la poussait le plus lentement possible.

Il ne l'ouvrit pas entièrement. Quelques centimètres tout au plus.

Juste assez pour jeter un œil à l'extérieur et préparer sa fuite. Observer l'ennemi sans que l'ennemi sache qu'il était observé.

Il n'y avait pas d'autre sortie possible. Il n'avait pas le choix.

Ce qu'il vit le rassura, car il n'y avait personne de l'autre côté. Pourtant, il ne savait pas s'il devait se réjouir ou hurler.

Car c'était bien une vision d'horreur qui s'offrait à lui.

18

Il n'y avait plus rien à voir.

Il n'y avait plus un bruit.

La visite de Ma' et des autres femmes avait anesthésié toute velléité de révolte, ou même de dialogue.

Chaque couchette était désormais occupée par une seule femme. Julie s'était prostrée sous la couverture. Celle-ci était rugueuse, mais agréablement chaude.

Elle murmura :

– Stéphanie ?

Il y eut un petit grognement, en dessous.

Elle répéta :

– Stéphanie ?

– Oui, maugréa la jeune femme blonde. Ne parle pas fort. Si Ma' nous écoute, Ma' reviendra et Ma' nous tuera.

Julie sentit plusieurs dizaines d'yeux se poser sur elle. Elle regarda le dortoir. Les femmes l'avaient entendue parler. Les femmes la haïssaient.

– Je ne savais pas, murmura-t-elle.

Elle se recoucha, retint quelques larmes. Elle avait entendu parler, dans un reportage, de ces otages qui, peu à peu, devenaient complices de leurs agresseurs. Comme s'ils étaient embarqués dans la même galère.

Il va falloir que je m'évade. Que je m'évade et que je me débrouille seule. Toutes sont complices. Toutes craignent et adorent cette Ma'.

Par les fenêtres, Julie pouvait distinguer des mouvements au-dehors. Des femmes marchaient. Les soldates de Ma'.

Les fenêtres, on peut les casser...

On pouvait les casser et courir, loin, appeler les secours. Oui, c'était ce qu'il fallait faire. Casser une fenêtre quand tout le monde dormira, en pleine nuit. Et sortir d'ici.

Ensuite, improviser.

Nue.

Dans la neige.

Stéphanie avait dit qu'elle était ici depuis un an et demi. Il était hors de question qu'elle subisse le même sort. Elle sentit comme un poids sur ses poumons. On aurait dit une pointe d'angoisse, une difficulté à respirer due au stress. Elle avait déjà connu cette sensation. Elle s'en souvenait très bien. La prophétie de son psychiatre se réalisait. La noyade revenait. Elle allait mourir, ici, les poumons écrasés.

La porte d'entrée claqua.

Une femme massive, aux cheveux blancs, apparut dans l'embrasure de la porte, et hurla dans le dortoir avant de refermer la porte :

– Toilette ! Repas !

Les femmes s'activèrent, sautèrent de leurs couchettes. Se coiffèrent. Toutes murmuraient, comme s'il fallait recommencer à parler avec une voix légère, pour ne pas attiser le courroux de Ma'. Comme si la grosse femme les avait autorisées à retrouver une activité normale. Stéphanie se leva. Elle s'adressa à Julie :

– Tiens-toi à carreau.

– Comment ?

– Tiens-toi à carreau si tu veux t'en sortir vivante. Elles ne sont pas tendres avec les nouvelles.

– Qui ça ?

– Je ne parle pas de Ma' et de ses soldates. Mais regarde dans cette pièce. Regarde les yeux des autres femmes quand elles te regardent. Lève-toi, descends de ta couchette, tu vas voir.

Julie s'exécuta.

À peine les pieds au sol qu'elle sentit les regards se poser sur elle. Ses yeux. Ses seins, son pubis, ses jambes.

– Tu es une belle femelle, expliqua Stéphanie. Et les autres s'en aperçoivent. Tu es bien faite, jolie, tu sens encore bon, tu es jeune. Tiens-toi à carreau, car les autres pourraient vouloir te tuer.

Julie sursauta.

– Me tuer ?

– Oui, te tuer, grimaça la jeune femme blonde. Ma' et ses acolytes ne te feront rien. Tu es bien trop jolie. Elles te préserveront. Chose étrange, elles vont même te protéger alors que tu es leur prisonnière. Je te parle des autres détenues !

– Mais elles sont captives, tout comme moi ! Pourquoi vouloir me tuer, moi ? Pourquoi ne pas s'allier, toutes, et s'enfuir ?

Stéphanie ricana. Un sourire triste se dessina sur son visage.

– Tu es comme moi quand je suis arrivée. Comme nous toutes, sans doute. Tu as sûrement regardé les fenêtres, vu que c'était une petite maison, et tu as pensé que tu pourrais t'enfuir...

– Oui...

– Ne bafouille pas. Ça prouve que tu es... normale... Ici, soit tu deviens folle et tu te tues, soit tu te soumets, et tu deviens un animal domestique, comme elles toutes.

La porte claqua de nouveau. La grosse femme fit quelques pas à l'intérieur de la pièce.

– En rang par deux, hurla-t-elle.

Stéphanie eut tout juste le temps de murmurer :

– Mais il ne sert à rien d'essayer de s'enfuir. Car c'est impossible. Tu m'entends ? Impossible...

Le groupe exécuta l'ordre de la grosse femme. Toutes se mirent en rang par deux. Quelques femmes toisaient toujours le corps de Julie. On entendait quelques murmures. Quelques sifflements querelleurs, des rictus fardés de haine. Julie et Stéphanie se postèrent côte à côte. Derrière elles, six femmes constituèrent trois rangs. Il y eut une voix rocailleuse, moqueuse.

– La lesbienne a trouvé une nouvelle proie.

Puis quelques rires.

– *Ruhe !* Silence ! hurla la grosse femme.

Stéphanie soupira. Elle murmura à Julie :

– C'est de moi qu'elles parlent. Je ne suis pas lesbienne. Je parle avec les nouvelles. Tout simplement.

Contrairement à elles. Ces chiennes sont jalouses. Ces chiennes sont inhumaines.

– Salope ! souffla la voix rocailleuse.

Stéphanie se retourna. Par réflexe, Julie fit de même. Elle vit la jeune femme blonde courber l'échine, comme si elle allait se transformer en quelque animal monstrueux. Elle la vit crisper ses doigts, comme des serres d'aigle.

La grosse femme hurla l'ordre de se taire et se remettre en rang. Les filles se retournaient, les unes après les autres. Des sourires illuminaient chaque visage. Des sourires marqués par le sceau de la folie.

– En rang, j'ai dit ! hurla la grosse femme.

Mais il était trop tard. Stéphanie bondit sur la femme brune hideuse du dernier rang et planta ses ongles dans ses yeux.

La grosse femme hurla une phrase incompréhensible, puis sortit, pour aller chercher du renfort. Julie ne savait que faire : se jeter entre les deux femmes en train de se battre ou participer à l'assistance passive qui observait le combat. La plupart des femmes avaient la bave aux lèvres tant elles souriaient.

Elles ne sont plus humaines.

Elles sont devenues des bêtes, assoiffées de sang, se délectant du moindre combat.

Il y eut un coup de feu, dehors.

D'un seul coup, toutes les femmes rejoignirent leurs couchettes, comme dans une chorégraphie millimétrée. Julie fit de même. Ce n'était pas le moment de se faire remarquer. Elle se hissa jusqu'à son lit.

Stéphanie se releva. Sa peau de bête était maculée de sang. Ses ongles étaient rouges. Ses yeux bleus suintaient la haine et la hargne. La femme hideuse était restée au sol, dans une position improbable. Du haut de sa couchette, Julie pensa immédiatement qu'elle était morte. Stéphanie la regarda. Elle lui fit un grand sourire.

– Quoi qu'il arrive, garde toujours la foi, dit Stéphanie. Et oublie ce que je t'ai dit. Tu peux t'enfuir ! Sinon, tu deviendras comme nous toutes : une reproductrice !

Le cœur de Julie fit un bond. Une reproductrice ? Que voulait-elle dire par là ? Une prostituée qui donnerait naissance à des enfants ? Une putain qui servirait à fournir de la chair fraîche pour alimenter un trafic d'organes, ou des circuits de revente de bébés pour des adoptions ?

Stéphanie fit quelques pas vers la couchette de Julie.

– Je suis mariée, lui dit la femme blonde. Mariée à Bertrand Bosser. Il habite rue des Magnolias, à Toulouse, promets-moi que… promets-moi…

Les larmes lui vinrent aux yeux. Julie dit :

– Mais tu le reverras, ne t'inquiète pas. Et moi aussi, je reverrai Luc. On va s'en sortir.

Ma' entra.

– Qui a fait ça ? demanda-t-elle.

Stéphanie fit un pas.

– C'est moi, Ma'.

– Appelle-moi lieutenant Ma' ! Qui t'a donné l'autorisation de faire ça, de frapper ?

– Personne. Elle m'a provoquée.

– Quelle est la règle numéro deux ?

– Lieutenant Ma', je jure que...

– La règle numéro deux.

– De ta vie et de ta mort, seule Ma' décidera.

Ma' joignit ses mains et se mit à applaudir.

– Bravo.

– Mais Ma'...

– Tais-toi. Et viens avec moi. Les autres, en rang par deux. Et en silence. Et dans la cour. C'est l'heure de la toilette. Et du repas. Et du jugement.

Elle fit un demi-tour et sortit.

Stéphanie jeta un regard éploré à Julie qui lui rendit un petit sourire. Puis la jeune femme blonde disparut, traçant ses pas dans le sillage de Ma'.

19

C'est un traumatisme d'enfance qui le frappa de plein fouet.

Lorsqu'il était petit, Lorey avait eu peur, comme tous les gamins de son âge, du noir dans sa chambre, de la nuit, des araignées. Mais la pire de ses peurs, la plus handicapante, était le visage de sa vieille tante.

Il l'aimait pourtant, et était aimé d'elle. Mais son visage ridé, son absence de dents, sa voix chevrotante, tout cela alimentait ses cauchemars.

Elle avait un visage souriant, mais il terrifiait Lorey. Enfant, il ne pouvait imaginer qu'on puisse vivre si vieux. Qu'un visage si ridé puisse exister. Un visage si ridé, une voix si métallique. Pour Lorey, c'était pire que le monstre tapi sous le lit, pire que les ombres nocturnes dans la chambre. Lorsqu'il s'endormait, le soir, il essayait de chasser le visage de sa vieille tante, de ses pupilles, sans quoi il sombrait dans les cauchemars les plus atroces, poursuivi par une horde de vieilles à la peau parcheminée.

Et ce traumatisme revint.

Sous la forme d'une lumière, tout d'abord.

Une lumière vive qui frappa sa rétine.

On lui avait ouvert la paupière, et projeté le faisceau d'une lampe électrique dans l'œil. Et puis il la vit.

(*Sa vieille tante.)*

C'était son portrait tout craché.

Son œil, cerclé de rides. Son visage flétri. Son air terrifiant.

La vieille s'adressa à lui :

– Quel âge as-tu ?

Puis elle ne dit plus rien, et repartit en boitillant, d'un pas pressé, sa lampe dessinant des arcs de cercle sur le sol de la cave. Avant de quitter la pièce, elle actionna un interrupteur. Une ampoule, pendante au bout d'un fil dénudé, s'alluma. La lumière jaillit. Il était dans une cave. Et au fond de la pièce gisait un homme nu, très maigre, menotté tout comme lui à deux barres de fer fixées au mur. Il ressemblait à un prisonnier rescapé d'un camp de concentration. Oui, c'était ça. L'homme ressemblait à ces êtres amaigris par la faim, la peur et la douleur. On distinguait très nettement le contour de ses côtes tentant de percer ses flancs décharnés. Lorey cria :

– Eh ! Eh ! Réveille-toi !

Mais l'homme ne bronchait pas. Lorey regarda la

(*vieille tante)*

femme, mais elle ne cilla pas non plus. Lorey détailla le corps de l'homme. Des plaies noirâtres et purulentes ornaient son corps meurtri. Une petite gamelle d'eau noire était posée devant lui, à portée de ses mains. Lorey regarda autour de lui. La mise en scène était identique : une gamelle posée à un mètre de son pied droit, ses mains prisonnières dans des menottes, elles-mêmes fixées à deux barres de fer.

Il y avait des barres de fer partout. Scellées tout autour du mur de la cave. Par dizaines. Des barres qui attendaient les prochaines victimes.

L'ampoule grésilla.

La vieille le regarda de nouveau et lui dit :

– Tu sembles vieux. Quel âge as-tu ? Je crois que le lieutenant Ma' ne va pas t'apprécier.

Puis elle referma la porte et disparut.

Il fallait qu'il se sorte de là. Il s'en voulut d'avoir tapé à la porte de la maison en pierre, malgré les recommandations de Mattéo Piedra.

L'homme nu se tourna vers Lorey. Il ouvrit les paupières. Son regard brumeux se figea dans le sien. Il y lut de la détresse, de la résignation. Et puis il vit autre chose. Pas un appel à l'aide ni une jérémiade, non, c'était des yeux affolés, qui cherchaient à lui dire que ce qui allait se passer ici était pire que tout ce qu'il pouvait imaginer. Puis il s'évanouit de nouveau.

Il se réveilla après un court rêve dans lequel Saar venait le sauver, accompagné d'une troupe de magiciens et d'hippogriffes.

Tu perds la boule. Saar ne t'aidera pas. Saar t'attend avec ta putain de connexion wifi et ses fichus cheveux bleus à hôtel de Gap. Saar t'attend dans une prison comme celle-ci, et il est foutu tout comme toi. Saar n'est pas réel, tu m'entends bien ? Mais toi, tu l'es. Ta vie merdique l'est. Tes poignets dans ces menottes aussi.

Il eut envie de crier, mais se dit qu'il ferait mieux de conserver ses forces pour analyser la situation. Il se dit également qu'Agro World, n'ayant pas de ses nouvelles, engagerait vite des recherches. Que Piedra parlerait aux flics des maisons en pierre, et de leurs habitants peu recommandables, et le tour serait joué. Palistère n'allait pas perdre son meilleur commercial comme cela. Ou, plutôt, il n'allait pas perdre un marché de plusieurs millions d'euros sans rien dire. Oui, le P-DG enverrait l'artillerie lourde. Lorey tenta de faire bouger sa main droite pour vérifier que l'acte de vente se trouvait toujours dans sa poche de chemise, mais la douleur de la menotte lui rappela l'inutilité de son geste. Il baissa la tête. Le petit bout de papier était là, comme une fleur épinglée à la boutonnière de sa chemise. Une pensée terrible s'imposa à lui. Et si ces gens en voulaient à ce contrat ? Et si les quelques habitants du crêt des Dix Mendiants ne voulaient pas de l'installation d'Agro World ? Cela n'était pas de la supputation. On avait déjà vu des riverains, ou des écologistes, s'opposer à l'installation d'usines ou de routes pour préserver, comme ils disaient, leur cadre de vie. Ils l'avaient peut-être enlevé pour ça. Il était tombé dans un piège. Bien entendu, les habitants du bourg ne pouvaient pas prévoir qu'il allait perdre le contrôle de son véhicule, mais les dégénérés lui auraient probablement tendu une embuscade, un peu plus loin sur la route d'Ancelle.

Qu'aurait fait le Jean-Marie Lorey d'avant ? Il répondit à voix basse :

« Il aurait pissé contre le christ, d'accord, mais en dehors de ça ? Qu'est-ce que tu aurais fait, toi, Jean-Marie Lorey, le maître du monde ? »

Il regarda la pièce, la gamelle d'eau qui lui était destinée. Il allongea son pied droit pour l'atteindre. Non seulement il avait soif, mais le rebord métallisé de la gamelle lui permettrait peut-être de défaire ses menottes. Ou lui servir d'arme. Il tendit son corps au maximum, et sentit les menottes pénétrer un peu plus dans ses poignets. Son pied racla le sol sablonneux, mais n'arriva qu'à quelques centimètres de la gamelle sans pouvoir l'atteindre. Il se redressa, eut un gros lancement dans le crâne. Une sorte de névralgie subite et douloureuse. Il décida de ne plus bouger, le dos contre le mur, les mains attachées au-dessus de lui. Puis il reçut de petites gouttes sur sa tête, floc, floc. Ses poignets saignaient.

20

Des torches.

Des dizaines, des centaines de torches.

Portées par des bras féminins.

Plantées sur des bâtons.

Des torches et de la neige.

Et ce feu de joie, au milieu de la

(*cour*)

place du village. Il faisait noir, pourtant on y voyait comme en plein jour. Il neigeait, et Julie, bien que nue, n'avait pas froid. Partout, il y avait du feu. Les torches, bien sûr, mais aussi une marmite posée sur un gigantesque brasier.

Les prisonnières avançaient en file indienne vers une autre maison. Un peu plus loin, elle en distinguait une troisième.

Trois maisons, dans un triangle, au milieu duquel se trouvaient une marmite et du feu. Pas de route. Et, loin, derrière, les sapins recouverts de neige. Des sapins gigantesques.

Une bonne odeur d'oignons flottait dans l'air. La marmite avait une taille impressionnante, et Julie pensa bêtement aux banquets dans le petit village gaulois d'Astérix.

La garde rapprochée de Ma' se tenait tout autour des maisons. Certaines femmes tenaient des torches dans leurs mains, d'autres des poignards de taille impressionnante. Quelques-unes semblaient armées de fusils de chasse. Certaines étaient vêtues de peaux de bêtes, d'autres avaient un uniforme qui paraissait vieillot. La position de chacune semblait obéir à un rituel précis. Les dirigeants, les subalternes. Une femme brune se tenait juste à côté de Julie, dans la file indienne. Julie tenta de lui parler :

– Où va-t-on ?

La femme brune maugréa.

– Je ne parle pas aux nouvelles. Que des ennuis. Comme tout à l'heure.

– Je ne vous ferai pas d'ennuis, où va-t-on ? Dites-moi, où on va.

Julie sentit une main lui agripper les cheveux. C'était une vieille femelle, à la peau rongée, et au visage rond. Et la vieille femelle la jeta au sol ! Julie écarquilla les yeux et elle reconnut la grosse femme aux cheveux blancs. Une soldate de Ma' !

– Tu poses beaucoup de questions. Traîtresse !

Elle eut peur d'être tuée, et ne répondit pas. Elle avait du mal à respirer. Un poids oppressait sa gorge, ses poumons. Elle se… noyait, là, à l'air libre, sur la neige du village d'Astérix !

– Relève-toi ! cria la grosse femme.

Julie s'exécuta. Elle tenta de cacher ses seins et son pubis, mais la grosse femme n'y prêta pas la moindre attention. Elle la poussa en direction de la deuxième maison en pierre, celle vers laquelle se dirigeaient toutes les prisonnières.

– Avance !

Et Julie marcha. Elle sentit les regards se poser sur elle. Ce n'étaient plus des regards de jalousie ou d'envie, mais des regards désapprobateurs devant l'impolitesse dont elle faisait preuve. Elle leur passait devant ! Elles ne la toisaient plus comme si elle était la plus jolie des filles, mais c'était simplement une malpolie qui leur piquait leur place dans la queue !

La maison en pierre avait deux fenêtres à l'étage et une porte au rez-de-chaussée à travers laquelle on pouvait voir de la lumière. On aurait dit un monstre de légende avec deux yeux jaunes et une grosse bouche ouverte.

Deux gardes armées, en uniforme, étaient postées à l'entrée. À leur pied, deux gamines d'à peine quatre ou cinq ans jouaient à même le sol, dans la neige.

– C'est la nouvelle, dit la grosse femme. Lieutenant Ma' veut la voir.

Les deux gardes armées hochèrent la tête.

La porte s'ouvrit de l'intérieur, laissant sortir une femme, l'air apaisé, le sourire aux lèvres. Elle se dirigeait vers le feu de joie sur lequel trônait la marmite. Avec d'autres filles, elle s'assit autour de l'une des tablées dressées pour l'occasion, sur un banc en bois.

On va faire un barbecue géant.

On va manger là, en peaux de bêtes, sous la tempête de neige, au milieu de gardes armées et de torches.

Une fois encore, elle eut envie de se pincer pour y croire. Mais elle n'eut pas le temps de le faire. La grosse femme la poussa avec force dans la maison en pierre.

Puis elle referma la porte derrière elle.

21

C'était un couloir sombre. L'archétype du couloir que craignent les petits enfants lorsqu'ils sont encore à l'âge auquel on croit aux fantômes et aux sorcières. Un couloir de pierre, sans lumière, aux murs suintant l'humidité. Un couloir sans fenêtre, ne menant que dans une seule direction.

– Sorcières ou pas, il va bien falloir y aller, murmura Luc pour se donner du courage.

Il serra fort les manches du petit couteau et du hachoir qu'il tenait dans chaque main et avança dans le boyau étroit. Le couloir semblait interminable. Le sang frais des deux clochardes coulait de son hachoir, il laissait des traces à chaque pas. Il serait aisément repérable, mais il n'avait pas le choix, il fallait qu'il avance.

Au bout d'une trentaine de mètres, le couloir faisait comme un coude, sur la droite. Il y avait de la lumière. De la lumière et du bruit. Des voix. Il serra les deux armes un peu plus fort, se plaqua contre le mur, et avança lentement, essayant de se faire le plus discret possible, tout en saisissant des bribes de conversation. Mais les voix étaient lointaines. Il devait y avoir d'autres clochardes, comme celles qui l'avaient attaqué au-dehors, et celles qui voulaient le découper. Il bondit dans le coude, les deux armes à la main, prêt à égorger quiconque se trouverait face à lui. Personne. Seulement des lumières vacillantes dans une anfractuosité du couloir en pierre. Il s'approcha. Il y avait des bougies disposées sur une petite table. Et, au-dessus, agrafées sur une tenture de velours, des photos en noir et blanc. Des portraits d'hommes sur des photos jaunies. Des dizaines d'hommes, tous très jeunes, vêtus de tenues militaires anciennes. Et une immense photo. Des femmes. Des femmes sur une place de village, des femmes qui semblaient crier leur hargne et leur détermination à la face du monde. Il y avait une inscription sur la photo des femmes. Quelqu'un avait griffonné deux phrases d'une belle écriture ronde. Mais le temps avait fait son œuvre, et Luc dut prendre une petite bougie et coller son nez à la photographie pour arriver à déchiffrer les différentes lettres.

« Sombre en résistance toujours se souviendra de ses morts. Pour la pat... »

La fin de la phrase était illisible. Il reposa la bougie, serra de nouveau son hachoir et son couteau, et reprit sa marche. Puis, il se figea. Il y avait un détail sur la photo des femmes en armes. Un détail qui ne laissait aucune place au doute. Il retourna vers la photo. Oui, c'était bien ça. Là, derrière. Derrière le village. C'était le crêt des Dix Mendiants. La photo avait donc été prise ici même. Il y avait des dizaines et des dizaines d'années.

« Sombre en résistance toujours se souviendra de ses morts... »

Il crut entendre un rire. Un rire qui venait d'en dessous. Une cave ou un souterrain. Il abandonna l'autel et les ex-voto, et accéléra le pas, en réfrénant un frisson d'horreur.

Car le rire qu'il avait entendu n'était pas un rire de femme. Ce n'était pas un rire d'homme non plus.

Non.

C'était un rire d'enfant.

22

« Entre. N'aie pas peur. »

Julie pénétra dans une grande pièce. Devant les fenêtres, on avait tiré d'épais rideaux de feutre rouge. Six femmes en uniforme tenaient des torches à bout de bras. Elles étaient debout, tout autour de la pièce.

Il y avait une odeur âcre, comme si de nombreux fruits étaient en train de pourrir.

Sur un fauteuil en cuir, au centre de la pièce, la vieille femme aux yeux bleus était assise. Elle regardait Julie du même œil qui l'avait scrutée dans la cellule de la gendarmerie.

Julie supplia :

– Que me voulez-vous ?

Ma' se mit à rire.

– Viens avec moi.

Julie la suivit. Dans un recoin de la pièce, il y avait une petite porte. Ma' l'ouvrit. C'était une cuisine. Assise devant une table en bois, une petite fille rousse mangeait un quignon de pain dur. À côté d'elle, il y avait une jeune femme d'une vingtaine d'années. Elles regardaient Julie avec effroi. La prisonnière risqua un « Bonjour… ».

Et la petite fille se mit à pleurer.

– Ma famille, dit Ma'. Voici ma famille. Obligée de se terrer ici à cause de gens comme toi.

– Je crois qu'il y a une méprise, je...

– Vous dites tous la même chose. Il y a une méprise ! Il y a une méprise ! Mais vous êtes des traîtres. Vous nous avez... torturées. Vous nous avez... exterminées. Vous avez tué les hommes !

La vieille femme déglutit péniblement. La petite fille rousse sanglota :

– Mamie ? Comment ça va, mamie ?

– Bien, ma chérie, bien. Ne t'inquiète pas. Je... Mange, ma chérie, mange.

Elle embrassa la petite fille, sécha ses larmes d'une caresse, puis referma la porte, doucement. Ma' avait les yeux rougis. Elle était prête à éclater en sanglots. Une goutte coula sur son visage ridé. Julie osa demander :

– On m'a dit... On m'a dit que je servirai de reproductrice, c'est vrai ?

Ma' répondit d'une voix neutre :

– En temps de guerre, le sexe et le viol sont de bons moyens d'anéantir l'adversaire, non ? Et le fruit de tes entrailles permettra de grossir le bataillon de notre résistance... C'est la femme blonde qui t'a parlé de la reproduction, pas vrai ? C'est elle qui te forme à la rébellion ? En tout cas, ne t'inquiète pas pour elle. Elle est trop jolie, trop bien faite pour qu'on puisse s'en passer. C'est une superbe Aryenne. Toi aussi, d'ailleurs, tu es jolie, et bien faite… mais je n'oublie pas que tu es une saleté de traîtresse. Allez, donnez-lui des habits.

– Que dites-vous ? Une traîtresse, mais je…

– Silence. Ne parle pas. N'aggrave pas ton cas. Qu'on donne des habits à notre prisonnière !

Une des gardes fit quelques pas vers un placard, l'ouvrit. Les effluves de pourriture se firent plus piquants, comme si le courant d'air avait disséminé les mauvaises odeurs dans toute la pièce. Julie entendait sa respiration s'accélérer. Elle tentait de réguler son stress, mais n'y parvenait pas.

– N'aie aucune crainte, dit Ma'. Tu n'as rien à craindre tant que tu respectes les deux règles.

– Les deux règles ?

– Oui. Tu as entendu la numéro deux, tout à l'heure. Il te manque simplement la première : oublie toute chose et tout lieu. Tu as perdu la guerre. Tu es notre prisonnière.

– La guerre ?

– Tu es vraiment insolente. Ne me prends pas pour une idiote. Je parle de la guerre. Celle que nous nous livrons. Celle dans laquelle tu aurais dû combattre à nos côtés. Celle dans laquelle tu as trahi.

23

Trois portes.

Une sur sa gauche, deux un peu plus loin, sur la droite.

Des portes anciennes en bois massif, posées à même la pierre, à la poignée en ferraille sculptée. Ces femmes devaient encore vivre au Moyen Âge. Mais il n'y avait pas de chambre froide avec des hommes découpés en morceaux au Moyen Âge !

Il avança dans le couloir.

Ses yeux avaient du mal à s'habituer à cette obscurité, pourtant il lui semblait bien qu'il n'y avait rien au bout. Pas de sortie. Il stationna quelques instants à la même place, attentif au moindre bruit, et tenta de fixer la paroi, loin devant. Oui, il n'y avait rien. Seulement la pierre. C'était un simple couloir, avec trois portes, et la sortie devait se trouver derrière l'une d'entre elles.

Il fit quelques pas jusqu'à la première. Avant de plaquer son oreille contre elle, il regarda derrière lui, certain d'avoir entendu un bruit. Un nouveau rire d'enfant. Qui venait du sol. Il sentit un petit souffle, un air frais, comme une bise légère qui flottait dans l'air. Quelque chose était ouvert quelque part. Une porte, ou une fenêtre. Non, ça devait être l'isolation. Oui, c'était l'isolation. C'était une maison en pierre, il devait y avoir des interstices entre les différentes couches, et de l'air s'y engouffrait.

Il plaqua son oreille contre la première porte. Il n'y avait pas un bruit, pas un souffle. Les voix des femmes provenaient de la seconde, une bonne dizaine de mètres plus loin.

C'était une discussion animée, ça parlait de douche, de savon et de repas, c'était peut-être des folles, des dégénérées consanguines vivant à l'âge de pierre au fond des bois, mais elles parlaient un français irréprochable. Il hésita à entrer subitement dans la pièce, bondir avec son hachoir et son petit couteau à la main et faire un carnage. Mais combien étaient-elles là-dedans ? Sans doute deux, non au moins trois, oui, c'était ça, elles étaient trois, il arrivait à saisir trois voix différentes.

Son bon sens lui disait d'ouvrir la première porte, celle dans laquelle régnait un parfait silence, et de s'enfuir, de ne surtout pas s'approcher de la seconde, et pourtant c'est ce qu'il fit. Des images de ces folles baignant dans leur propre sang faisaient saliver Luc.

Je vais les tuer, et après je partirai.

Pourquoi faisaient-elles cela ? Qui étaient ces hommes, ces corps, dans la chambre froide ?

Tu sais très bien qui sont ces hommes. Ce sont les disparus. Les disparus que cherchait à cacher l'adjudant. Les disparus dont les dossiers et les plaintes des familles végètent depuis des années dans les tréfonds du disque dur de ta propre brigade de gendarmerie !

La clé de l'énigme se trouvait derrière la seconde porte.

Il prit sa direction.

24

La garde jeta des hardes marron aux pieds de Julie.

– On va te laver d'abord, dit Ma'. On va te laver, et tu vas faire tes besoins. C'est l'heure.

Julie crut avoir mal entendu. Elle marmonna :

– Pardon ?

– Tu vas suivre mon amie, qui vient de t'apporter gentiment tes habits. Elle va te savonner. Te pomponner. Panser ton pied qui a été éraflé par une balle. Puis tu vas aller chier. C'est l'heure. La seule heure.

Son pied... Son pied blessé par balle... Julie avait presque oublié sa douleur tant la situation, ici, était irrespirable.

La garde ordonna :

– Suis-moi.

Julie se baissa pour ramasser ses habits, mais la main de Ma' lui prit le bras. C'était la première fois qu'elle entrait en contact avec la vieille femme. Ses mains étaient molles, comme si elles avaient passé beaucoup de temps

(*sous l'eau)*

dans la terre, le froid, le vent.

– Tu peux laisser tes vêtements ici, lui dit Ma'. Il n'y a pas de voleuse dans cette pièce. Maintenant, suis la soldate !

La gardienne ouvrit la porte d'un coup sec.

25

Il avançait vers la deuxième porte. La petite bise flottait toujours dans l'air, mais le seul bruit qu'il entendait distinctement était les voix des femmes, derrière la porte.

Si je m'enfuis, personne ne me croira. Je serai peut-être interné, sans doute muté, personne ne me soutiendra vu que mon chef est de la partie. Il faut que je les fasse parler, il faut que je trouve des survivants, s'il y en a.

Il prit la poignée sculptée dans sa main, inspira un grand bol d'air. Une douleur le lança au niveau de la poitrine, au point qu'il en laissa tomber son hachoir.

Son omoplate.

La douleur irradiait son omoplate.

Il ouvrit sa peau de bête et glissa son doigt dans la plaie poisseuse.

« Je vais crever », murmura-t-il pour lui-même.

Il eut seulement le temps de ramasser son hachoir lorsque la porte s'ouvrit.

26

« Lave-toi bien », ricana Ma'.

La gardienne regardait sa cheftaine en rigolant. Leurs dents étaient pourries, noires. Un relent de dégoût comprima la poitrine de Julie. Il fallait trouver une solution pour s'enfuir. Les combattre. Les tuer. Peut-être. Mais d'abord leur obéir. Pour mieux les surprendre.

La gardienne venait d'ouvrir la porte.

Julie se tourna vers la sortie, face au couloir.

27

Deux femmes surgirent sur le seuil.

Mais elles ne le virent pas.

La première était de dos, et semblait parler à la seconde. La pièce était inondée de lumières vacillantes. Des torches, sans doute.

Il entendit des ricanements.

Il en profita pour courir jusqu'à la troisième porte, avec une vitesse qu'il ne soupçonnait pas.

Il referma la porte derrière lui, et jura intérieurement lorsqu'il songea aux traces de sang qu'il avait laissées sur le sol.

Non, elles ne vont pas me retrouver. Non, c'est impossible. Il fait noir. Et ces femmes n'ont que des torches.

Non, elles n'avaient pas que des torches, car la chambre froide fonctionnait à l'aide de l'électricité. Elles semblaient évoluer entre deux mondes, le Moyen Âge le plus rétrograde, et les armes les plus évoluées.

Une odeur écœurante faillit le faire vomir à nouveau. Il était dans des toilettes. Des latrines, plus précisément.

Tout était plongé dans le noir, mais l'odeur ne laissait aucune place au doute.

Il jeta un coup d'œil circulaire. Il n'y avait pas de fenêtres. Pas d'autres issues pour s'enfuir. Il était pris au piège.

Il entendit des voix, dehors, les voix des deux femmes.

Elles approchaient.

Elles se dirigeaient dans sa direction.

Il empoigna le hachoir.

Julie avançait, suivie de la gardienne. L'odeur de pourriture devenait de plus en plus forte. Elle pénétra dans le couloir mal éclairé. Seule la torche de la gardienne éclairait quelque peu les murs. Ils semblaient suinter l'humidité. L'odeur de pourriture venait sans doute de là.

Je m'enfonce dans les profondeurs, je m'éloigne de la
(surface)
civilisation.

La gardienne fit halte. Elle dit :

« Tu vas entrer là-dedans. Je vais ouvrir, et tu vas entrer. »

Le cœur de Julie battait à tout rompre. Elle pensa à Luc, pria pour qu'il vienne à son secours.

28

Elles allaient entrer. Elles allaient entrer, et il allait égorger la première femme qui ouvrirait la porte.

On actionna la poignée. Il tendit le hachoir au-dessus de sa tête, prêt à l'abattre. La porte s'entrouvrit.

Allez, entrez, mes belles ! Le p'tit gendarme, Luc, a un cadeau pour vous !

Sans comprendre pourquoi, il eut le réflexe de se retourner. Et là, il le vit. Ouvert. Creusé à même le sol. Un trou. Béant. Des toilettes à la turque, avec un trou énorme. Ce trou paraissait plus large qu'un homme.

Tu divagues encore. Ce trou doit être minuscule, jamais tu ne pourras passer à l'intérieur.

Mais il n'avait pas le temps de réfléchir. Combattre ou se cacher, voilà quelle était l'alternative.

Elles étaient deux, derrière la porte. Elles étaient coriaces. Elles étaient sans doute armées. Il était faible. Blessé.

Il courut vers le trou et plongea.

29

– Entre !

Julie jeta un œil dans la pièce noire. L'odeur était pestilentielle.

La jeune femme était sur le point de faire une crise de nerfs.

– C'est quoi, là, derrière ?

– Ma' t'a expliqué. Tu écoutes le lieutenant Ma' et tu n'auras jamais de problèmes. Entre.

– Je ne peux pas, dit-elle.

La gardienne mit la main à sa ceinture. Empoigna un petit couteau.

– Tu entres. Ou je t'égorge.

– Vous ne pouvez pas faire ça, risqua Julie. Je suis jolie et bien faite, a dit Ma', et je...

– Si tu ne veux pas entrer, siffla la gardienne, j'ai ordre de te tuer.

Les yeux de la gardienne étaient bleus, comme ceux de Ma'. Julie pensa qu'elles étaient toutes ses filles. Elles se reproduisaient avec Dieu sait qui, mais c'était toutes des consanguines.

Elle fit un pas dans la pièce obscure. Le sol semblait épais, comme tapissé de mousse.

– Tu as la douche sur ta gauche, et du savon par terre, dans le coin.

– Mais je ne vois rien, dit Julie.

– Soit je ferme la porte, tu ne vois rien, et tu te laves. Soit j'entre avec toi, et tu y vois grâce à ma torche. Décide-toi vite.

Julie soupira. Tout le monde avait déjà vu son corps nu, et elle n'avait plus grand-chose à cacher. *Une bonne douche me fera le plus grand bien.*

Je me douche, et j'en profite pour réfléchir à comment faire pour m'enfuir d'ici.

– Je veux bien la lumière, dit Julie.

– Comme tu voudras.

La gardienne entra. Lorsque la torche répandit sa lumière dans la pièce, Julie réprima un haut-le-cœur.

– Douche-toi, ordonna la gardienne.

Au milieu de la pièce, il y avait un énorme trou d'où s'échappait l'odeur immonde qui l'avait saisie en entrant. Sur la gauche, il y avait un petit baquet rempli d'eau noire. « La douche, se dit Julie. La douche, c'est ce petit baquet... » Et l'eau s'écoulait dans ce trou puant... Julie s'avança vers le baquet. Une éponge noire flottait au milieu de l'eau. L'odeur de pourriture se fit plus prégnante. C'était sans doute l'odeur de l'éponge, qui servait à toutes les prisonnières, et qui n'avait pas été changée depuis des lustres. Il y avait bien un savon, dans le coin à gauche, qui avait dû être blanc. Julie balbutia :

– Je dois me doucher… ici ?

– Allez, ne fais pas ta mijaurée, dit la gardienne. Il faut que tu sois propre, et l'eau qu'on t'offre est propre. On veille à la santé de nos femmes, qu'est-ce que tu crois ?

– Je préfère ne pas me doucher, vraiment.

– Alors, je serai dans l'obligation de te tuer.

Julie regarda le baquet d'eau croupie, l'éponge puante, le savon sale. Des larmes coulaient sans même qu'elle s'en aperçoive. Elle se baissa. Retint sa respiration pour ne pas sentir l'odeur de l'éponge. Plongea sa main dans le baquet. Retira l'éponge. Fit mine de la presser. Puis l'approcha de son corps.

– Mets du savon, dit la gardienne. Tu vois bien que l'éponge est sale. Alors, mets du savon.

Les larmes coulaient à flots. Elle avançait en glissant vers le coin gauche. Le sol était plein d'eau noire et de copeaux de savon. Elle frotta légèrement l'éponge sur le savon crasseux. Puis fit mine de se badigeonner le corps. La gardienne avança vers elle, la torche pointée en avant pour vérifier si elle se lavait bel et bien. Julie appuya l'éponge contre ses aisselles. Elle cria. Un liquide noir sortit de l'éponge, puis elle le sentit couler sur son flanc, ses cuisses. Elle allait être plus sale et puante que jamais.

– Frotte partout, dit la gardienne.

Et Julie s'exécuta. En quatrième vitesse. Elle passa l'éponge sur ses seins, son ventre, ses cuisses, son sexe, et continua de hurler, comme si ses cris allaient empêcher la crasse de souiller son corps, tandis que la gardienne affichait un sourire de plus en plus large. Quand elle eut fini, celle-ci lui dit :

– Maintenant, tu chies, ordonna la gardienne.

– Pardon ?

– Tu m'as très bien comprise. C'est l'heure de la toilette. De la toilette complète. Tu t'es douchée, et maintenant, tu te débarrasses de tout ce qui te souille. Y compris à l'intérieur. Il faut que tu urines. Et il faut que tu défèques.

De nouveau, la sensation de noyade.

De nouveau, le vacillement de la torche.

Le noir de la pièce.

Stéphanie avait parlé d'un an et demi. Otage depuis un an et demi. Dans un dortoir rempli de folles. À servir de putain pour des hommes invisibles. Un an et demi à venir chaque soir se doucher avec une éponge crasseuse. La mort serait une meilleure issue. La gardienne posa la torche sur un petit socle prévu à cet effet, juste à côté de la porte d'entrée. Elle plaqua son couteau sous le cou de Julie.

– Tu n'as pas le choix, lança-t-elle. Ou plutôt si. Soit tu choisis d'obéir, soit tu choisis d'être tuée. Voilà ton choix.

La gardienne puait l'animal. Il y avait pourtant une odeur douceâtre, derrière la senteur sauvage. Comme un parfum. Ou un gel douche. Les gardiennes devaient avoir le droit de se laver. Oui, elles devaient avoir des vraies douches, avec du vrai savon, des vraies serviettes pour s'essuyer, tandis que les prisonnières devaient rester dans la crasse.

Comme ça, elles gardent leur emprise sur nous. Elles nous humilient, elles nous tiennent à l'œil.

L'évasion.

La main tendue au-dessus de l'eau.

C'est tout ce qui devait la faire tenir.

Abdiquer.

Obéir.

Pour profiter de la moindre faille.

S'enfuir.

Ou mourir.

Que valait-il mieux ?

Penser à Luc.

Il faut que j'obéisse. Il faut que je retrouve Luc. Qu'il me retrouve. Qu'il me tende sa main. De nouveau.

– J'obéis, murmura-t-elle.

La gardienne relâcha son étreinte. Julie sentit le métal froid quitter sa gorge grelottante. Sa geôlière reprit la torche dans sa main, et désigna le trou, au milieu de la pièce.

– Prouve-le.

L'orifice percé au cœur même de la pièce... C'était là qu'elle devait faire ses besoins.

– Je dois y aller... pieds nus ? balbutia Julie.

– Oui, sourit la gardienne. Et tu dois te dépêcher en plus, il y en a plein d'autres qui attendent dehors.

Plein d'autres... Comme cette femme qui sortait d'ici, tout à l'heure, avec un grand sourire aux lèvres. Elle avait pu se laver, faire ses besoins... Et elle souriait.

– Vous pouvez sortir ? demanda-t-elle.

– Mais bien sûr.

La gardienne empoigna la torche, sortit, et referma la porte. Il n'y eut plus de lumière. Plus de bruit. Simplement l'odeur de pourriture sur l'éponge et une odeur encore plus âcre à mesure que Julie s'approchait du trou.

Elle n'avait pas de crampes dans le bas-ventre. Ses sphincters se contractaient à la simple vision de ce trou. Elle n'avait même pas envie d'uriner, alors qu'il y avait plus de douze heures qu'elle n'était pas allée aux toilettes.

Ce trou… Ce trou béant. Ce trou au diamètre impressionnant dans lequel elle pourrait se jeter… Se jeter et s'enfuir…

– N'y pense même pas, hurla la gardienne à travers la porte. Il y a une rivière en dessous. Une rivière avec des pieux. Tu finirais empalée, comme une vulgaire brochette.

Cette furie lisait dans ses pensées. Elle ne devait pas être la première à avoir songé à s'enfuir par là. Une rivière avec des pieux. Et si c'était du bluff ?

Julie s'approcha du trou.

30

Il chutait.

Il volait, même.

Il refréna un début de panique, car cette chute semblait durer une éternité. Cette maison n'avait donc pas de fondations ? Elle était érigée au milieu de nulle part, avec du vide sous elle ? Elle flottait ? Quel était encore ce mystère ? Ces toilettes sèches géantes ?

Finalement, il poussa un cri, qui s'échappa de sa gorge sans même qu'il y prenne garde. Un petit hurlement pour accompagner la fin de sa chute, puis l'impact. La brûlure de l'eau.

Une flaque d'eau, étrangement propre, qui amortit sa chute. Il regarda au-dessus de lui et vit le trou. Il avait fait une chute d'au moins quatre mètres. Pourtant, il ne semblait pas blessé. Il se releva. Tout allait bien.

Il était dans une grotte immense, avec de l'eau jusqu'aux genoux.

Tout autour, il y avait des couloirs, menant vers d'autres cavités. Il avait réussi à s'échapper ! Il lui suffisait de choisir un de ces couloirs, et de chercher la sortie. Il se dirigea vers le couloir en face de lui. Puis s'arrêta net. Quelque chose n'allait pas. Quelque chose n'était pas normal. Il regarda le sol, légèrement humide. La flaque peu profonde dans laquelle il avait atterri. Tout propre. Il avait sauté par le trou des toilettes et tout était propre autour de lui... Comme si quelqu'un nettoyait en permanence le lieu. Quelqu'un qui devait être là, tapi dans l'ombre. Il allait se mettre à courir quand son regard fut attiré par un mouvement, dans l'un des couloirs. Un enfant. Un enfant avec un balai. Et un autre enfant, avec une machine industrielle de nettoyage. Il avait déjà vu la femme de ménage récurer les recoins de la gendarmerie avec un tel engin. Et derrière les deux enfants, un militaire. Puis un autre. Puis un autre. Puis...

Il sentit une déflagration à l'arrière de son crâne. Quelqu'un venait de l'assommer. La douleur le fit tomber. Deux militaires avancèrent vers lui.

Deux hommes aux crânes rasés, au treillis vert, aux uniformes soigneusement repassés. Les deux hommes le tenaient en joue avec un fusil de gros calibre.

– On ne bouge plus, dit le premier.

L'autre actionna le chien de son fusil, pointa le canon en direction de sa tête. Luc leva les bras.

Il entendit des pas derrière les deux hommes. Puis une voix rauque qui respirait l'autorité.

– Déployez-vous.

Une multitude de pas se firent entendre. Luc distingua une dizaine de bottes de militaires qui couraient dans tous les sens, l'arme à la main, pointée vers tous les recoins de la fosse septique immaculée. Une armée prenait possession des lieux. Non, il n'avait peut-être pas perdu. Ils étaient en train de donner un assaut. Oui, c'était ça, ils étaient là pour tuer les cinglées, ils allaient le sauver ! Un troisième homme vint à sa rencontre. Il était gigantesque. Une force de la nature, deux mètres, peut-être plus, des épaules carrées. Il s'agenouilla devant Luc. Luc vit distinctement ses galons. Il était lieutenant. Un officier subalterne, qui commandait probablement les hommes tout autour de lui. Le militaire le regardait en souriant. Ils allaient donner l'assaut. Ils avaient encerclé le repaire des succubes, surveillaient l'accès aux toilettes sèches, et Luc avait surgi, les surprenant dans leurs manœuvres d'approche. Il se justifia :

– Elles m'ont fait prisonnier…

Le lieutenant lui adressa un sourire.

– Je sais.

– On peut accéder à leur maison par le trou, là au-dessus, c'est par là que je me suis enfui… C'est par là que… qu'elles font leurs besoins. Je suis blessé. Il faut qu'on me donne des soins.

Le sourire ne quittait pas les lèvres du lieutenant. Il fit un petit signe aux deux hommes qui tenaient Luc en joue.

– On va vous poser quelques questions, d'abord. Baissez vos armes !

Les deux militaires obtempérèrent. Les autres, en revanche, continuaient de guetter le moindre mouvement dans toute la grotte, comme un commando face à un ennemi invisible et particulièrement dangereux.

Le lieutenant reprit :

– Où les femmes vous ont-elles enlevé ?

La vision de Luc vacillait. Il relâchait la tension accumulée depuis plusieurs heures. Enfin, il allait pouvoir être pris en charge, douché, soigné, emmené loin d'ici. Il n'écoutait plus la voix du lieutenant, la voix qui le berçait, comme un rêve bienveillant qui prenait possession de la moindre de ses pensées.

Le lieutenant répéta :

– Où vous ont-elles enlevé ?

Le lieutenant ne souriait plus. Luc croyait voir désormais un visage fermé, hostile. Mais c'était sans doute dû à la fatigue.

Il murmura :

– Qui... Qui sont-elles ?

Le lieutenant grogna, mécontent :

– Répondez à ma question, je vous prie. Où les femmes vous ont-elles enlevé ?

Il y eut un petit bruit. Comme un aspirateur. C'est l'image qui vint à l'esprit de Luc. Ses yeux se rouvrirent. Non, ce n'était pas un aspirateur. C'était une crécelle. Oui, c'était ça qu'il entendait : le craquement du bois contre un manche cranté. Une crécelle, cet instrument de musique qu'utilisaient les lépreux, au Moyen Âge, pour avertir la population de leur arrivée. Les lépreux, ou les malades atteints de la peste bubonique. Le bruit devint plus oppressant, les militaires pointèrent leurs canons vers les quatre coins de la grotte.

C'est une lépreuse. Une lépreuse qui vient m'enlever, qui vient nous enlever. Elle nous prévient de son arrivée maléfique.

Les militaires bougeaient dans tous les sens, se mettaient en position de tir. Le lieutenant se releva, jeta un regard circulaire dans toute la grotte. Il ordonna :

– Préparez-vous à faire feu.

La crécelle se rapprochait, encore et encore, les oreilles de Luc bourdonnaient, sa vue se brouilla.

Il supplia :

– Emmenez-moi.

Le lieutenant sortit un petit pistolet de sa poche, l'arma.

Le bruit de crécelle emplissait toute la grotte, la lépreuse était proche d'eux maintenant. Toute proche. Pourtant, personne ne la voyait. Une inquiétude manifeste pouvait se lire sur les visages des trois gradés.

– Putain, mais c'est quoi ça, demanda Luc.

Le lieutenant recula.

La peur semblait se dessiner sur son visage.

– À mon commandement..., dit-il.

Mais il n'eut pas le temps d'achever sa phrase. Deux militaires crièrent, touchés en plein front. Leurs corps tombèrent d'un seul coup sur le sol. Luc eut juste le temps de voir une gerbe de sang gicler de leur visage.

– Un silencieux ! Il utilise un silencieux, dit le lieutenant.

Il...

Le lieutenant avait bien dit « il »... Il n'y avait donc pas que des femmes là-haut ?

Tout, dans l'air, respirait la peur. Et, toujours, ce bruit de crécelle, de plus en plus proche et oppressant.

Une voix demanda :

– On bat en retraite, mon lieutenant ?

L'homme soupira.

– Oui, on n'a pas le choix.

Puis, il regarda Luc. Son visage se ferma. Et Luc comprit que le militaire n'était pas son allié. Il n'était pas là pour le sauver. Non, il était là pour achever le travail des clochardes. Il voulut plaider pour sa défense, mais sut que cela ne servirait à rien lorsqu'il vit le lieutenant pointer un revolver vers lui.

– Avant de partir, nous allons t'abattre.

– Non ! hurla Luc.

Il se protégea la tête instinctivement en la prenant entre ses deux mains, s'allongea. Fini, c'était fini. Tué par l'un des siens, un militaire comme lui...

Puis il entendit une déflagration. Sa dernière heure était venue. Mais non. Ça n'était pas un coup de feu. C'était une explosion, mais cela ne ressemblait à aucun explosif qu'il connaissait. La crécelle s'était tue. Et il était toujours en vie. Il n'y comprenait rien. Une deuxième déflagration suivit la première. Mais il ne ressentait toujours aucune douleur. Personne n'avait tiré. Personne ne l'avait abattu.

Il entendit des cris.

« Reculons, reculons. »

On courait, des hommes toussaient. Lui aussi fut pris d'une quinte de toux irrépressible. Il rouvrit les yeux, mais la grotte tout entière était plongée dans une brume rougeâtre. On avait lancé des bombes lacrymogènes, et aussi des explosifs qui distillaient de la fumée rouge. On avait cherché à aveugler l'ennemi, le rendre inopérant. L'ennemi... qui était-il exactement ? Était-ce lui ? Les militaires ? Les deux ? Toujours est-il que cette brume rouge avait fait reculer les militaires... Et il était en vie. Mal en point, mais en vie. Il toussa de nouveau, cracha un caillot de sang.

Il se coucha de nouveau sur le sol pour chercher un peu d'oxygène. Ses poumons et son estomac tressautaient de douleur, agressés par les substances nocives sécrétées par la lacrymo. En regardant vers les couloirs, il ne distingua rien. Ni les torches ni les militaires. Ce qui ne voulait pas dire que ceux-ci ne pouvaient pas le voir. Ils avaient peut-être un équipement infrarouge, leur permettant de distinguer n'importe quel corps dans cette purée de pois. Mais lui ne voyait aucun mouvement, n'entendait plus rien, ni cri, ni toux, ni ordres. Ils étaient partis. Ils ne l'avaient pas tué, mais c'était tout comme.

D'ailleurs, la Mort venait le chercher.

La forme se posta devant lui, dans la même position que le lieutenant, quelques minutes plus tôt.

Elle lui tendait la main.

Une forme gigantesque, elle aussi. La Mort ressemblait donc à... Non, ce n'était pas la Mort. Ce n'était pas la fin. C'était « il »... Le lépreux à la crécelle.

La Mort ne ressemblait pas à cela.

La Mort n'était pas un homme nu, massif, portant fusil d'assaut, lunettes spéciales, bâtons de dynamite en ceinture, et masque à oxygène.

La Mort lui aurait semblé plus douce.

Et la Mort ne tendait pas la main.

La Mort la prenait.

31

Un visage de Mort.

Cette vieille femme avait un visage de mort, un visage de cadavre.

Le poignet de Lorey saignait toujours.

L'homme nu, face à lui, paraissait évanoui.

Lorey sourit. Il n'allait pas mourir de faim. La vieille femme avait apporté un bol de soupe qu'elle déposa à ses pieds. Il ne put retenir une courte mais intense envie de vomir lorsque les effluves du bol parvinrent à ses narines. La pitance sentait le fromage rance.

– Vous me voulez quoi ? demanda Lorey.

– Tu es âgé, traître, répondit-elle. Le lieutenant Ma' décidera pour toi.

Elle le fixait d'un œil vide. Folle. C'était une folle. Il décida de lui parler distinctement, en hachant chaque syllabe, comme on faisait avec les petits animaux ou les enfants.

– Je suis âgé… mais vous me voulez quoi ? Le contrat ? Vous voulez déchirer le contrat ?

Elle tendit un doigt crochu vers l'homme nu :

– Lui, il était jeune. Il y a deux ans, quand on l'a fait prisonnier, il était jeune. Ma' était contente. *Schön !*

– Deux ans..., murmura-t-il, il est là depuis deux ans ?

La vieille lui sourit.

– Oui.

Elle s'agenouilla à côté de l'homme nu. Ses genoux craquèrent comme des brindilles. Elle écarta les cuisses de l'homme. Entre elles, Lorey vit un sexe rouge, à vif, comme si on lui avait arraché la peau. Les testicules pendaient sur le sol.

– Voilà ce qui arrive à des salauds comme vous.

Des salauds comme vous...

Elle se releva dans un nouveau craquement.

(*Sabrina...*)

L'homme nu ouvrit les yeux.

– Monsieur, dit Lorey. Eh, mec !

– Il ne te répondra pas, dit la vieille. Il est trop fatigué.

– Mais vous lui avez fait quoi, hein ? Vous lui avez fait quoi ?

– Il a payé. Ce salaud a payé. C'est une

(*punition divine...*)

punition pour les hommes comme vous. Et il nous a servi, dit-elle. Mange, ça va être froid.

– Mais vous me voulez quoi, bordel ? Vous voulez

(*punir les criminels*)

empêcher la vente de la vallée ? Prenez ce fichu contrat, il est là ! Dans ma poche de chemise ! Et laissez-moi partir !

– Ne parle pas trop, l'interrompit-elle en fronçant ses sourcils broussailleux. Garde des forces. Il faut garder des forces pour ton travail. On va venir t'examiner. Tu es âgé.

Une psychopathe. Il était tombé sur une psychopathe. Elle n'avait rien à faire de la vente de la vallée. Elle ne se rendait pas compte que, dans quelques mois, il ne resterait que des ruines de sa maison et de sa cave de l'horreur. Son cerveau rabougri ne pouvait sans doute pas comprendre cela. Comment agir avec une telle malade mentale ? Le Jean-Marie Lorey d'avant aurait tenté de l'amadouer, voire même de la séduire. Il déglutit, se para de son sourire numéro cinq, celui qui fait –

faisait

– tomber toutes les filles. Toutes les femmes. Et il lui dit :

– Vous pouvez me détacher, vous savez. Je ne chercherai pas à m'enfuir.

La vieille éclata de rire, puis se mit à crier :

– Vous pouvez venir !

Lorey entendit des pas, juste au-dessus de lui. Des raclements de pieds de chaise.

Il était bien dans une cave, et il y avait du monde audessus. Celle qu'il avait en face de lui était peut-être la cinglée la plus sympa du lot. Allait débarquer la crème des dégénérés, des crétins des Alpes, comme le disait l'expression populaire. Des familles isolées, dans un petit bourg éloigné de tout, qui se reproduisaient entre elles… Oui, il allait tomber sur quelque monstre consanguin, avec des yeux révulsés, la bave aux lèvres, et le cerveau devenu spongieux à cause de gènes multiples défectueux.

Il essaya de se rassurer et, en même temps, de convaincre la folle :

– On sait que je suis ici, dit-il dans un souffle. Beaucoup de personnes savent que je suis ici.

La vieille interrompit son appel. Elle se mit à ricaner de plus belle.

– Bien sûr, mon grand. Tout le monde sait que tu es ici. Mais tout le monde sait aussi que *nous* sommes ici.

Elle avait tordu sa bouche dans tous les sens pour prononcer le « nous ». Comme un mauvais comédien dans un cours de l'Actor's Studio. Les pas se faisaient plus proches. Ils étaient… Nom de Dieu, ils devaient être non pas deux, comme il l'avait cru tout d'abord, mais quatre, cinq, ou dix. On aurait dit qu'une armée entière se déplaçait pour découvrir le prisonnier. Il y eut un râle. C'était l'homme nu. Ses yeux étaient grands ouverts. Il hurla, mais la peur comprimait sa trachée.

– Qui vient ? demanda Lorey. Pourquoi il a peur ? Qui faites-vous descendre ?

– Il n'y a pas de problème, répondit-elle. Vous ne craignez rien.

L'homme nu s'agitait de plus en plus, comme un animal pris au piège lors d'une battue. Il donnait de grands coups avec ses bras, ses poignets semblaient se déchirer à chaque secousse. On aurait dit un gibier pris dans un piège, tentant de libérer ses pattes sanguinolentes, certain de voir sa mort prochaine arriver.

S'il pouvait s'arracher les bras pour s'enfuir, il le ferait. S'il était un renard, il se mordrait la patte, s'arracherait les tendons, pour fuir ces dingues.

Il regarda de nouveau son sexe rouge, presque sanglant.

– Vous lui avez fait quoi ? Vous avez fait quoi à son cerveau et... à son sexe ? Vous lui avez fait quoi ?

Et la porte s'ouvrit.

Et Lorey vit entrer, une à une, dix femmes à la peau noire de crasse, les cheveux longs sur le dos, la toison pubienne abondante. Dix femmes nues, qui entraient l'une après l'autre. Dix femmes qui tenaient chacune un ustensile : un bol, un pain de savon, une serviette... Tout un attirail de toilette. Dix femmes qui le regardaient avec

(désir)

(haine)

(tristesse)

un grand sourire. Et l'homme nu grognait. Criait. S'agitait en tous sens, son sexe turgescent sautillant de façon comique entre ses cuisses.

Une grande brune aux jolis yeux bleus, mais à la crasse épaisse – il y avait comme des craquelures de saleté sur ses seins – s'avança vers lui.

« Je m'appelle Chiara », dit-elle.

Une jeune femme aux cheveux gris s'approcha à son tour. Elle lui prit la tête d'autorité entre ses mains, la plaqua contre le mur, et lui banda les yeux.

Puis il sentit les mains sur son corps, ôtant ses vêtements. On déboutonnait sa chemise. On ne la lui enleva pas, puisqu'il était menotté, mais on l'ouvrit, sur son vieux torse gras. On lui retira ses chaussures, ses chaussettes, son pantalon. Avec une infinie douceur. Il reconnut la voix de celle qui se prénommait Chiara prononcer quelques mots à son oreille :

– On va te faire un peu de toilette, lui dit-elle.

– Il est vieux, dit une autre voix féminine.

– Nous verrons bien, répondit une autre.

– Nous allons te faire un peu de toilette, répéta Chiara. Ensuite, nous t'examinerons.

– M'examiner ? Mais pour quoi faire ?

– À ton avis ? Il faut que tu nous serves à quelque chose, salaud. Ordure. Traître.

Il décida de ne rien faire. Le Lorey d'avant aurait analysé la situation. Le Lorey d'avant aurait cherché des solutions. Le Lorey d'aujourd'hui était un « nolife » alors pourquoi ces folles l'avaient-elles choisi, lui ? Il n'était plus temps de se poser ces questions s'il ne voulait pas finir comme l'homme nu. Le Lorey d'aujourd'hui et le Lorey d'avant devaient laisser place à un troisième larron.

Saar.

Un guerrier.

Un guerrier calme, lucide, pas imbu de lui-même ni couard.

Un guerrier vivant seulement pour mener à bien sa tâche : rester en vie.

Et la règle numéro un du guerrier, Lorey l'avait apprise en manipulant Saar, dans Sword-Temptation IV.

Un guerrier doit savoir attendre.

Patiemment.

Avant de porter l'estocade.
Il inspira. Ferma les yeux.
L'homme nu criait.
Les mains des femmes ôtaient le slip de Lorey.
Des rires, et des insultes, fusaient.

32

Tout à coup, une main s'attarda sur son sexe. Une autre main, dans ses cheveux, se fit plus sensuelle. Les ongles se plantaient dans son cuir chevelu. La caresse se faisait massage tandis que la main sur son sexe commençait un va-et-vient. Il sentit une érection poindre, puis se faire plus dure, plus volontaire. Il soupira derrière son bandeau.

Qu'est-ce qui t'arrive, bon sang ? Contrôle-toi ! Tu es prisonnier de ces dingues ! Et tu bandes ! Je croyais que tu devenais Saar, un guerrier, pas un vieux pépère qui bande à tort et à travers !

L'homme nu hurla, puis se tut. Lorey l'entendait haleter, comme s'il reprenait sa respiration afin de préparer de nouveaux cris. Lorey débandait. Il le sentit, et fut soulagé.

– Tu vois, il est vieux, dit une femme.

Les mains de Chiara quittèrent ses cheveux. Il ne put réprimer une déception. Les autres mains le quittèrent, les unes après les autres. La main qui lui masturbait le sexe tout d'abord, puis celles qui lui lavaient le flanc, les pieds, le ventre, les cuisses. Il entendit quelques pas. Il sentit que Chiara se relevait, juste à côté de lui.

– Mais bon sang, qu'est-ce que vous voulez ?

Il sentit comme un fouet d'eau glacée sur tout son corps. Il hurla. L'eau glacée le réveilla de sa transe provoquée par les mains des dix femmes.

– Tu es rincé, maintenant, dit une voix.

Des mains ôtèrent son bandeau. Des dizaines d'yeux le regardaient.

– Ma' va décider de ton sort.

– Ma' ? Mais c'est qui, Ma' ?

Elle ne répondit pas.

– En attendant, mange.

Les femmes se dirigeaient vers la sortie, indifférentes à son corps, assis dans l'eau glacée, la chemise ouverte sur son torse.

Il chercha Chiara du regard, espérant sans doute qu'elle ait été sous son charme, sans trop savoir comment cela aurait pu être possible.

Elle m'a caressé les cheveux, bon sang, elle a essayé d'être tendre, de prendre ma défense.

« Chiara ! » hurla-t-il.

Il y eut quelques rires. Des rires de midinette. Mais les femmes continuaient d'avancer, de gravir les marches. Il n'arrivait d'ailleurs pas à reconnaître Chiara parmi elles. Elles se ressemblaient toutes.

« Chiara ! » essaya-t-il de nouveau, mais déjà certaines d'entre elles avaient franchi le seuil de la porte.

L'homme nu se mit à pleurer. Lorey cria :

« Chiara ! Dis-moi ce que vous allez faire de moi ! Dis-moi si vous allez me libérer ! »

Les larmes se transformèrent en cri, en plainte rauque. Les femmes franchissaient le seuil l'une après l'autre. Sans que l'une d'entre elles ne daigne se retourner vers lui et répondre à sa plainte. Il se mit à geindre :

« Chiara ! »

Mais la jeune femme était sortie, sans un regard pour le commercial.

33

Elle avait détourné le regard du trou.

Il y avait des cris et des déflagrations.

Julie recula. Elle ne distinguait que des bribes, mais… il y avait de la vie là-dessous. Peut-être une rivière avec des pieux, comme le lui avait dit la gardienne, mais peut-être aussi un chemin vers la liberté. Ou des gardiennes armées par dizaines. Par centaines.

La porte des toilettes s'ouvrit à la volée. La gardienne darda sa torche sur le visage de la jeune femme.

– Tu as chié ?

Julie balbutia « oui » du bout des lèvres. Le cerbère la tira vers la sortie. Elle ne saurait jamais si ce trou menait vers la délivrance. La gardienne la raccompagna dans la salle dans laquelle l'attendait Ma'.

La vieille l'attendait, un sourire triste aux lèvres. Elle s'adressa à la gardienne :

– Alors ?

– Alors, elle s'est lavée, répondit la gardienne.

– Sans se rebeller ?

La gardienne éclata de rire.

– Si, bien sûr, dit-elle. Elle s'est rebellée. Mais elle s'est lavée. Et elle a déféqué.

Ma' regarda Julie.

– C'est bien, lui dit-elle. C'est normal que tu te rebelles, au début, mais tu verras, tu entreras vite dans le rang.

Elle fit un signe en direction des autres gardiennes qui se trouvaient devant les grandes fenêtres. Celles-ci étaient protégées d'un rideau de velours rouge. Obéissant au signal de Ma', une des gardiennes actionna une petite manivelle. Le rideau s'ouvrit.

– Regarde ! dit Ma'.

Dehors, le feu crépitait. Les femmes étaient assises autour, certaines riaient, d'autres dansaient. D'autres, encore, commençaient à manger. Devant la maison, il y avait toujours la file d'attente. Plus les femmes approchaient de l'entrée, plus un sourire se dessinait sur leurs visages. Julie compta mentalement. Il y avait bien une trentaine de femmes. Une trentaine de...

– Prisonnières, murmura-t-elle.

– Que dis-tu ?

– Ce sont des prisonnières. Vos prisonnières.

La vieille aux yeux bleus ricana :

– Prises de guerre. Mais désormais des nôtres. Elles sont revenues à la raison.

On aurait dit qu'elles avaient hâte d'entrer dans la maison, de procéder à leurs ablutions pour ensuite aller manger, danser, et rire autour du banquet. Cela avait quelque chose de surréaliste, mais on aurait dit, en effet, qu'elles étaient... heureuses. Heureuses ou folles. Manipulées par Ma'. Manipulées pour être heureuses. Elles sont revenues à la raison, venait-elle de dire.

– Et maintenant, tu vas voir comment on traite les traîtres dans ton genre...

– Les traîtres, mais qu'ai-je trahi, je...

Elle n'eut pas le temps d'achever sa phrase. Trois gardiennes bondirent sur elle. On la jeta à terre. Elle eut envie de crier, mais on lui mit un bâillon dans la bouche. Deux gardiennes la maintinrent attachée au sol. La troisième lui tint les pieds. Julie voulut agiter ses jambes, mais sa geôlière avait une poigne de fer. Elle sentit une ombre au-dessus d'elle. Elle reconnut Ma', qui la contemplait en pleurant.

– Dire que tu étais des nôtres. Et tu as choisi de pactiser avec l'ennemi. À cause de toi, des familles comme la mienne sont obligées se terrer comme des animaux... Je ne vous comprendrai jamais... Mais maintenant, dis-toi bien que nous ne te voulons pas de mal. Tu vas devenir une bonne reproductrice. Tu vas revenir à la raison, toi aussi. Tu vas expier.

Julie sentit du mouvement autour d'elle. Le cliquetis de morceaux de ferraille. L'odeur de l'alcool à quatre-vingt-dix degrés. Elle sentit une main, puis deux, se poser sur son pied malade. Le pied que la balle tirée par Ma' avait éraflé.

On lui ouvrit la bouche, on lui mit un morceau de bois âcre, comme un os à ronger.

Elle sentit une déflagration terrible. Un sécateur tranchait son gros orteil.

La morsure qui éclate l'os.

Ses dents qui explosent, presque, au contact du morceau de bois.

Le hurlement coincé dans la gorge.

Puis, la brûlure de l'alcool sur la plaie ouverte.

L'envie de crier, encore. De hurler.

Et puis, le vide, le noir.

Elle perdit connaissance.

34

Il avait froid.

Les femmes l'avaient laissé, nu sur le sol, le corps gelé par l'eau du seau.

La maison, tout comme la cave, était plongée dans le silence. Il n'entendait plus que sa respiration et les battements de son cœur qui s'accéléraient. Il se croyait être revenu quelques années en arrière, le jour où sa femme l'avait quitté. Seul. Absent. Prêt à mourir. Il était dans un demi-sommeil. Et il se souvenait.

Sabrina.

Il était là pour payer ça.

Il savait qu'il y aurait une facture, un jour ou l'autre.

Le moment de payer l'addition.

C'était juste après la naissance de sa fille. Sabrina était une jeune et jolie stagiaire, métissée asiatique. On avait confié à Lorey la responsabilité de la former. Celui-ci avait accepté sans aucune autre arrière-pensée que celle de lancer dans le grand bain une commerciale compétente et prête à écraser toute concurrence. Mais les jours filaient, le ventre de sa femme s'affaissait, ils ne faisaient plus l'amour, et les yeux bridés et les formes délicieuses de Sabrina provoquaient chez lui un désir troublant. Un soir, ils avaient rendez-vous dans un quelconque mini-supermarché de quartier. Ils devaient négocier des marges. Sabrina se débrouillait plutôt bien. Elle avait entraîné le patron du Mini Market là où elle le désirait, usant et abusant des techniques de base du commercial. La marge pour Agro World serait conséquente. Ils s'étaient installés dans un petit bureau qui surplombait les rayons. Lorey pouvait distinguer les allées et venues des clients dans les allées, comparant les prix des produits, les reposant sur les étagères, traînant des enfants qui pleuraient de ne pas avoir réussi à convaincre leurs parents d'acheter tel ou tel jouet ou bonbon. Sabrina parlait beaucoup. Le patron du supermarché acquiesçait. Le son de la voix de Sabrina faisait enfler le sexe de Lorey. Il ne pensait qu'à une chose : arrêter là l'entretien et prendre Sabrina, sans préliminaires ni parole d'aucune sorte, simplement la prendre.

À la fin du rendez-vous, Sabrina et Lorey s'étaient levés.

Le patron du supermarché était resté assis, sans doute groggy à cause des faibles marges qui seraient désormais les siennes, et avait serré la main des deux commerciaux. Sabrina s'était avancée vers la porte. Pour ne pas glisser un œil vers ses fesses, Lorey s'était retourné vers les rayons du supermarché où les consommateurs poursuivaient leur ballet. Le petit homme chauve s'était rapproché de lui et avait dit :

– Belle réussite, quand même…

– Quoi donc ? avait répondu Lorey.

– Je ne parle pas de mon magasin, bien évidemment. Mais de la commerciale, monsieur Lorey, la commerciale. Vous l'avez bien formée.

– Oui...

– Elle ira loin. Très loin.

Une voix avait retenti derrière eux :

– Nous y allons, monsieur Lorey ? Un autre rendez-vous nous attend.

Et Lorey s'était retourné. Elle était là, face à lui, dans un tailleur soulignant ses formes et ses jambes et sa taille.

– Oui, allons-y.

Et il avait fait quelques pas jusqu'à la sortie, sans même adresser une parole ou un au revoir à l'homme.

Plus tard, beaucoup plus tard, quelques semaines ou quelques mois plus tard, sa femme était partie. Un soir, il était rentré chez lui, et n'avait trouvé personne. Pas un mot. Pas une explication. Elle était partie, emmenant les enfants avec elle. Au fond de lui, il connaissait la raison. Il savait que son monde avait commencé à s'écrouler le soir où il était parti du supermarché avec Sabrina. Et il avait compris, dès qu'il était rentré chez lui ce soir-là, que les derniers murs encore solides de son édifice personnel venaient de s'effondrer.

Il avait passé deux ou trois semaines cloîtré, se nourrissant des quelques victuailles stockées dans le frigidaire ou les étagères. Puis, il était resté à jeun. Sans doute quatre ou cinq jours, d'après ses calculs. Il avait compris, à ce moment-là, qu'il n'avait pas de véritable ami à qui se confier. Personne à qui téléphoner. Personne n'avait pris de ses nouvelles.

La première nuit, Lorey l'avait passée à pleurer. Il était resté assis sur le grand canapé du salon, celui sur lequel il aimait installer ses invités en claironnant :

– On peut y entrer à cinq, c'est pas terrible, ça ?

Il avait pensé téléphoner à sa mère, geindre comme il le faisait lorsqu'il était enfant, mais il n'avait pas osé le faire. Il avait passé son temps à contempler les murs de sa nouvelle prison. Celle constituée de ses seules affaires, ses objets de consommation, comme le canapé cinq places

(terrible)

ou la télévision écran plat. Il avait fermé toutes les portes à clé, éteint ses téléphones. Il avait également décroché son téléphone fixe. Il savait que dans quelques jours, Palistère s'inquiéterait, mais pour le moment, ça n'était pas son problème. Cela ne le serait plus jamais d'ailleurs.

Au début, il avait surfé sur des forums de maris plaqués, de dépressifs chroniques. Parallèlement, et sans trop savoir pourquoi, il avait activé plusieurs vidéos pornographiques et en écoutait simplement le son. Il s'était endormi sur le clavier d'ordinateur, au milieu de chips et de boîtes de sardines ouvertes, écoutant la jouissance factice de femmes inconnues.

Le deuxième jour, il ne s'était ni lavé ni rasé. Il avait navigué sur le Web. Et il en était allé de même les jours suivants. Il avait lu et relu les vies détruites sur les forums de discussion. Les vies péniblement et longuement bâties pour s'achever à la simple lecture d'un petit mot laissé sur le frigo. À chaque nouveau forum, il augmentait le son des vidéos pornographiques qu'il ne regardait même pas.

Les poils de sa barbe s'étaient mis à pousser, lui qui ne négligeait jamais un jour de rasage. Tous les jours, le visage de Sabrina s'imposait à lui. Il n'arrivait même plus –

déjà !

– à se souvenir du visage de sa femme. Il voyait simplement Sabrina. Ses yeux. Sa bouche. Son corps. Ses
hurlements.

Et le sentiment, terrible sentiment de puissance qu'il avait ressenti ce jour-là.

Il ne dormait plus. Les mots défilaient devant ses yeux. Les vies brisées, et les plaintes, et les cris de haine, et les cris d'amour. Et les cris de jouissance, dans les enceintes
(terribles)
postées aux quatre coins de la pièce. S'il quittait son ordinateur, c'était pour aller chercher de la nourriture dans les tiroirs de la cuisine. Il buvait peu. Sa barbe le démangeait.

Un jour, Palistère en personne s'était mis à frapper à sa porte et hurler :

« Lorey, tout va bien ? Lorey, je vais appeler les flics, d'accord ? Je ne sais pas ce qu'il se passe chez vous, mais je vais appeler les flics. »

Les flics n'étaient pas venus.

Au moment même où il avait entendu la voix de Palistère, il s'était décidé. De ne plus jamais vivre. Plus jamais.

Un forum, au hasard, sur lequel il avait dialogué avec un inconnu :

Rodrigo87 – Moi, c'est pareil. Quand elle est partie, j'ai voulu me flinguer. J'ai pris des médocs. Mais tu vois, c'était pas la solution. J'ai fini à l'hosto, on m'a fait un lavage d'estomac, ça m'a fait un mal de chien, et quand je me suis réveillé, j'avais qu'une envie : c'était de me foutre en l'air encore une fois. Et puis, ma fille est venue et m'a offert un ordi portable. C'est bête, hein ? Papa vient de se suicider, et on lui donne un ordi portable ! Mais c'est lui qui m'a sauvé la vie. J'ai découvert ça : Sword-Temptation IV.

Hommeseul75 – Salut, Rodrigo. Tu peux m'en dire plus sur Sword-Temptation IV, je suis au trente-sixième dessous.

Rodrigo87 – Salut, Hommeseul75. Tout ce que je peux te dire, c'est qu'avec ça tu te sentiras revivre. Tu ne seras plus toi-même, mais tu te sentiras vivant. Plus que jamais.

Cela avait intrigué Lorey. Il s'était rendu sur le site. Sword-Temptation IV. Sur la page d'accueil, il y avait des guerriers dessinés, des magiciens, des voleurs. Des personnages surpuissants. Ses mains à lui étaient grasses, puantes, sa barbe le collait. L'odeur de sa transpiration agaçait ses narines.

« Devenez conquérant », lançait la première page du site.

Conquérant, il l'avait été toute sa vie, et voilà où cela l'avait mené...

– Conneries, avait-il hurlé.

Il s'était revu, sur le canapé –

terrible

– en train de faire l'amour à son ex-femme.

Il s'était alors rendu sur ce même canapé, dans la même position, les genoux sur le canapé, les mains sur un coussin. Il l'avait serré entre ses mains.

– Étrangle-la, étrangle-la...

Et il avait serré l'oreiller, fort, très fort, jusqu'à en avoir mal aux doigts...

Et il s'était endormi, là, pendant quelques heures, ou quelques jours...

À son réveil, il avait chuchoté :

« Sabrina... »

La jeune stagiaire n'était pas là, bien évidemment. Sans doute un –

cauchemar

– rêve.

Et il avait repensé à cette soirée.

Lorsqu'ils étaient partis du Mini Market.

Le visage et le tailleur moulant de Sabrina.

La voiture rutilante, parfaitement lustrée, de Jean-Marie Lorey.

– On l'a bien enfumé, pas vrai, avait dit la jeune femme.

– Oui.

Il avait allumé la radio. Les nouvelles du monde n'étaient pas bonnes, mais cela n'avait aucune importance. Comme tous les jours, il raccompagnerait Sabrina chez elle. Comme tous les jours, il la laisserait devant la porte d'entrée de son immeuble de banlieue. Comme tous les jours, il poursuivrait son chemin jusqu'à son pavillon. Puis, il entrerait, saluerait discrètement sa femme, caresserait les cheveux de ses enfants, se servirait un apéritif onéreux, s'installerait devant la télévision, sur le canapé –

terrible

– pour cinq personnes, lui d'un côté, sa femme de l'autre, et personne ne s'adresserait un mot avant le repas du soir.

– Je dois faire une course avant de vous déposer, ça ne vous dérange pas ?

– Pas du tout, avait souri la stagiaire.

Il avait quitté la départementale pour une petite route qui coupait à travers champs, longeant des poteaux électriques.

Il connaissait bien ce chemin. Il avait grandi non loin d'ici, dans un hameau quasi désertique qui ne s'était pas développé depuis. Une bourgade tranquille, composée d'une trentaine de maisons, et deux exploitations agricoles. Lorey savait que l'une d'entre elles était abandonnée. Elle se situait à la sortie du bourg, à quelques kilomètres de la dernière maison, au bout d'un long chemin de terre. Personne ne savait à qui elle appartenait. Tout ce que l'on savait, c'est que personne ne s'était jamais risqué à le racheter. Elle avait la réputation d'être hantée.

Jean-Marie Lorey avait eu le temps de réfléchir. Il aurait dû, il aurait pu s'arrêter. Lorsqu'il était entré dans la cour de la ferme, il aurait dû ressentir ce qu'il avait ressenti lorsqu'il s'amusait à se faire peur en se promenant dans le coin lorsqu'il était enfant.

Mais il s'était garé.

Égaré.

– Je n'en ai pas pour longtemps, avait-il dit à Sabrina.

Elle lui avait souri. C'était ce sourire-là qui lui revenait en mémoire.

– N'ayez pas peur, ça sera rapide, avait-il ajouté, tandis qu'il activait la fermeture centralisée de la voiture pour bondir sur elle.

Vie de conquérant.

Femmes, parts de marché, canapé.

Terribles.

Sabrina avait hurlé. Il ne s'était pas attendu à ça. Personne ne lui résistait. Jamais.

Il avait repensé à ces soirées.

Soirée avec Sabrina.

Soirée où il était perdu comme une épave pathétique sur le canapé.

Et Sword-Temptation IV l'avait sauvé.

Temporairement.

Car le moment de payer l'addition était venu.

35

Des coups.

Des coups secs, claquants, bruts.

Une brûlure, presque, au niveau du visage.

Le noir. Le noir absolu. Et cette sensation d'étouffement. L'oppression des poumons.

Et puis, la remontée à la surface, brutale.

Sans main pour la secourir.

Sans la main de Luc.

Juste des claques, encore et encore, qui martelaient son visage.

« Reviens ! Reviens ! »

Ce n'était pas des encouragements, mais des ordres. Des ordres proférés par des ombres.

Elle les reconnut.

Les gardiennes. Et Ma'. Ma', juste derrière elles, qui lui souriait.

« Tu reviens », constata-t-elle.

Elle se souvenait.

Son orteil qu'on lui avait tranché avec un gros sécateur.

Elle se redressa, tout doucement. Elle se rendit compte qu'elles l'avaient laissée là où elle s'était évanouie, à même le sol.

Elle arriva à se lever, voulut prendre appui sur ses jambes. Mais elle n'y arriva pas. Son pied gauche toucha le sol, mais son pied droit n'arrivait pas à se poser. Elle le regarda. Elles avaient cautérisé les plaies à l'aide d'un fer chauffé à blanc.

Elle sentit monter en elle une boule de haine. Elle avait envie de les étrangler, toutes.

« Ne pense pas à ça, lui dit une petite voix. Pense à te barrer d'ici. Fomente un plan pour t'enfuir. Ce qu'elles veulent, c'est te faire craquer. Elles t'humilient sous la douche, elles te tranchent un orteil, et maintenant, elles se disent que tu es à elles, que tu es leur poupée, qu'elles peuvent te démembrer à tout moment sans même te demander ton avis. Ne te laisse pas faire. Mais il ne sert à rien de répondre par la violence. Elles sont bien trop nombreuses. Elles te tabasseront. Elles t'affaibliront encore plus. Et tu deviendras leur chose. »

– Ton regard est noir, ma belle, dit Ma'. Mais nous faisons cela pour ton bien. Pour le bien de l'humanité. Pour son avenir. Pour que tu retrouves les tiens.

Les poumons, encore. Les poumons qui se remplissent

(d'eau)

de haine. Les fenêtres, grandes ouvertes. Les filles, dehors, regardaient la scène, le sourire aux lèvres. Les geôlières, tout comme les prisonnières.

– Folles, elles sont folles, murmura Julie.

– Oh que non, répondit Ma'. C'est toi qui es folle, ma belle. Tu es la seule, là, en ce moment, à penser à t'enfuir.

– Vous avez enlevé toutes ces filles…, marmonna Julie.

– Ça, tu l'as compris, dit Ma'. Mais ces filles, comme tu dis, ne sont pas n'importe quelles femmes. Tu es bien placée pour le savoir.

Les prisonnières dansaient, riaient, et mangeaient autour du feu. Comment avaient-elles pu en arriver là ?

Pourquoi ne se suicident-elles pas ? Moi, je ne pourrai jamais rester ici un an et demi. Ça n'est pas possible. Je me tuerai ou je…

(deviendrai folle…)

Cette lueur dans le regard des femmes.

Elles avaient choisi la voie de la démence.

– Tu es en train de comprendre, lui dit Ma' avec un sourire.

Non, elle ne comprenait pas. Julie se retourna vers elle. De nouveau, la boule de haine lui tordit le ventre. Et la petite voix lui soufflait d'attendre. D'attendre encore. De ne pas épuiser ses forces dans une bataille perdue d'avance.

Elle soupira. Acquiesça.

– Oui, je comprends.

Ma' lui renvoya un sourire crispé. La vieille femme se baissa, ramassa les habits de Julie et les lui tendit.

– On va te rééduquer. Et tu reprendras le bon chemin. Tiens. Prends ça. Ce sont tes habits pour une dizaine de jours. Après, tu en auras des nouveaux. Tu nous suivras partout où nous irons. Tu retrouveras la normalité.

Elle s'habilla avec difficulté, à cause de son orteil tranché.

– Je ne pourrai pas tenir en équilibre, je...

– Ne t'inquiète pas, lui dit Ma'.

La vieille claqua deux fois dans ses mains. Une gardienne se présenta face à elle.

– Va chercher un sabot, lui ordonna la vieille femme.

La gardienne partit en courant vers le couloir qui menait à la salle

(*noire et sale)*

de bains.

Sans s'en apercevoir, Julie avait posé sa main droite sur l'épaule de Ma' afin de ne pas tomber. Une terrible image s'imposa à elle : elle était appuyée sur l'épaule de sa grand-mère. Elle essaya de chasser cette image de son esprit, mais rien n'y fit, jusqu'au retour de la gardienne. La femme tenait dans ses mains un sabot noir, d'une épaisseur impressionnante.

Il ne m'ira jamais. Il est bien trop élevé.

– Mets-lui le sabot, ordonna Ma' à la gardienne.

Celle-ci s'exécuta, et glissa le pied de la prisonnière dans le sabot. Puis elle referma une sorte de loquet au niveau de la cheville de Julie. Un fer ! On avait mis un fer sur sa cheville droite. Un fer relié à un sabot lourd et volumineux qu'elle ne pourrait donc jamais enlever.

Le sabot noir épousait parfaitement la forme de son pied. Il avait été fabriqué pour cela, pour soulager la sensation de déséquilibre causée par l'amputation d'un orteil. Entravée comme une esclave, Julie se sentit pourtant à l'aise dans le sabot noir.

– Tu peux relâcher mon épaule, maintenant, ma belle.

Sa grand-mère. De nouveau, l'image terrible de sa grand-mère aimante. Elle ôta sa main.

Contrairement à ce qu'elle avait pensé, le sabot noir lui permettait de retrouver un équilibre total. Mais il était lourd, très lourd. Et elle dut s'y prendre à deux fois pour arriver à bouger sa jambe. Elle imagina qu'à chaque fois qu'une fille revêche leur causait des ennuis, elles lui tiraient une balle dans le pied, puis lui tranchaient un orteil. Ensuite, elles la condamnaient. Un sabot lourd, relié à des fers. Comme ça, les récalcitrantes ne pouvaient plus s'enfuir. Elle jeta un œil à travers les fenêtres, tenta de regarder les pieds des prisonnières, mais malgré les torches et les volutes qui s'échappaient du brasero, il faisait noir, et elle ne pouvait pas discerner autre chose que des lueurs de folie dans les regards.

– Ce n'est pas fini, dit Ma'. Ne bouge pas.

Pétrifiée de peur, Julie n'esquissa pas le moindre geste. Un léger ronronnement se fit entendre. Puis elle sentit une caresse dans ses cheveux. Et une griffure, légère, au niveau de son occiput. Une tondeuse électrique. On lui rasait les cheveux.

Et le pire, c'est qu'elle se laissait tondre.

Quand la geôlière eut fini de lui mettre la boule à zéro, les autres gardiennes l'empoignèrent.

– Qu'allez-vous me faire… ?

Elle comprit vite. Deux gardiennes tenaient des tiges de fer avec, tout au bout, des numéros rougis par une flamme. Elles les pointaient vers l'arrière de son crâne. On allait la marquer, comme du vulgaire bétail.

– Tu auras ton numéro de prisonnière, comme toutes celles qui se sont rebellées. Et tu auras le crâne à zéro, comme toutes celles qui ont trahi. Tes cheveux repousseront, et je les laisserai repousser si tu deviens bien docile. Si tu redeviens normale...

– Trahi, mais trahi qui ? Qui ai-je trahi ?

– Ne me prends pas pour une imbécile. Ça serait une insulte à mon intelligence. Et à la tienne... Allez, va. Tu peux sortir manger, maintenant.

Julie fit quelques pas lents.

Une gardienne ouvrit la porte.

Le vent glacial du dehors fouetta son crâne chauve.

Elle marcha vers le banquet, recherchant, hagarde, la chevelure blonde de Stéphanie, mais ne la trouva pas.

Elle ne put s'empêcher de constater que l'odeur qui émanait des deux marmites en cuivre posées sur les braseros était absolument divine. Elle saliva malgré elle. Elle allait s'installer sur un banc en bois inoccupé, lorsqu'elle se retourna.

La file indienne avançait placidement vers la maison de Ma'.

Mais ce n'était pas cela qui avait retenu son attention.

C'était les pieds des prisonnières.

Sur le sol, dans la neige immaculée, se traînait une cohorte impressionnante de sabots noirs.

36

Il était ligoté sur un lit de camp.

– Ne bouge pas, dit une voix masculine.

Il sursauta.

Derrière lui se tenait un homme. Celui-ci lui versait un liquide piquant sur son omoplate. Et la piqûre se fit brûlure, puis douleur. Il tenta de se cambrer, mais n'y parvint pas.

– Ne bouge pas, répéta l'homme. Tu te réveilles, c'est bien. Mais ne bouge pas. Tu iras mieux tout à l'heure.

Luc ne pouvait pas le voir, car il était ficelé, la tête plaquée contre la toile tendue du lit de camp. On le torturait. Cela n'arrêterait donc jamais. Une nouvelle pointe de douleur le piqua au niveau de la clavicule, puis il y eut une sensation plus agréable, comme un filet d'eau sur son corps. Son corps propre. On l'avait lavé. Soigneusement lavé. D'ailleurs, il sentait bon. Il y avait une odeur de lavande dans l'air. Il frotta ses doigts entre eux. C'était doux. Comme une peau de bébé. On l'avait soigné, lavé... Que pouvait donc lui vouloir ce fou qui l'avait fait prisonnier ? Et qui était-il ?

– C'est normal que tu aies mal, dit la voix. C'est de l'alcool. De l'alcool à quatre-vingt-dix. Pour cautériser tes plaies.

La voix était apaisante, douce. Rassurante. Comme un père bienveillant, au chevet de son fils malade. Luc était tenté de se laisser aller, mais au contraire, il se raidit. Il fallait rester sur ses gardes. Le lieutenant semblait rassurant, tout à l'heure, ce qui ne l'avait pas empêché de dégainer une arme et de vouloir le tuer jusqu'à ce que… jusqu'à ce que cet homme vienne le sauver. Il se souvint de cette image. Cet homme immense, surarmé, apparaissant dans la brume rouge, cet homme nu. Il tenta de regarder si l'homme était toujours nu. Un fou. Un fou qui agite une crécelle en lâchant des explosifs. Un fou qui l'avait lavé avant de le ligoter et de le soigner.

– Ne bouge pas, dit la voix apaisante. Je sais que c'est douloureux, c'est pour ça que je t'ai ligoté, mais ne t'inquiète pas, c'est bientôt fini.

Il sentit la caresse d'une éponge sur sa plaie, entendit un bandage que l'on dépliait, du scotch qu'on coupait.

– Je vais te détacher, dit l'homme, alors ne fais pas de mouvement brusque. Je vais te détacher afin de bander la plaie. Je l'ai désinfectée. Je t'ai donné des médicaments. Il faut maintenant la bander, la laisser reposer. Tout ton corps a besoin de repos. Assure-moi que tu ne vas pas bouger, sinon je ne te détacherai pas. Et si je te détache, et que tu te mets tout de même à bouger ou que tu essayes de me tuer, je serai obligé de t'abattre comme un chien. Je t'assure que si tu te laisses faire, tu vivras.

Luc ne savait pas s'il devait lui faire confiance. L'homme reprit :

– Ne t'inquiète pas, tu dois avoir la tête qui tourne, les yeux embrumés. C'est peut-être dû aux coups que tu as subis, mais c'est sans doute la faute des médicaments. Je n'ai pas lésiné sur la morphine. Tu vas planer un petit moment !

Il était à la merci du fou à la crécelle. Ce dernier l'avait soigné. Grâce à lui, il n'avait plus mal nulle part. Mais il était aussi à demi inconscient. Toute rébellion serait inutile. Il n'était pas en capacité de se battre. Il demanda :

– Vous m'avez donné quels médicaments ?

– Antalgiques, antibiotiques. Des trucs aussi, pour éviter la septicémie. Elles t'ont pas raté, les chiennes. Tu es ouvert dans le dos et sur l'épaule... Il a fallu éviter que ça s'infecte, ça a pris des heures, maintenant il faut que je bande tout ça. Mais ne bouge pas.

Luc sentit les mains de l'homme sur son corps. Il entendit le sifflement de la drisse qu'on dénouait. Luc put remarquer qu'il n'était pas nu, comme dans la grotte. Non, il portait un uniforme, comme celui des militaires qui avaient tenté de le tuer. Quant à lui, il était vêtu d'un slip propre. Une fois ses liens ôtés, il se releva, s'assit sur le lit de camp, fit face au fou à la crécelle qui l'accueillit avec un sourire franc.

– Bienvenue dans la vie, jeune homme ! J'espère que tu as bien dormi !

L'homme était grand, comme il avait déjà pu le remarquer dans la grotte. De militaire, il n'avait que la tenue, car il arborait une barbe poivre et sel mal entretenue, dévalant jusqu'à la base de son cou. Son visage rugueux et viril, son menton pointé en avant et ses yeux clairs et perçants imposaient le respect. Luc balbutia :

– Merci.

– Ne me remercie pas. Tu as réussi à t'enfuir, toi et toi seul. Ce n'est pas le cas de tout le monde, ici, loin de là. Quant à moi, je n'ai fait que t'aider.

L'homme entreprit de bander l'épaule de Luc. Il appliqua tout d'abord une pommade sur la plaie désormais cautérisée et désinfectée par l'alcool, puis scotcha un pansement blanc, épais, qui faisait le tour de son épaule.

– J'ai pas mal de notions de médecine. De survie. Tu vas t'en sortir sans problème. Tu ne seras pas libre de tes mouvements pendant quelques jours, mais au moins ta plaie va se résorber.

L'homme s'appliquait à faire le bandage, comme un garde-malade, soigneux du travail bien fait. Luc se laissait aller. Il devait s'avouer à lui-même que le contact de cet homme le rassurait. Ces gestes étaient doux, sa voix posée. Il se risqua à lui demander :

– Qui êtes-vous ?

L'homme se raidit, interrompit son mouvement.

– On m'appelle Mattéo Piedra.

– Mattéo Piedra ?

– Oui, enfin, non. C'est comme ça que les autres désiraient que je m'appelle. C'est comme ça que j'ai pu, que j'ai dû m'infiltrer parmi elles. Mattéo Piedra, c'est le nom de ma mission.

L'homme s'était assis face à lui, ses bandes et son scotch râpeux dans la main. Il ne regardait plus Luc. Il avait les yeux rivés au sol, des yeux qui ne paraissaient plus ancrés dans la réalité. Sa voix avait changé. Elle devenait plus chantante. On aurait dit un comédien qui répète un rôle, tentant ainsi de devenir quelqu'un d'autre. L'homme à la voix douce et virile, l'infirmier qui le rassurait commençait à se muer en une petite chose sifflante, à la voix de fillette.

– Mattéo Piedra est le nom d'un berger, reprit l'homme d'une voix encore fluette. Un berger censé être propriétaire de toute la vallée. Les terres, les maisons. Le territoire de chasse des Femmes.

L'homme semblait se transformer. Il se pliait en deux. L'individu massif se muait en une petite chauve-souris fragile, chuintante, à la voix de plus en plus aiguë. Luc frissonna. Cette transformation évoquait pour lui un malade mental qu'il avait observé pendant qu'il effectuait ses classes de gendarme. On lui avait fait visiter un hôpital psychiatrique de haute sécurité dans lequel étaient enfermés les psychotiques les plus dangereux. L'homme en face de lui ressemblait à l'un d'entre eux, l'un des premiers psychotiques auxquels Luc avait eu à faire. Un jeune homme condamné pour avoir tué sa mère en pleine nuit, sans raison apparente. Un meurtre d'une barbarie extrême. Ce jeune homme, surveillé en permanence par trois infirmiers, était une force de la nature, un géant. Il parlait d'une voix grave et suave, et n'était pas le dernier pour aider un infirmier ou un psychiatre à faire la cuisine, ou ranger la vaisselle. On lui confiait même les tâches les plus ardues ; des tâches de jardinage ou de plomberie qui nécessitaient une force physique réelle. Mais il ne fallait jamais prononcer le mot « maman » en sa présence. Si quelqu'un, malade ou médecin, prononçait ce mot, il se recroquevillait comme une huître qu'on aurait aspergée de citron, prenait une voix de petit garçon, et il fallait courir aux abris. Tout être humain qui se trouvait alors sur sa route était massacré par ses pognes puissantes. Un psychologue débutant en avait fait les frais à l'arrivée du psychotique. Il avait simplement demandé « Parlez-moi de votre maman », et l'homme l'avait pris par le cou, d'une seule main, puis l'avait étranglé. Les infirmiers n'avaient rien pu faire. De son autre main, le malade les avait repoussés, provoquant chez eux de multiples fractures. Le psychiatre qui avait accueilli Luc en stage lui avait dit :

– C'est ce qu'on appelle un mot inducteur. Le mot « maman » induit sa psychose. Le reste du temps, c'est un individu charmant, aimable, parfaitement adapté au monde. Il pourrait vivre comme vous et moi, sans aucun souci, sans que personne ne le remarque jamais. Si on bannissait le mot « maman » du vocabulaire, il serait parfaitement adapté au monde environnant.

– Et comment réagir si on est en présence d'un tel malade ?

Le psychiatre avait remonté ses lunettes en écaille. Ses yeux semblaient lui dire qu'il lui souhaitait de ne jamais rencontrer de tels individus. Et Luc n'aurait pas pensé y être confronté ici, en pleine montagne. Il se souvenait parfaitement de la réponse du psychiatre. Une réponse que le médecin avait plus soupirée qu'exprimée.

– Il n'y a pas mille solutions pour vous en sortir devant un tel type d'individu. Mais je vais être honnête, il y a très peu de chance pour que vous rencontriez cette pathologie. Mais si c'est le cas… En dehors de prier si vous êtes croyant, je ne vois pas de solution. Je n'en vois aucune.

À l'époque, Luc avait souri. Désormais, face à l'homme dont la voix était en train de monter dans les aigus, Luc n'avait plus du tout envie de rire. Le fou lui demanda :

– Tu me crois, n'est-ce pas, lorsque je te dis que je suis Mattéo Piedra, le berger ? Que je suis le propriétaire du territoire de chasse des Femmes ?

Luc le regardait droit dans les yeux. Les pupilles de l'homme étaient dilatées, comme explosées par une absorption massive de drogues. Mais, ça n'était pas des drogues, c'était la folie, la folie qui donnait l'impression que cet homme massif et sûr de lui était en train de devenir une petite chose, à la voix de… crécelle. Comme si les cordes vocales de l'homme roulaient sur le support cranté d'un morceau de bois. Le bruit, dans la grotte, ne provenait donc pas de cet instrument de musique, mais bien de sa voix ! Il n'avait pas de crécelle, il vocalisait. Il prévenait les militaires de son arrivée, comme un serpent à sonnette vibre pour avertir ses proies potentielles, et leur laisse une dernière chance avant de passer à l'attaque. Et c'était ce qu'il avait fait. Le fou siffla une nouvelle fois :

– Alors, d'après toi, je suis Mattéo Piedra, oui ou non ?

Luc ouvrit la bouche pour répondre. Une réponse spontanée. N'importe laquelle. Car le fou s'était un peu plus recroquevillé, comme s'il prenait son élan pour bondir sur lui. Il fallait lui dire quelque chose, sinon le reptile lui sauterait dessus et l'égorgerait. Il ne fallait pas perdre de temps. Parler. Parler, et tenter de l'amadouer. Car le reptile allait mordre, insuffler son venin. Et soudain, Luc se souvint. Le psychiatre à la monture d'écaille n'avait pas tout dit. Lorsque le gendarme lui avait serré la main avant de prendre congé, le médecin avait rajouté quelque chose. Un conseil. Un conseil qui allait peut-être lui sauver la vie, aujourd'hui, dans cette grotte isolée. Il avait dit :

« En fait, je vous ai dit qu'il n'y avait pas de solution, mais c'est faux. Il y en a une. Une seule. Il faut entrer dans leur jeu. Entrer dans leur esprit. Si vous dites "maman" et qu'il cherche à vous agresser, cherchez quelqu'un à agresser ensemble. Vous serez deux à chasser "maman". Vous tuerez quelqu'un, un innocent, mais vous sauverez votre peau à vous. Pour sauver votre peau avec ces gens-là, il faut devenir complice. Quitte à perdre votre âme. »

Le fou était à quelques centimètres de son visage. Luc pouvait sentir son haleine, une haleine forte, sans doute due à une hygiène et une alimentation répugnantes, celles d'un prédateur caché dans les grottes. Le fou dit :

– Alors, tu me crois ou pas ?

Et Luc répondit de la voix plus assurée qu'il pouvait prendre :

– Oui. Vous êtes Mattéo Piedra. Le propriétaire du territoire de chasse des Femmes.

Et l'homme éclata de rire. Un rire aigu, tout d'abord, puis qui grimpa dans les octaves. Le reptile se déplia, redevint géant, et son rire à son tour redevint rauque. Il ne cessait pas de rire. Un frisson parcourut l'échine de Luc. Car derrière le rire, il entendit d'autres voix. Loin, derrière. Ou plutôt non. C'était des cris. Des cris d'effroi. Des cris de peur. Des cris qui parvenaient du fin fond de la grotte dans laquelle il était soigné. Il ne l'avait pas remarqué jusqu'à présent, mais il y avait une grande toile rouge tendue, tout au fond de la grotte, comme le rideau sale d'un théâtre macabre. Les cris venaient de là. Et ces cris se mêlaient au rire du fou, dans une polyphonie funèbre.

37

« Réveille-toi. »

La voix lui parvenait de loin, comme murmurée dans la ouate. Il s'était endormi. Il s'était certainement endormi, en ressassant une nouvelle fois l'histoire de la ferme abandonnée, du départ de son épouse, du

(*cri de Sabrina)*

jeu Sword-Temptation IV et de la gloire annoncée de Saar. La gloire annoncée qui attendait désespérément dans un hôtel de Gap afin de s'évader de la prison des gobelins. S'évader comme il avait déjà su le faire alors qu'il était enfermé dans une cage.

« Réveille-toi », dit de nouveau la voix.

Il ouvrit les yeux. Mille coups de poignard se figèrent dans ses poignets meurtris par les menottes. Il était toujours nu, son corps gelé, mais il ne grelottait plus, comme si son cerveau lui avait dit de ne plus se focaliser sur la température, mais sur les moyens de survivre. Le temps n'était plus à la plainte, mais à la prise en charge de sa situation et à la réflexion active à des plans d'évasion.

Pense comme Saar...

– Réveille-toi, lui dit de nouveau la voix.

C'était l'homme nu.

– Il ne faut pas que tu t'endormes, balbutia-t-il. Si tu dors, tu meurs.

Une odeur de fumée irrita les narines de Lorey.

– Elles font un barbecue ? plaisanta Lorey.

– Oui, siffla l'homme nu. Et généralement, après le barbecue, elles se reproduisent. Enfin, j'exagère. En fait, la cérémonie a lieu le matin.

Lorey se dit qu'il avait mal entendu.

– Quoi ? demanda le commercial.

– Tu n'as pas encore compris ?

Lorey sentit sa respiration s'accélérer.

– Elles veulent s'accoupler avec moi, c'est ça ?

– Oui, ricana l'homme nu. Enfin, pour l'instant, elles ne savent pas qui tu es.

– Comment ça ?

– Elles te l'ont dit, siffla l'homme nu. Elles t'ont observé. Elles voulaient voir si tu avais de la vigueur malgré ton âge. Elles voulaient voir si tu pouvais faire partie de la meute. Tu es leur prisonnier, mais tu n'es pas encore leur étalon.

Ça ne pouvait être qu'

(*une addition à payer*)

un cauchemar. Il était venu ici pour signer un contrat. Le putain de contrat qui se trouvait toujours dans la poche avant de sa chemise. Mais il n'en avait rien à faire en vérité ! Il était un « nolife » ! Il voulait juste qu'on le laisse tranquille. Ramasser sa paye à la fin du mois, et retourner avec Saar dans le monde violent qui était le sien et dans lequel lui, Jean-Marie Lorey,

(*était un conquérant*)

ne risquait rien. Et voilà qu'il se trouvait dans un village tenu par des cinglées !

On aurait dit

(*une punition divine*)

un jeu vidéo. Un de ces scénarios débiles conçus par des adolescents attardés. Et voilà qu'il en était le héros. Il imagina un moment que quelqu'un se trouvait de l'autre côté de l'écran, en train d'assister à ses péripéties. Mais la respiration haletante de l'homme nu le ramena sur terre.

– Si je n'entre pas dans les critères pour devenir un étalon, que se passera-t-il ? Elles me libéreront ? demanda Lorey.

– Tu veux rire ? Si tu bandes mou, ou si tu es considéré comme trop vieux ou trop laid par Ma', tu crèveras. Elles te tueront, t'abattront comme un chien.

Lorey déglutit.

Comment réagirait Saar ? Comment réagirait le Jean-Marie Lorey d'avant ?

– Tu as déjà vu d'autres hommes ici ? demanda Lorey.

– Oui, ici et dans l'autre cave, à côté, répondit l'homme nu. À croire que je suis plus endurant qu'eux tous !

Et il se perdit dans un rire gras.

– Comment ça ?

– Ça fait deux ans que je suis ici. Les autres restent un mois, parfois deux. Et ils se font tuer. Mais moi, elles me gardent !

L'homme se mit à rire de plus belle. Puis le rire baissa d'une octave, avant de se transformer en plainte.

Il fallait

(*penser comme Saar…*)

(*penser comme un conquérant…*)

Il fallait penser comme ce jour-là.

(*Sabrina*)

La façon dont il avait fait disparaître le corps.

Il était un assassin.

Il pouvait tuer.

Il savait tuer.

Il pouvait s'en sortir.

L'odeur de barbecue agaça ses narines. Il saliva. La viande, l'oignon grillé, les odeurs titillaient ses papilles. Il avait faim.

Il jeta un œil vers sa gamelle, et vit le morceau de savon qui avait servi à Chiara pour le laver. C'était un morceau d'une belle taille.

Penser comme Saar…

Il revit son avatar dans Sword-Temptation IV, prisonnier des gobelins, enfermé dans une cage aérienne afin que les hippogriffes le dévorent. Il se souvint de la graisse de phoque qu'il avait dans son sac, de la façon dont il s'y était pris pour oindre son corps avec la graisse. Son corps qui, tout naturellement, avait glissé entre les barreaux de la cage. Bon sang, voilà la solution !

Il tenta d'apercevoir ses poignets, mais ne fit que recevoir quelques gouttes de sang sur le front.

D'un coup de talon, il pourrait atteindre le pain de savon. Il lui faudrait ensuite trouver un moyen pour le faire remonter jusqu'à ses poignets. Et frotter, jusqu'à ce que ses mains puissent passer à travers les anneaux des menottes.

Il ne resterait pas une seconde de plus dans l'antichambre de sa propre mort. Il talonna fermement le pain de savon qui atterrit d'un seul coup sur son ventre flasque et son visage se fendit d'un grand sourire.

La première étape du plan d'évasion de

(*Saar.*)

Jean-Marie Lorey avait réussi. Il jeta un œil vers l'homme nu qui le dévisageait, un sourire sanguinolent collé aux lèvres. Ce débile n'avait sûrement jamais pensé à une telle solution pour quitter cette cave infernale.

Il était vraiment au-dessus du lot. Lui, le Jean-Marie Lorey d'avant, de maintenant, et de toujours !

Il allait redevenir ce type dégueulasse.

Il fit glisser son corps sur le sol, contracta ses abdominaux, puis donna un coup de reins sec. Il ouvrit grand la bouche pour rattraper le pain de savon, mais celui-ci rebondit sur sa joue gauche et retomba à terre. L'homme nu éclata d'un rire aigu. Il fallait s'obstiner. Essayer des dizaines et des dizaines de fois. Se savonner les mains pour les faire glisser en dehors des menottes. Il s'évaderait. Il en était sûr.

Il plia son corps en tous sens, tandis que les menottes s'enfonçaient un peu plus dans ses poignets. Il sentit les battements de son cœur au niveau de ses veines. Le talon toucha de nouveau le pain de savon, il réussit à le faire glisser jusqu'à ses doigts de pied.

– Tu ferais mieux de garder tes forces, dit l'homme nu. Garder tes forces pour l'accouplement. Tu verras. Demain matin. Ça sera...

(*terrible...*)

terrible...

– Tais-toi, ordonna Lorey.

Mais l'homme nu ne se tut pas. Il se mit au contraire à grincer de son rire perçant.

Le pain de savon était fiché entre les orteils de Lorey. Il le lança en l'air d'un coup de pied. Le savon tomba sur son torse, puis glissa progressivement sur son ventre. De nouveau, il contracta ses abdominaux.

Allez, ce coup-ci, c'était la bonne.

Et malgré le rire aigu de l'homme nu qui lui arrachait les tympans, le pain atterrit directement dans sa bouche grande ouverte. Il serra les dents, mordit dans le savon, et saliva pour l'humidifier.

Le conquérant était de retour.

38

Elle était assise sur un banc et regardait les volutes du brasero s'envoler dans l'encre de la nuit. Il semblait si facile de s'enfuir d'ici lorsqu'on était des flammes...

– On dit qu'il y en a une sur deux.

La voix venait de derrière.

Elle était assez suave, douce. C'était une voix qu'elle connaissait.

– Une sur deux, je te dis.

Julie se retourna. La chevelure blonde de Stéphanie éclairait la nuit tout autant que les flammes du brasero. Elle n'était pas tondue. Elle n'était pas une rebelle...

Pourtant, spontanément, Julie lui sourit. Elle eut un mouvement vers elle, comme si elle voulait la prendre dans ses bras. Mais Stéphanie ne souriait pas.

– Moi aussi, j'ai envie de t'embrasser, dit la jeune femme blonde. Car je suis contente de te revoir. Mais il ne faut pas. Pas d'effusion de sentiments ici. Dis donc, je vois que tu as un joli tatouage sur le crâne... et aussi un joli sabot.

Julie le fit glisser sous le banc.

– Elles m'ont tranché l'orteil, et elles m'ont tondu…

– Pas de panique, dit Stéphanie. Une sur deux, je te dis. Il y en a une sur deux, ici, qui ont un orteil tranché. Et qui ont eu le crâne rasé. On les appelle les « Cavalières ».

– Les Cavalières ?

– Oui, à cause du sabot noir. Du bruit que vous faites en marchant. C'est un désavantage d'avoir des sabots. On t'entend arriver de loin. Si tu veux t'enfuir par exemple, il faudra penser au bruit… Si les Cavalières sont désavantagées, c'est parce qu'elles présentent un caractère rebelle. Voilà pourquoi elle t'a mis un sabot noir. Pour t'entendre, te surveiller. Les Cavalières doivent être domptées…

Julie regarda de nouveau les femmes dans la file indienne. Ou celles qui étaient assises sur le banc en bois. Des chauves, des chevelues, des Cavalières. Toutes discutaient, riaient. Certaines chantaient. Avec le feu de bois en arrière-plan, on aurait pu se croire dans un camp de vacances.

– Tu vois les autres femmes ? Elles sont tes ennemies, tes concurrentes. Tu dois être la seule… la seule pondeuse. Sinon, Ma' te tuera. Petit à petit.

– La seule… pondeuse ?

– Oui… si tu ne te reproduis pas, ça veut dire que Ma' ne te veut plus. Et donc ça veut dire que les autres peuvent t'attaquer sans risquer de représailles, règles numéro un et deux, ou pas ! Tant que tu te reproduis, tu ne risques rien, car Ma' te protège. Voilà la grande victoire de Ma'. Arriver à te faire penser que tu as besoin d'elle, car sans elle, tu es livrée à la merci de toutes ces cinglées. Pour Ma', c'est une revanche ! Elle se croit dans une guerre. Ma' pense qu'elle t'a domptée car tu appartiens au camp ennemi. Et lorsque tu te reproduis, tu augmentes les effectifs de son armée à elle !

Une cloche sonna, interrompant leur discussion. Puis une sirène. Julie distingua des mouvements d'impatience dans la file indienne.

– Pas de panique, hurla la grosse soldate aux cheveux blancs.

La sirène sonna de nouveau, un peu plus fort. Julie se retourna. Les femmes assises sur les bancs en bois s'étaient levées, et se rassemblaient autour des marmites en cuivre.

– Que se passe-t-il ? demanda Julie.

– C'est l'heure du repas, dit Stéphanie. Lève-toi. On y va.

Elle sécha une larme d'un revers de sa peau de bête, et suivit la femme blonde.

Le sabot noir glissa dans la neige, mais Julie réussit à rétablir l'équilibre. Elle marchait à la même vitesse que sa camarade. Le sabot semblait épouser parfaitement sa cheville, ainsi que les terminaisons nerveuses de l'orteil manquant.

– Il faut rapidement arriver aux marmites.

– Pourquoi ?

– Les premières se servent. Pour les autres, il ne reste que les miettes. Et tu crèves de faim. Elles cherchent à nous affamer, nous épuiser.

Deux soldates gigantesques s'étaient postées derrière les marmites en cuivre. Julie crut reconnaître la grosse femme aux cheveux blancs. L'autre gardienne était une rouquine tout en muscle. Toutes deux tenaient deux grosses louches.

– Il y en aura pour tout le monde, sales chiennes, hurla la rouquine. Ne poussez pas !

Les geôlières étaient nombreuses. Une quinzaine, peut-être. Ce n'était pas une famille de quatre ou cinq cinglées. Non. C'était un village entier.

– Tu ne peux déféquer qu'une fois par jour, dit Stéphanie. Et tu ne peux manger qu'une fois par jour. Et c'est maintenant !

La sirène sonna une troisième fois. Les couvercles des marmites s'ouvrirent. La bonne odeur se fit plus prégnante. Stéphanie tendit une petite assiette à Julie.

– Tu l'as prise où ?

– Chacune a la sienne. La tienne était sur le banc en bois, mais je l'ai récupérée, sinon une autre fille l'aurait volée pour que tu ne puisses pas manger. Et maintenant, jette-toi dans la fosse aux lionnes.

Les femmes jouaient des coudes. Celles qui étaient dans la file indienne, quelques secondes auparavant, avaient renoncé aux douches et aux toilettes. Toutes tendaient leurs mains vers les marmites et les louches que les grosses gardiennes renversaient dans les assiettes les plus proches.

On dirait des scènes de famine.

Elle avait déjà vu de telles scènes dans des films ou des reportages télé. Des reportages dans lesquels des camions humanitaires distribuaient de la nourriture au compte-gouttes à une foule hystérique.

Elle tendit son assiette, écrasa des pieds avec son sabot noir. Parfois, une louche se rapprochait de son assiette, parfois elle s'en éloignait, mais lorsqu'une rasade importante de bouillon et de viande atterrit dans son récipient, elle ne put s'empêcher de sourire en entendant les autres crier, hurler, se marcher dessus. Elle chercha Stéphanie du regard, mais la jeune femme blonde était déjà retournée s'asseoir.

Elle prit son écuelle dans les mains et retourna vers le banc. Elle ne pouvait s'empêcher de regarder le bouillon rouge, les morceaux de tomates et d'oignons, et la viande qui nageait dans de délicieux effluves. Elle se surprit à penser qu'elle était gâtée, bien nourrie, et qu'elle avait fait mieux que d'autres femmes. Elle balaya son ressenti d'un revers de main.

– Je n'avais pas vu que tu étais déjà servie, dit Julie.

– Je sais jouer des coudes, dit Stéphanie. Les autres femmes me craignent, car je suis actuellement la meilleure reproductrice. Je suis presque la plus jeune. Et paraît-il, la plus jolie.

La plus jolie... Une reproductrice... Elle décida de chasser ces idées horribles pour quelques instants, et de prendre des forces pour s'enfuir.

Elle regarda la jeune femme blonde, qui plongeait ses mains à même le bouillon, et portait ses doigts dégoulinants de sauce tomate à la bouche.

Julie hésita avant de faire de même, tâta le bouillon de l'index afin de vérifier qu'il n'était pas trop chaud, puis plongea ses doigts dans la mixture. Elle prit un morceau de viande, le goûta. Il était délicieux. Malgré son travail dans la restauration, elle n'y connaissait pas grand-chose en nourriture, elle avait toujours eu du mal à différencier les viandes. Vu le caractère rosé de celle-ci, elle paria sur du bœuf, ou de l'agneau. Le morceau qu'elle mâchait avait un petit goût fumé.

– Qui sont-elles, Stéphanie ? Comment s'enfuir d'ici ?

La femme blonde soupira.

– Les enfants que tu vois courir un peu partout, ce sont les nôtres. Enfin, certains des nôtres. La première année, je pleurais tous les soirs en me répétant ça, mais on s'habitue à tout...

Julie lâcha le morceau de viande qu'elle tenait. Envie de vomir.

– Tu dis que les enfants, là, autour, sont les nôtres ? Mais que veux-tu dire, je... ?

– Tu fais exprès de ne pas comprendre, ou tu as un problème ? Je veux dire que, certains jours, en général, c'est le matin, Ma' entre dans le dortoir... Et elle nous regarde. Et elle en choisit dix. Pas une de plus, tu entends. Dix. Et des soldates nous présentent l'étalon du jour. Un homme. Et nous allons au milieu de la cour, coucher avec l'homme de la cave...

– La cave ?

– Oui, dit-elle en pointant du doigt la troisième maison en pierre. Tu vois cette maison ?

– Oui.

– Là-bas, il y a d'autres gardiennes dans un dortoir, comme le nôtre. Et sous le dortoir, il y a une cave. Une cave avec des hommes.

Julie sentit son cœur accélérer. L'envie de vomir se fit plus prégnante.

– Je ne pourrai pas faire ça.

– Tu n'auras pas le choix... Écoute, faut qu'on trouve un moyen de partir d'ici, mais avant, il faut se fondre dans la masse.

Julie se rétracta. Se méfier. Cette Stéphanie pouvait être une complice de ces folles consanguines. D'ailleurs, elle n'avait pas de sabot, et sa chevelure était impressionnante de longueur. Alors qu'elle semblait faire partie des plus rebelles.

– Il faut qu'on soit des prisonnières modèles, tu m'entends, poursuivit la femme blonde. Tu as encore le regard de la débutante, celle qui vient d'arriver et qui a envie de partir dès la première nuit. Moi, je suis une vieille guerrière, j'ai essayé de m'enfuir trois fois, et trois fois, on m'a retrouvée. Les gardiennes quadrillent la forêt, elles la connaissent comme leur poche. Mais moi aussi, je commence à la connaître, et je connais le mode de fonctionnement des gardiennes et de Ma'. Alors, à nous deux, on devrait trouver un moyen de partir. Mais en attendant, si on te demande d'ouvrir les cuisses et de te laisser faire un gosse, tu te laisses faire, tu m'entends ?

Stéphanie pleurait en disant cela, et Julie ne tarda pas à faire de même.

Encore cette sensation

(*de noyade*)

d'étouffement. Julie sentit ses mains devenir moites. Elle n'osait imaginer ce qu'elle ressentirait le moment venu.

Ça doit être pire qu'un viol. Car on sait pertinemment qu'on va être violée. L'agression sexuelle est planifiée, comme inscrite sur un agenda mental.

– Tu as dit que ces hommes sont dans la troisième maison, dans la cave… Mais qui sont-ils ? Des prisonniers, comme nous ? Des gens que Ma' a fait enlever ?

Stéphanie recracha un bout de viande.

– J'en sais rien. Sans doute. Des prisonniers de leur satanée guerre. Ils servent d'étalons. Seul leur sperme intéresse Ma'. Ils ne restent pas longtemps. Ils sont vite épuisés. Ils doivent faire l'amour avec dix femmes. Ma' a choisi ce chiffre : dix femmes, afin de multiplier les chances d'en voir au moins une engrossée. Dès que l'homme en a engrossé quelques-unes…

– Il est relâché ?

La femme blonde éclata de rire.

– Non… Personne n'est jamais relâché, murmura-t-elle.

– Qu'en fait-on alors ?

– Tu veux vraiment le savoir ?

– Oui, dit Julie.

Dans le même temps, elle plongea machinalement ses doigts dans le bouillon et en retira un morceau de viande épais.

– Là, murmura la jeune femme blonde.

– Pardon ?

– Là… Voilà ce que deviennent les hommes.

Julie regarda le morceau de viande.

Elle hurla. Puis retint son cri, de peur d'être entendue.

Stéphanie la fixait.

– C'est bien. Tu as peu crié. Tu apprends vite. Maintenant, mange !

Julie tremblait. Elle tenait le morceau de viande, dans ses mains. Le morceau de viande humaine.

– Je ne peux pas, balbutia-t-elle. J'ai envie de gerber.

– Il te faut des forces, et tu ne mangeras rien d'autre que ça ici. Mange, je te dis.

– Non. Je ne peux pas.

Stéphanie prit la gorge de la jeune femme dans sa main droite. Elle serra.

– Déjà bien contente que je m'allie avec une Cavalière tondue, qu'on va entendre à dix kilomètres à la ronde lorsqu'elle marchera sur la neige, alors n'en rajoute pas. Dis-moi que tu vas manger, ou je te tue.

Étouffement, de nouveau. La glotte se rétractait sous la pression des doigts de Stéphanie. Julie chercha une gardienne du regard, comme une gamine en cour de récréation désirant appeler un adulte à sa rescousse. Mais les gardiennes discutaient tranquillement entre elles. Les cris des femmes affamées baissaient en intensité, on entendait seulement les basses des conversations et le crépitement incessant du feu de bois.

Julie se sentait partir. De nouveau, elle voyait la surface de l'eau, loin au-dessus d'elle. Stéphanie répéta :

– Dis que tu vas manger, ou je t'achève.

– Achève-moi. Je ne peux pas manger ça.

Stéphanie prit un morceau de

(prisonnier)

viande, ouvrit la bouche de Julie, et poussa la barbaque au fond de sa gorge. La jeune femme repoussa un haut-le-cœur, et recracha le morceau, une lueur de défi dans le regard.

Les deux femmes ne se lâchaient pas des yeux. Au bout de plusieurs longues secondes, Stéphanie sourit.

– C'est bien de réagir comme ça, dit-elle. Ça prouve que tu n'as pas encore rompu les ponts avec la réalité.

39

« En réalité, je ne suis pas Mattéo Piedra. »

Le fou avait repris une voix normale. Il fixait Luc, et son rire s'était arrêté net. Les cris, derrière lui, avaient également cessé. On aurait dit un chœur d'opéra qui laisse le soliste en vedette après l'avoir accompagné sur l'un de ses morceaux les plus difficiles. Même si plus aucun cri ne parvenait jusqu'à ses oreilles, Luc ne pouvait détacher ses yeux du rideau rouge, tendu dans le fond de la grotte. Ça n'était pas des cris d'animaux, mais bien des cris humains qu'il avait entendus. Les images de la chambre froide dans laquelle il avait été

(*stocké*)

retenu prisonnier s'imposa à lui.

Ce fou avait peut-être fabriqué la même chose. Un entrepôt pour nourriture.

Il le regarda. L'homme lui souriait.

Ne pas montrer sa peur…

– Je ne suis pas Mattéo Piedra, et il n'y a pas de Mattéo Piedra.

Le psychiatre avait dit qu'il fallait entrer dans son jeu…

– Il n'y pas de Mattéo Piedra ? répéta Luc.

– Non ! Tu es bouché ? C'est un personnage inventé, un personnage de fiction. Il fallait à l'armée un personnage de fiction pour que personne ne fouille, qu'aucun journaliste, aucun privé, aucun membre d'aucune famille ne fasse des recherches dans ce coin perdu de montagne. C'est un lieu privé, un terrain appartenant à un berger répondant au nom de Mattéo Piedra, tu comprends ?

Aucun membre d'aucune famille ne devait faire de recherches par ici. Et si cet homme n'était pas totalement cinglé ? S'il détenait réellement des informations sur les disparus ?

Luc balbutia :

– Oui… Oui, tout à fait…

– Tu n'as pas l'air… Je vais tout t'expliquer depuis le début. Et tu comprendras à quoi tu vas me servir.

E*ntrer dans leur esprit…*

Le faire parler…

– Je dois… Je vais vous servir à quelque chose ?

– Oui, siffla l'homme. Tu ne crois quand même pas que je t'ai libéré pour le simple plaisir de te voir filer dans la nature ? Tu es à moi, maintenant, tu m'entends ? Et ensemble, nous allons faire de grandes choses.

Luc déglutit. Cet homme était encore plus cinglé que les femmes. Mais il repensait aux paroles du psychiatre. Il fallait lui faire croire qu'il était avec lui, sur la même longueur d'onde. Il fallait tromper l'ennemi afin de pouvoir se libérer de son joug. Entrer dans sa psychose. L'homme s'assit sur le bord du lit de camp. Luc put voir sur le sol des fioles, des sachets de médicaments, des seringues. L'homme disait lui avoir administré des antiseptiques, mais il pouvait s'agir d'autre chose. Des drogues. Du GHB. La drogue des violeurs, grâce à laquelle il ne serait plus qu'un pantin dirigé par ce fou. L'homme reprit :

– Je me suis engagé dans l'armée il y a plus de vingt ans. J'étais un individu normal, tu vois. Mais je m'étais engagé par conviction. J'aime l'ordre militaire. J'aime les interventions musclées. J'ai été envoyé sur plusieurs missions secrètes aux quatre coins du monde. On savait qu'on pouvait me faire confiance, que j'irais jusqu'au bout de ce qu'on me demandait, que je ne trahirais jamais. J'ai toujours été mû par l'amour de ma patrie. J'ai eu des missions difficiles, parfois violentes. Des missions d'infiltration, d'espionnage. J'étais un espion. Je parle cinq langues, je m'adapte à tout. Si je te racontais la moitié de ce que j'ai fait lors de mes missions, tu ne me croirais pas... Mais le problème n'est pas là... Je pensais vraiment que mon engagement, tout ce que je faisais, les gens que je tuais, les gens que j'espionnais, les informations que je recueillais, c'était pour servir mon camp, mon pays, les miens. Mais je me trompais.

Il se leva du lit, fit quelques pas vers le rideau rouge. Luc retenait son souffle. Il n'osait se retourner pour voir s'il y avait un couloir derrière lui, une sortie possible, une nouvelle fuite. Même s'il savait qu'il n'avait aucune chance. Il était drogué, et ce dingue devait connaître les galeries souterraines par cœur. L'homme se posta devant la tenture rouge, comme un bonimenteur de foire qui va présenter un numéro devant le rideau pâle de son théâtre.

– Sais-tu comment m'appellent les militaires que tu as vus ?

E*ntrer dans son jeu...*

– Non, je ne le sais pas.

L'homme leva les bras au ciel, comme un mauvais comédien cabotinant devant un public frileux.

– Le fou du souterrain !

Et il éclata de rire.

– Oui, ils m'appellent le fou du souterrain, car je vis ici, dans le noir absolu des galeries. Ils m'affublent de ce nom ridicule, mais ils savent qui je suis, de quoi je suis capable. Ils ont peur de moi. Ils connaissent mes états de service. C'est pour ça qu'ils ont la trouille. C'est pour ça qu'ils surveillent en permanence les toilettes sèches. C'est pour ça qu'ils voulaient te tuer quand tu t'es échappé !

Luc dut faire une moue qu'il ne contrôla pas, car l'homme s'énerva.

– Tu ne me crois pas ! Pourtant, tout ce que je vais te dire est la vérité, la seule et unique vérité ! Les toilettes sèches sont le point faible de leur organisation, l'endroit par lequel les femmes peuvent s'enfuir. Leur seule chance d'échapper à tout ça. Ne me demande pas pourquoi les toilettes sèches sont dans cet état-là, ça date sans doute des années trente. Il fallait bien faire ses besoins quelque part, sans eau, sans plomberie, sans moyens. De vieilles maisons bâties à la va-vite, ou récupérées telles quelles dans la forêt, nous n'avons jamais su.

– Attendez, attendez, dit Luc. Vous allez trop vite. Vous dites que c'est par là que les femmes s'échappent ?

– Certaines, oui, mais pas toutes. Les prisonnières ont trop peur de leurs geôlières, Ma' et ses soldates font régner la terreur au-dessus de nous. Heureusement, les toilettes sèches sont une faille qui permet aux femmes de s'échapper. Et heureusement, il y a un véritable gruyère de corridors qui permet de se planquer, malgré la présence de dizaines de militaires...

Luc n'y comprenait rien. Il était donc dans un lieu surveillé, quadrillé par des militaires ? Et ces militaires protégeaient les cinglées, et laissaient crever les captifs ?

– Que se serait-il passé si vous n'aviez pas été là, demanda-t-il. Si les militaires m'avaient pris avec eux ?

– Tu serais mort à présent, jeune homme. Tu serais mort, ou tu aurais été rendu à Ma' et ses sbires ! Mais grâce à moi, ensemble, nous allons les combattre ! Et nous allons gagner !

L'homme l'avait drogué. C'était certain à présent. Il lui avait administré des substances, qui allaient faire de lui la marionnette de ce malade. Il allait être téléguidé pour affronter les Femmes, comme un personnage de jeu vidéo, dépendant du joueur fou qui tient la manette et l'envoie au casse-pipe.

Gagner du temps.

Comprendre.

S'enfuir.

Luc posa la première question qui lui passa par la tête.

– Qui sont ces clochardes folles ? Le sais-tu ?

L'excitation dont avait fait preuve l'homme en évoquant le combat à mener contre les Femmes retomba. Il resta planté devant le rideau rouge, les bras ballants. Le fier comédien qui entamait son monologue laissait sa place à un acteur chétif et tourmenté. Luc fut surpris par ces changements de comportement multiples. La psychose de l'homme se confirmait minute après minute, ce qui n'était pas pour le rassurer. L'homme dit :

– Bien évidemment, je sais qui elles sont. Et elles sont tout, sauf folles.

Il s'accroupit, s'assit en tailleur, comme un conteur près du feu, qui cherche à captiver son auditoire.

– Je sais d'où elles viennent, je sais ce qu'elles veulent, et je sais pourquoi l'armée s'est intéressée à elles.

Luc se redressa, déplia sa colonne vertébrale, suspendu aux lèvres du fou. L'énigme des disparus de la montagne allait enfin trouver son épilogue. Il faudrait ensuite s'enfuir, avertir des hommes de confiance dans sa hiérarchie. Ses formateurs, par exemple, qui lui avaient enseigné la probité et l'honneur.

– Tu ne me prendras plus pour un fou lorsque tu auras fini d'entendre ce que j'ai à te dire, continua l'homme. Et si tu continues, malgré tout, à croire que je suis dingue, c'est que tu l'es encore plus que moi.

E*ntrer dans son jeu...*

– Comment cela ?

– Ces Femmes ne sont pas des folles tueuses, soupira l'homme. Et l'armée n'est pas là pour faire de la figuration. Ça dépasse largement le cadre de cette grotte, de cette maison, de cette forêt.

Devenir complices...

– Je ne comprends pas bien... Qui sont-elles ?

– Tu es impatient de savoir, pas vrai ? Moi aussi, j'étais impatient de savoir où je mettais les pieds lorsqu'on m'a convoqué, il y a dix ans, presque jour pour jour, dans une annexe secrète de l'état-major des Armées. J'aurais dû être moins impétueux, moins enclin à l'engagement. J'aurais dû rester chez moi, me marier, avoir une petite vie peinarde, tu comprends ? Mais surtout, ne jamais, jamais accepter cette mission...

– Cette mission... ?

– Oui, cette mission. Je vais t'en parler, en détail. Et lorsque j'aurai fini, tu regretteras à ton tour d'avoir été aussi curieux... Tu aurais dû rester dans ton petit métier, ton petit train-train, ta grande ignorance...

jusqu'à perdre son âme...

40

La police n'avait pas trouvé le corps. Il avait été interrogé, bien sûr. Les flics étaient venus chez lui pour lui poser quelques questions. Il avait bien préparé son argumentaire. Oui, c'était une stagiaire consciencieuse. Non, il ne connaissait rien de sa vie privée, et non, il n'avait rien remarqué d'anormal le jour de sa disparition. Oui, il avait proposé de la raccompagner ce jour-là. Et oui, comme d'habitude, ils avaient fait le chemin jusque chez elle, mais elle lui avait demandé de l'arrêter un peu avant, car elle avait quelques courses à faire. Il l'avait arrêtée dans une rue commerçante, rue qu'il était allé repérer, de façon à voir s'il y avait de caméras de surveillance qui pouvaient contrecarrer ses plans. Cette rue était très fréquentée, il y avait beaucoup de passage, donc les flics ne pourraient retrouver aucun témoignage qui corroborerait ou infirmerait ses dires.

Ce qui s'était bien évidemment passé.

Tout comme il l'avait prévu.

Il était

(terrible)

inatteignable, génial, tellement machiavélique et intelligent.

Dans la cour de la ferme, il y avait un trou, une espèce de trou qu'on appelait les catacombes. Certains racontaient, lorsqu'il était enfant, qu'il s'agissait d'un puits sans fond. Un puits dans lequel on jetait les enfants peu obéissants. Un puits dans lequel on jetait des corps sacrifiés lors d'obscurs rites sataniques.

On ne la retrouverait jamais.

On ne l'avait jamais retrouvée.

Curieusement, il avait été serein les jours qui avaient suivi. Une sérénité qui l'avait quitté lorsque sa femme était partie. Le conquérant immortel était en réalité une pauvre chose. Une pauvre chose qui avait tué une innocente. Un

(criminel)

conquérant.

Le pain de savon était à la fois ferme et pâteux. Il le sentait se disloquer dans sa bouche. Des petits morceaux aromatisés à la lavande faisaient comme des grumeaux sur sa langue.

– Que veux-tu faire avec ce savon, ricana l'homme nu. Tu es ridicule. Cherche plutôt à t'enfuir.

Lorey ne répondit pas. Il se revit dans la voiture garée au milieu de la ferme. Rien ne pouvait lui arriver. Il était un

(*criminel)*

surhomme dans un monde dangereux. Il devait tuer ou être tué. Dominer ou être tué.

Il prit une profonde inspiration, pencha sa tête en arrière. Il ouvrit ses deux mains menottées. Ses articulations craquèrent. En penchant sa tête, il put voir que ses poignets devenaient bleutés, comme attaqués par la gangrène. Il inspira de nouveau un grand bol d'air, ouvrit grand sa bouche, et cracha le pain de savon en direction de ses mains. Le morceau blanchâtre heurta sa paume, mais il n'eut pas le réflexe de la fermer immédiatement. Le pain de savon retomba à côté de lui dans un bruit mat.

L'homme nu éclata d'un rire dément. Un rire qui monta peu à peu dans les aigus. Comme un cri. Il allait faire descendre les femmes. Elles allaient entendre ce débile ricaner, et son plan tomberait à l'eau. Il fallait se dépêcher.

Il se tortilla sur le sol. Ses fesses glissèrent vers le pain de savon. Dès que sa fesse droite l'atteignit, il fit un petit mouvement de bassin de façon à pousser le pain de savon sous sa jambe.

Le rire de l'homme nu lui brisait les tympans. Lorey hurla :

– Tais-toi !

Mais l'homme continuait sa sérénade. Son corps se convulsait, comme s'il était entré dans une sorte de transe. Deux ans dans cette cave. Deux ans à être lavé, nourri, et soumis sexuellement à une horde de femelles...

– Tais-toi ! hurla-t-il de nouveau, mais l'homme ne l'écoutait pas. Il reprenait sa respiration, puis riait de plus belle, dardant ses orbites vides et sa bouche grande ouverte.

Le morceau de savon atteignit le pied de Lorey. Il revit le corps de Sabrina sous lui.

Tu es puni pour ce que tu as fait. Dieu, ou je ne sais qui d'autre, te punit pour ce que tu as fait.

Mais il n'y avait pas de Dieu. Saar, comme le Jean-Marie Lorey d'avant, le savait bien. Il n'y avait pas de Dieu. Il y avait les vainqueurs et les autres.

L'homme nu cessa de rire. Il toisa Lorey :

– J'ai compris ce que tu veux faire. J'ai compris et je veux que tu m'emmènes avec toi.

Puis il se remit à rire. Toute raison l'avait quitté depuis longtemps. Le commercial le regarda. Il gonfla et dégonfla son ventre, comme une prise d'élan avant le nouveau lancer du morceau de savon. Deux voix s'affrontaient en lui. Bien évidemment qu'il devait tenter de libérer cet homme qui avait enduré tant de souffrances. Mais l'autre voix, celle

(de Saar)

du Jean-Marie Lorey d'avant, lui disait de le laisser croupir ici. Il serait un boulet. Il y avait des femmes à combattre, la forêt à traverser, la neige, la route à retrouver. S'enfuir ne pouvait se faire qu'avec les mains libres, pas en traînant un être moribond, qui geindrait tous les vingt mètres.

Il dit :

– Ça me paraît évident, mon frère. Bien évidemment, je t'emmènerai avec moi.

– Merci, murmura l'homme.

La folie avait déserté ses yeux. Les convulsions avaient cessé. C'était un regard plein de bonté et de gentillesse que l'homme nu adressait à Lorey.

– Comment tu t'appelles, demanda Lorey.

– Frédéric. Frédéric Choulet.

– Enchanté, Frédéric. Moi, c'est Jean-Marie Lorey. Avant que je...

Choulet se mit à rire. Un rire plus

(*humain*)

discret et harmonieux. Lorey gonfla puis rabaissa son ventre une nouvelle fois. Le morceau de savon s'envola sous son impulsion. Il plana quelques secondes dans les airs, avant de retomber tout droit sur le nez, où il rebondit, pour atterrir dans la bouche de Lorey.

– Bravo, murmura Choulet.

Lorey ne lui répondit pas. Il suçait le pain de savon de façon à l'humidifier. Il sentait son corps s'engourdir. Il avait mal aux muscles, et il avait froid.

Si je ne sors pas d'ici, je serai mort d'ici deux ou trois jours.

Un goût de lavande fit frissonner ses papilles. Il produisit plus de salive, et suça plus activement le pain de savon. Il ouvrait et fermait ses paumes. Il tenta d'anticiper mentalement le moindre de ses gestes. Sa tête qui penche en arrière, ses paumes qui s'ouvrent, le ventre qui se gonfle, et le souffle qui projette le pain de savon dans les airs. Il visualisait la trajectoire du savon. Il devait se concentrer. Choulet l'avait sans doute compris. Il ne riait plus, ne parlait plus. On n'entendait plus son souffle ni sa respiration. Lorey pencha sa tête en arrière. Il sentit ses cervicales craquer. Ses yeux fixèrent ses poignets, pris au piège des menottes. Il inspira, expira, inspira, expira, et enfin cracha.

Il poussa un hurlement de joie si grave lorsque sa paume droite se referma sur le pain de savon, qu'il se fit peur à lui-même. Il n'avait jamais entendu de son si dément sortir de sa propre bouche.

41

« Je revenais d'une mission d'infiltration en Russie. Je parle russe couramment, et j'avais été choisi pour rejoindre une colonne de djihadistes potentiels dans le Caucase. J'y avais passé quatre ans, sous une fausse identité. »

L'homme reprit sa respiration. Luc se cala sur son brancard. On se serait réellement cru au théâtre, avec ce rideau rouge dans le fond, ce rideau derrière lequel il y avait eu des cris. L'homme toussota, puis reprit son récit.

« Là-bas, je m'appelais Sergueï Pacholvsky. Tout le monde pensait que j'étais originaire du Daguestan, nos espions en place avaient pris soin de me forger une existence virtuelle. Donc, ce jour-là, le jour où je suis devenu Mattéo Piedra, je revenais de cette expérience de quatre années à infiltrer des groupuscules d'intégristes. Je revenais en France avec douze noms de terroristes, gravés dans ma mémoire. Ces terroristes seraient abattus par un de mes collègues. Grâce à ces quatre années d'espionnage, un attentat fut déjoué. Celui qui devait faire exploser Big Ben, et dans le même temps, trois avions de la British Airways à l'aéroport d'Heathrow. »

L'homme pointa un doigt en direction de Luc.

Ça y est, le comédien prend à partie le public, il va se mettre à cabotiner.

« En fait, tu vois, je n'ai jamais vraiment eu de vie à moi. Depuis mon engagement dans l'armée, il y a vingt ans de cela, je n'ai eu aucune vie de famille, aucune carte d'identité réelle à mon nom. Je n'existe pas, car mon métier consiste à prendre l'identité d'autres personnes, réelles, ou fictives, pour le compte de l'armée et de l'État. Je ne me suis jamais perdu dans ce rôle, je sais que je m'appelle Pierre Dupont, un nom anodin, un petit être anodin, une enfance anodine et insignifiante, une scolarité transparente, n'importe quel psy – et Dieu sait que j'en ai vu à l'armée – dirait que je suis devenu agent infiltré parce que j'avais enfin la possibilité de devenir quelqu'un. Mais je m'égare... Revenons à mon retour de Russie. C'était il y a dix ans. J'avais eu quelques jours de repos que j'avais passés dans une sordide chambre d'hôtel du IXe arrondissement de Paris. Je n'ai pas de chez-moi, et je passais mes plages de repos dans des hôtels. Je dépensais mes primes en drogues, alcool, et prostituées. Je me shootais, je picolais, et je baisais, sans compter ni prendre garde à ma santé. Je devais rester sobre et attentif pendant mes missions qui duraient parfois plusieurs années. Il était difficile de résister à des regards, des jambes, de jolies fesses. À l'appel d'un verre de vin, ou de vodka. Aussi, à chaque fois que c'était possible, je profitais de tous les plaisirs de la vie. Je n'en tirais curieusement aucun bonheur. Pire, chaque fois que j'étais ivre, ou après chaque rapport sexuel tarifé, je retournais dans ma chambre d'hôtel, m'enfermais, et pleurais à chaudes larmes. J'avais peut-être, au fond de moi, l'envie d'une vie stable, normale. Mais je m'égare une nouvelle fois. Parlons du jour où je suis devenu Mattéo Piedra. C'était au sortir de l'une de ses soirées de débauche, après avoir couché avec deux Portoricaines rencontrées sur le Net, et éclusé deux litres d'une vodka russe puissante, que l'état-major me convoqua pour le lendemain. Je m'y présentais.

On ne m'y accueillit pas. »

L'homme fit une pause. Revivre cet épisode semblait difficile, presque insurmontable. Luc vit couler une larme le long de sa joue. Ce militaire puissant, cet espion international pleurait ! Le gendarme le relança :

– On ne vous a pas accueilli à l'état-major ?

– Non..., répondit Dupont. Une voiture banalisée m'attendait. On m'ordonna d'aller à l'arrière. Il y avait déjà un homme. Cet homme, tu le connais. Tu l'as vu dans la grotte des toilettes sèches...

– Le lieutenant ? Celui qui a essayé de me tuer ?

– Tout juste. Il m'a salué, bandé les yeux. Et la voiture s'est mise en route. J'ai tout de suite compris que ça ne serait pas comme d'habitude. Pas une mission d'espionnage classique.

– Pourquoi ? Je suppose que vos procédures doivent être secrètes, je...

– Oui. Mais d'ordinaire, je recevais mes ordres dans les locaux même de l'état-major. Pas dans un lieu caché de tous.

Dupont soupira. Il revivait la scène.

« On m'entraîna dans une ruelle sordide, puis dans un immeuble crade. Un studio, au rez-de-chaussée. Vide, des murs blancs, les volets tirés. Il y avait un haut gradé qui m'attendait, le colonel Peyre, ainsi que deux autres individus.

Ces deux-là, c'était des gens comme moi. Des espions qui espionnaient les espions. Non, la mission qu'on allait m'assigner n'était pas comme les autres. C'était une certitude. Mais jamais je n'aurais pu me douter de ce qui allait se passer. »

Dupont quitta le rideau rouge, fit quelques pas en direction de Luc.

Entrer dans son jeu.

N*e pas oublier d'entrer dans son jeu.*

Mais la réitération sans fin de cette phrase n'avait plus aucun sens. Car Luc était entré naturellement dans le jeu du militaire. Mieux : il avait envie de connaître la suite de son récit.

Dupont s'assit à côté de lui.

« On avait préparé un petit déjeuner gigantesque, un buffet sur lequel se trouvaient des kilos de victuailles, des viennoiseries, des fruits exotiques, du salé, du sucré. Il y en avait pour un régiment entier, tout nous était destiné alors que nous n'étions que cinq. Il y avait même de l'alcool, des viandes, je crus apercevoir du saumon fumé. C'était surréaliste. Les espions se goinfrèrent pendant toute la durée de l'entretien. Quant à moi, je ne touchais pas au buffet.

C'est ce jour-là que le colonel Peyre m'a affecté à ma nouvelle mission. Devenir un berger isolé, propriétaire de terres, un berger qui devait prendre l'attitude d'un berger, un berger célibataire, sans femme, aucune, il insista bien là-dessus. Seul. Pendant des années et des années. Seul dans "ma" bergerie, à quelques kilomètres d'une petite ville dans laquelle je devais éviter de mettre les pieds. Une vie isolée ? Tout cela ne me faisait pas plus peur que cela. Je posais tout un tas de questions. La première qui me vint à l'esprit fut :

– Quel sera mon nom ?

Et on me répondit :

– Mattéo Piedra. Tous ceux qui vous ont précédé se sont appelés Mattéo Piedra, et vous aurez le même nom. Il est important qu'il y ait une cohérence, que cela soit le même berger.

Cette remarque me surprit. D'ordinaire, on inventait un personnage pour moi, je ne revêtais pas l'habit que quelqu'un d'autre avait déjà endossé auparavant. Cela n'avait pas de sens. Cela serait un subterfuge facilement découvert. Je demandais :

– Vous parliez d'un village. Si quelqu'un a déjà vu le Mattéo Piedra précédent, ils vont bien remarquer qu'il ne s'agit pas de moi, qu'il y a eu deux personnes différentes.

– Ne vous faites pas de souci pour cela, dit le colonel. Je vais être franc avec vous, Dupont. Il y a effectivement déjà eu un Mattéo Piedra. En fait, il y en a déjà eu plusieurs. Toujours des militaires issus d'un rang qu'il va vous falloir apprendre à connaître. Ce ne sont ni les commandos, ni la DGSE, ni la DRM, ni la DRSD. Non, c'est une race d'espions encore plus secrète. Mais malgré cela, à chaque fois, cela a été un échec.

À ce moment-là, il y eut un blanc. L'évocation d'un niveau de renseignement encore plus pointu que ceux publiquement connus m'intriguait. J'avoue que j'étais très inquiet par le sort réservé aux anciens "Mattéo Piedra", et mon intuition fut bientôt confirmée par le colonel en personne, qui brisa le silence glacial :

– Nous les avons tués. Tous. Exécutés.

Je balbutiais :

– Pourquoi ?

Le colonel dit :

– Parce qu'ils n'avaient pas tenu psychologiquement, ou parce qu'ils étaient sur le point de ne plus tenir leur langue, ou parce qu'ils voulaient partir, quitter ce poste. Peu importe. Or, on ne quitte pas ce poste, voyez-vous, Dupont ? C'est un poste à vie, un poste pour lequel vous êtes condamné à rester dans cette bergerie, dans les montagnes. Jusqu'à votre mort.

Je déglutis péniblement. Ainsi, c'était donc ça, cette mission ultrasecrète ? Jouer le rôle d'un berger, sans doute pour cacher une installation nucléaire sur le secteur, ou quelque autre secret militaire lié à une arme, ou à des expériences bizarres. Un homme de paille, un faux paysan propriétaire des lieux, qui, par sa présence même, récuserait toute suspicion. Qui, en effet, pourrait dire que ce terrain abritait des secrets militaires, alors qu'il appartenait depuis des siècles à la famille Piedra, dont le dernier descendant était encore là, vivant, dans sa bicoque ? Un jeu de rôle... Comme un comédien à qui l'on proposerait de jouer un seul et unique rôle, du matin au soir.

Jusqu'à la mort...

Jusqu'à présent, les missions qu'on m'avait confiées pouvaient être longues, mais aucune d'entre elles n'avait revêtu de caractère éternel !

Le colonel poursuivit :

– Et ne vous inquiétez pas pour les villageois, qui auraient pu apercevoir les anciens Piedra. Nous vous grimerons en conséquence. Vous leur ressemblerez comme deux gouttes d'eau.

L'un des deux goinfres ajouta tout en avalant les restes d'un pain au chocolat beurré :

– Nous vous avons choisi pour ça.

Le second goinfre poursuivit :

– Oui, pour votre ressemblance. Votre ressemblance avec les anciens Mattéo Piedra. Tous les anciens militaires ayant endossé le rôle de Piedra avaient un air de ressemblance.

Tous les anciens militaires... Jusqu'à la mort... Dans une bergerie... Tu peux imaginer la panique qui s'empara de moi.

Je demandais :

– Et si je refuse ?

Le colonel se leva, s'approcha de moi, me tapota l'épaule. Il fit un petit signe aux deux goinfres. Un signe dont je me souviendrai toute la vie. Un petit claquement de doigts, anodin. Mais c'est à cause de ce claquement de doigts que je suis là, aujourd'hui, car les deux goinfres sortirent deux petits calibres qu'ils pointèrent aussitôt dans ma direction. Le colonel Peyre se pencha vers moi.

– Vous n'avez plus aucune existence légale, monsieur Dupont. Vous êtes un espion. Depuis votre engagement dans nos services, nous avons effacé toute trace. Comme vous le savez. Il ne sera pas difficile de dissoudre votre corps dans un peu d'acide, et de le stocker dans l'une des nombreuses nécropoles abritées par un écriteau "Secret défense".

Qu'aurais-tu fait à ma place ? Tu aurais accepté bien sûr. Tu n'aurais pas pu faire autrement. C'est ce que tu te dis à ce stade de mon récit, pas vrai ? C'est ce que je me disais aussi... Je n'ai pas réfléchi bien longtemps. J'ai accepté. Ils ont souri. Ils m'ont donné les consignes que j'avais à appliquer jusqu'à ma mort. Ils m'ont assuré qu'ils me feraient parvenir de temps à autre des femmes, de la drogue et de l'alcool. Et ils ont tenu parole. Sauf que je ne savais pas encore en quoi allait consister ma mission. Le rôle de Mattéo Piedra. Sinon j'aurais donné au colonel le droit de m'abattre.

Mieux, je l'aurais supplié. »

42

– Ce sera pour demain, dit Stéphanie tout en rognant un os

(*humain...*)

Julie fixait son assiette et imaginait qu'il s'agissait d'agneau, ou plutôt non, pas de viande, surtout pas de viande ! Des légumes ! Oui, il fallait que son imagination reprenne le dessus, sans quoi elle sombrerait dans la folie. Une violente secousse sur sa joue gauche la tira de sa rêverie. Stéphanie venait de lui donner une claque.

– Reste avec moi, lui dit la prisonnière blonde. Il ne faut pas que tu te réfugies dans je ne sais quel monde...

– Mais je...

– Je sais ce que tu faisais, la coupa Stéphanie. Tu essayais d'imaginer que tu étais ailleurs. Mais non ! Il faut que tu regardes la réalité en face. Regarde ces gardiennes, regarde ce feu de camp, regarde ces maisons ! Tout ceci est la fichue réalité ! Plusieurs femmes, ici, ont essayé de fuir la réalité en s'inventant un monde imaginaire. Elles racontent n'importe quoi la nuit, ou errent dans le dortoir, comme si elles étaient en train de vivre une autre vie. Il ne faut pas que tu deviennes comme elles.

Julie retint une nouvelle larme. Elle était au bord de la crise de nerfs.

Impossible de fuir.

Impossible de crier.

Mourir.

Mourir était sans doute le meilleur choix.

– Regarde les femmes ! dit Stéphanie. Regarde nos codétenues ! Elles sont comme des robots le matin, le midi, le soir. Les sbires de Ma' leur font faire ce qu'elles veulent, elles ne rechignent jamais, ne se révoltent pas, à part peut-être lors des deux ou trois premiers jours de captivité. La nuit, elles font comme si elles vivaient une autre vie. Une vie de banquière, de femme au foyer, de professeur. Peut-être la vie qu'elles avaient avant. La nuit, les filles se croient au bureau, ou avec leur mari. Elles ont complètement quitté ce monde. Des putains de schizos. Voilà ce qu'elles deviennent. Comme si... comme si elles essayaient de se persuader que ce qu'elles vivent la journée, au milieu des gardiennes et de Ma', est un cauchemar et que leur folie nocturne est leur vie réelle.

– Et Ma' laisse faire ?

– Bien entendu ! ricana Stéphanie. C'est le meilleur moyen de les garder sous sa coupe. Elle les laisse devenir folles, ça leur permet de rester soumises pendant les accouplements. Ça participe à ce qu'elle appelle notre rééducation.

Julie jeta un regard vers ses camarades de captivité. La plupart mangeaient en silence, les yeux vides, fixés vers un point de l'horizon. Celles qui n'avaient pas eu accès à la marmite patientaient dans un coin, silencieuses. Elle eut une sensation de froid, sensation qu'elle n'avait pas éprouvée depuis qu'elle était sortie du dortoir.

Il faut que je reste attentive à ce genre de chose. Que je reste attentive aux signaux de mon corps, de la nature. Le froid, le chaud, la peur, la joie. Il faut que je reste sur terre.

Elle remarqua que plusieurs gardiennes la regardaient. Elles semblaient jeunes, si jeunes. Elle se tourna vers Stéphanie et lui demanda :

– Qui sont ces femmes ? Ces soldates ?

Stéphanie déglutit.

– Ce sont des folles. Elles se croient en guerre. Elles s'accouplent pour créer une armée, une armée d'enfants soldats, destinée à combattre un ennemi imaginaire, qui vivrait au-delà de ces forêts.

– Et nous serions cet ennemi ? Je me suis fait traiter de traître.

– Oui. Nous sommes leurs prisonnières et nous leur servons à pondre des enfants soldats, qu'elles envoient au front.

Impossible de fuir.

Impossible de crier.

Mourir.

– Pourquoi me regardent-elles ?

– Tu es sous surveillance.

– Sous surveillance ?

La prisonnière blonde la toisa :

– Oui. Sous surveillance. Les gardiennes t'observent. Non, ne relève pas la tête de ton assiette. Elles ont déjà remarqué que tu as observé leur petit manège, alors n'en rajoute pas ! Elles observent le moindre de tes gestes. C'est pour ça qu'on a une occasion inouïe d'arriver à nous enfuir demain.

– Si elles me surveillent, comment veux-tu que j'arrive à m'enfuir ?

– C'est bien parce qu'elles n'observent que toi, et pas les autres, qu'il y a une bonne chance de s'enfuir. Moi, elles ne me regardent pas. Elles me connaissent. Elles savent que je suis cinglée. Sauf que je joue la cinglée ! La cinglée violente qui tue des codétenues. Mais Ma' accepte cela. Je ne tue que des femmes moches, ou peu productives. Je joue l'animal, mais je choisis mes proies.

Elle inspira, puis s'approcha de Julie. Sa voix baissa d'un cran. Elle poursuivit :

– Pour demain, le plan d'évasion est très simple... Il suffira que tu fasses quelque chose de pas correct, que tu fasses un geste déplacé, que tu frappes une codétenue, que tu refuses la copulation qu'on te proposera, si on t'en propose une ; bref, il suffira que tu déstabilises un peu la cérémonie de l'accouplement pour me permettre de m'enfuir.

Julie mit un temps avant de comprendre. Elle dit :

– De t'enfuir, toi ! Mais, et moi ?

– C'est là que le plan est ingénieux, sourit Stéphanie. Elles sont primaires. Dès que quelqu'un commet une bévue, elles se focalisent sur cette personne. Ce qui veut dire que si tu frappes une codétenue, toutes seront obnubilées par toi. Je pourrai alors m'enfuir. Et dès qu'elles verront que je suis en train de m'enfuir, elles ne feront plus attention à toi ! Et tu pourras partir à ton tour ! C'est aussi simple que ça ! C'est une tactique de guerre éprouvée depuis des siècles. La diversion.

Impossible de s'enfuir.

Julie regarda ailleurs. Le plan lui paraissait ridicule. Elle n'arrivait pas à faire confiance à cette Stéphanie. Toutes les filles, en se coordonnant un minimum, auraient déjà réussi à s'enfuir si les gardiennes étaient aussi bêtes que cela. Oui, c'était un piège. Stéphanie faisait partie de ces matonnes. D'ailleurs, ce n'était pas une Cavalière ! Et elle n'était ni tondue ni marquée au fer rouge. Elle la testait. Elle essayait de voir si elle voulait s'enfuir ou pas. Elle essayait de voir s'il fallait qu'elle la surveille plus étroitement, ou si elle pouvait la laisser libre. Ce plan grossier ne tenait pas debout. À qui faire croire qu'il suffirait que l'une d'entre elles crie ou soit violente pour mettre leur beau système de surveillance en branle ? C'était tout bonnement idiot.

– Tu ne dis plus rien ? lui lança Stéphanie. Je sais ce que tu penses. Tu penses qu'on ne va pas y arriver comme ça, pas vrai ? Tu penses pouvoir t'en sortir seule, c'est ça ? Tu ne me fais pas confiance ?

– Non, ce n'est pas ça, c'est juste que…

– Tu penses pouvoir t'en tirer seule, railla Stéphanie. Comme toutes ces demeurées ici ! J'en ai vu des tentatives d'évasion, crois-moi. Des filles qui courent dans tous les sens. Des fenêtres qu'on brise, la nuit, dans le dortoir. Des tunnels qu'on creuse. C'était toujours des filles isolées. Personne ne fait confiance à personne ici, dans cette fichue prison. Tout le monde croit que tout le monde va trahir l'autre. Alors on essaye d'y aller seule. Toutes les filles, ou presque, ont essayé. Et à chaque fois, Ma' ou l'une des gardiennes leur met le grappin dessus. Soit elles les attrapent et les ramènent au bercail, soit elles prennent un élan impressionnant avant de catapulter leur lance, comme un athlète qui jette un javelot.

– Un javelot ?

– Pfffuiiit ! siffla Stéphanie en imitant la morsure du javelot dans l'air. Oui, un javelot ! Un javelot à la lame acérée. Un javelot qui fend l'air. De jour comme de nuit. Et elles sont diablement précises. Leur lance se fige à tous les coups dans le dos de leur proie. Tu es comme les autres, conclut-elle. Tu penses que tu vas y arriver seule. Et c'est pour ça que personne ne s'enfuit. Que personne n'y arrive. Seule, on n'y arrive pas. Jamais. Mais à deux, ou à trois, elles ne sauront pas où donner de la tête. Elles sont armées. Ce sont des guerrières. Elles connaissent la forêt. Mais elles sont bêtes. Crois-moi. Elles sont idiotes. Ce sont des espèces de monstres consanguins persuadés que le pays est en guerre. La diversion. Il n'y a que la diversion qui nous permettra de nous enfuir de ce cauchemar…

Julie ne relevait pas la tête. Elle regardait toujours les morceaux de viande humaine qui flottaient dans le bouillon.

– La diversion..., marmonna Stéphanie.

C'était ridicule. Stéphanie était tout aussi cinglée que les autres. Il fallait rester en prise avec la réalité. Pour réfléchir à un plan. Seule.

– Je ne veux pas m'enfuir, murmura-t-elle.

– Pardon ? répondit Stéphanie.

Julie regarda la femme blonde. Elle essaya de relever l'expression de son visage. De la colère ? De l'incompréhension ? De la haine ? De l'espoir ? Tout semblait entremêlé.

Ne te laisse pas abuser. Ce plan est trop grossier. Ne tombe pas dans le piège.

Elle prit un grand bol d'air, puis répéta :

– Je ne veux pas m'enfuir.

La femme blonde enragea :

– Tu es... tu es... comme les autres...

Elle se leva d'un seul coup et marcha d'un pas alerte vers le dortoir. Julie remarqua que les gardiennes l'observaient toujours. Leurs visages n'émettaient aucune expression. Il y eut comme un bruit de sirène, un son court, suivi d'un son beaucoup plus long. Julie sursauta. Les autres femmes, autour, terminaient rapidement leur

(*cannibalisme)*

repas, et posaient les assiettes. Puis se levaient à toute vitesse. Comme dans un dortoir pour adolescents difficiles, il valait mieux suivre ce signal pour ne pas s'attirer le courroux de la surveillante générale. Exécuter les ordres émis par le signal. Finir son repas. Et aller se coucher.

Elle se leva presque en dernier, inspirant l'air froid à pleines narines. Elle ferma les yeux un instant et laissa l'oxygène glacé lui brûler les poumons. Elle devait rester lucide. Il en allait de sa survie.

Oublier les autres femmes.

Les gardiennes.

Oublier Stéphanie qui avait quitté la table en courant. Cette non-Cavalière. Cette femme aux cheveux longs, sans tatouage de prisonnière.

Écouter le crépitement du bois mort dans le feu. Laisser le vent filer et caresser ses cheveux. Poser son sabot de Cavalière au sol et l'enfoncer lentement dans la neige. Elle était Julie. Elle était au milieu de la neige et il lui suffirait de concocter un plan d'évasion cohérent pour retrouver sa vie d'avant. Retrouver Luc. Cesser les maudits allers-retours entre Ancelle et Nice et vivre leur vie. Elle se demanda où il était. Elle espérait qu'il allait bien. Qu'elle le reverrait dans quelques jours, ou dans quelques heures, et qu'ils riraient, tous les deux, de cette horrible mésaventure. Qu'ils quitteraient les Alpes et ses forêts effrayantes. Qu'ils quitteraient la France, pour partir on ne sait où. Peu importait. Peu importait, à partir du moment où ils étaient tous les deux. Ensemble.

Ce furent des hurlements de terreur qui la tirèrent de sa rêverie. Des pas affolés, tout autour d'elle.

Lorsqu'elle ouvrit les yeux, elle comprit que Stéphanie venait de tuer deux gardiennes.

43

Luc écoutait le récit du fou du souterrain, captivé. Cet homme n'était pas fou. Cet homme disait vrai. Voilà quelle était sa conviction. Il y avait les disparus. Et il avait vu les Femmes, il les avait combattues. Il avait vu les militaires. Et maintenant, il le voyait lui, cet homme seul dans cette grotte souterraine, bardé d'armes, de munitions, et vivant dans ce qui pouvait ressembler à un abri militaire de fortune, creusé sous la roche.

Oui, il ne s'agissait plus d'entrer dans le jeu de l'homme, ce « fou du souterrain », ce Pierre Dupont, ce « Mattéo Piedra », l'homme qui l'avait sauvé des griffes des Femmes et des militaires. Car ça n'était pas un jeu. C'était la fichue réalité.

Dupont avait interrompu son récit, visiblement essoufflé. Ses yeux étaient vaporeux, comme s'il se remémorait les différentes scènes qu'il avait eu à vivre ici, dans la montagne. Luc se risqua à demander :

– Et après ?

– Après ?

– Oui, une fois que vous avez accepté la mission ? Une fois que vous avez accepté de devenir Mattéo Piedra, que s'est-il passé ?

Dupont soupira. Il posa ses mains sur la toile rouge qui les séparait des cris que Luc avait entendus un peu plus tôt. Un instant, Luc pensa que l'homme allait ouvrir le rideau d'un coup sec, pour dévoiler une surprise, comme un magicien qui arrive au clou du spectacle, mais il n'en fit rien. Il serra le poing sur le velours, s'y agrippa, et poursuivit son récit.

« Ma mission était simple. J'étais le propriétaire de ma maison, du terrain, il y a des hectares, et des hectares de terrain. Tout visiteur devait se prendre un coup de fusil. Je devais le rater, bien sûr, mais l'idée était que je paraisse suffisamment bourru et mauvais coucheur pour que personne ne s'aventure ici. Côté ravitaillement, j'allais faire mes courses, mais je ne pouvais payer qu'en liquide. Un militaire passait au début de chaque mois pour me laisser une somme de mon choix. Toujours en espèces. Dans le même temps, je pouvais lui donner une liste de ce que je désirais, nourriture, femmes, drogues, tout m'était accordé. À chaque fois qu'un militaire me livrait de la nourriture, de la drogue, ou une femme, tout était fait dans la discrétion. Une existence d'ermite saupoudrée de moments de liberté...

Mais j'avais une mission bien précise, tout de même... Je devais rendre service à des femmes. Des habitantes de la forêt, c'est comme cela que le colonel Peyre avait présenté la chose. Ces habitantes de la forêt, tu les connais. Et je ne devais obéir qu'à l'une d'entre elles. Ma'. On l'appelle Ma'. Lieutenant Ma'. Une vieille aux yeux bleus. Si elle me demandait d'aller en ville, je devais l'emmener en ville. Si elle voulait des tomates ou des oignons, je devais acheter des tomates ou des oignons. À chaque fois, je devais en référer à mes supérieurs *via* une boîte électronique cryptée à laquelle j'accédais par Internet. Car j'étais connecté à Internet, dans ce trou à rat ! Et lorsque je signifiais à mes supérieurs que Ma' m'avait donné un ordre, l'ordre de Ma' était confirmé dans quatre-vingt-dix-neuf pour cent des cas. La vieille avait l'air revêche, mais inoffensive... Si j'avais su... Ah oui, j'avais une autre mission aussi. Elle consistait à dissuader d'éventuels touristes ou curieux de se rendre au "village des femmes". Leur territoire. Car les touristes de passage sont nombreux ici. Ils cherchent la nature, l'isolement sauvage... Conneries ! Vous avez l'impression d'être isolés, pourtant la zone grouille de militaires !

J'ai passé deux ans comme cela, sans me poser trop de questions. J'obéissais à Ma', j'obéissais à mes supérieurs, j'évitais le secteur des trois maisons en pierre, je ne parlais à aucun des autres militaires patrouillant dans le secteur... Quelque part, jouer le crétin des Alpes dans les villages, je trouvais ça drôle... Mais au bout d'un moment, la curiosité a pris le dessus. Plus j'approchais de la zone des Femmes, plus j'avais envie de braver l'interdit. J'étais comme un gosse à qui l'on a dit de ne surtout pas faire quelque chose. Je trépignais d'impatience à l'idée de trouver un moyen d'approcher. D'ordinaire, pour mes autres missions, je n'avais pas le temps de me demander pourquoi je faisais ce que je faisais, mais ici, dans cette montagne… Je n'avais rien d'autre à faire qu'à réfléchir… Mes pensées s'envolaient vers des histoires de complots, de monstres souterrains, d'essais d'armes bactériologiques… Mais je savais que les commandos étaient impitoyables. Si je m'approchais trop des trois maisons, je serais abattu comme un chien. Ma' avait le droit de venir me voir, mais pas moi…

Et il y eut cet après-midi.

C'était un après-midi de pluie, d'orage même. Un orage violent, de ceux qui surviennent après une forte chaleur, en fin d'été. J'étais dans ma ferme. Je m'étais installé devant mon ordinateur. J'avais une connexion Internet, mais comme tu peux t'en douter, elle était surveillée en permanence. Je n'avais pas le droit de surfer sur certains sites sensibles. Devant l'ordinateur, je faisais ce que les gens font lorsqu'ils s'ennuient. J'ai ouvert un moteur de recherche. Mes doigts caressaient le clavier. Je voulais taper Mattéo Piedra, je voulais taper “femmes + trois maisons”, je voulais taper “Dix Mendiants”. Mais je me retenais. On m'aurait repéré tout de suite. Quelques minutes après, on aurait tapé à ma porte, et j'aurais essuyé les rafales d'une quelconque arme automatique.

Je me suis levé, habillé. J'ai pris ma voiture.

L'orage était assourdissant. Lorsque je passai près du christ, je risquais un œil vers le petit chemin qui menait aux trois maisons. Je me disais que, même sous cette avalanche d'eau glaciale, sous ses éclairs violents, des commandos devaient être là, tapis dans l'ombre, se cachant pour ne pas être pris dans les phares de ma voiture. L'envie d'accélérer en direction des trois maisons fut réelle, tu t'en doutes. Mais je ne cédais pas. Je devais me rendre à Ancelle. Trouver un ordinateur non crypté. Mener des recherches. »

Luc était suspendu aux lèvres de Dupont. Il ne ressentait plus aucune douleur à son omoplate. La morphine, sans doute, mais aussi le charisme de cet homme. La façon qu'il avait de raconter cette histoire incroyable, ce secret militaire tapi dans ces forêts. Luc demanda :

– Et ensuite ? Vous avez trouvé quelque chose ?

La main de Dupont empoigna encore plus fermement le rideau rouge.

Ça y est, il va ouvrir la toile. Le secret est là, derrière. Il ménage le suspense, et il va finir par tout dévoiler.

Mais une nouvelle fois, il n'en fit rien. Il reprit son récit.

« J'ai eu du mal à trouver une connexion, tu sais. Je ne pouvais pas effectuer mes recherches depuis un cybercafé. Ni depuis une habitation. Toutes les connexions du coin devaient être surveillées par les militaires. Alors, j'ai cherché des voitures de touristes. Il y en avait beaucoup. Nous étions en fin d'été, et les plaques d'immatriculation en provenance d'autres départements, ou d'autres pays étaient légion. Ils ne pouvaient pas être sous surveillance. Ils étaient de passage. J'ai fracturé des dizaines de véhicules, à la recherche d'un ordinateur portable, ou d'un téléphone dans le coffre ou la boîte à gants. Les gens s'abritaient de la pluie, et moi, j'errais comme un fou, trempé jusqu'aux os, à ouvrir des voitures à la recherche d'un téléphone oublié. Au bout de onze voitures, j'ai enfin touché le jackpot. Un mini-ordinateur. En veille. Sans mot de passe. Je suis allé sur Google. Et j'ai tapé. Femmes. Dix Mendiants. Secrets. Trois maisons en pierre. Champsaur. Et j'ai trouvé. Des pages et des pages. J'ai trouvé des choses. Beaucoup de choses. Des écrits délirants. Et puis, il y a eu ce blog. Le blog d'un homme qui parlait de disparitions mystérieuses dans la région. D'hommes et de femmes, de randonneurs. Il parlait des Dix Mendiants comme du "triangle des Bermudes" des Alpes. Sur le coup, j'ai pensé qu'il s'agissait là d'un nouvel écrit paranoïaque. Puis j'ai tapé dans Google, le nom des disparus évoqués par le blog. Et je dus me rendre à l'évidence. Ces gens-là s'étaient véritablement volatilisés. Je passai l'après-midi sur ce blog, le blog d'un certain Jérémy Chapain. L'homme retraçait toute l'histoire des Dix Mendiants, recoupait les noms des disparus, les moments et les circonstances des disparitions. L'inertie des autorités. Chapain disait même qu'il avait été victime d'une tentative de meurtre, un soir, chez lui, en rentrant du travail. Quelqu'un lui avait tiré dessus. Heureusement, il s'était échappé. Il était persuadé qu'il s'agissait de l'armée. Des services secrets. Il avait mis en lumière un complot, une série de disparitions qui mettait en péril l'État français, et il allait le payer de sa vie. Le lendemain de la tentative de meurtre, il avait quitté son boulot d'informaticien. Il avait continué d'écrire sur son blog, mais avait déménagé, changeait d'hôtel tous les deux jours, sous de fausses identités. Il disait vivre dans la peur. Il écrivait que le seul moyen pour vaincre sa peur était d'aller voir, lui-même, ce qui se tramait dans la forêt.

Puis, plus rien sur le blog. Chapain est venu dans la forêt. Et il a disparu, à son tour. »

Il y eut un court silence. Luc demanda :

– Vous en êtes sûr ?

Un rictus se dessina sur les lèvres de Dupont.

– Tu sais, sur son blog, il y avait tout un tas de documents. Des photos satellites de la forêt qu'il avait piratées je ne sais où. On y voyait très distinctement les trois maisons. Sur certaines photos, on pouvait distinguer des gens en file indienne, ou en tout cas des ombres. Devant la file indienne, Chapain avait écrit : « disparus ? » Voir cela m'avait fichu des frissons dans tout le corps. C'était ça que faisait l'armée ici ? Elle enlevait les gens ? Et pour quoi faire ? Des expérimentations médicales ? Aucune réponse n'était apportée par le blog, rien non plus sur les autres sites, largement plus fantaisistes. Il y avait d'autres photos, et des analyses géologiques du coin. Le sous-sol était considéré comme un véritable gruyère. Mais ce gruyère n'était pas naturel. Certaines galeries avaient été creusées. Par des êtres humains. Il y en avait des kilomètres et des kilomètres. Et des salles. Des dizaines et des dizaines de salles comme celle dans laquelle nous nous trouvons en ce moment.

– Qui avait creusé ces salles ? Les Femmes ?

– Oui, mais pas seulement...

– Pas seulement ?

– Ce village, ces trois maisons en pierre, n'est pas un village comme les autres, cher ami, poursuivit Dupont. Le blog de Jérémy Chapain est formel et les recherches que j'ai menées sur d'autres sites, des sites historiques, le confirment.

Dupont s'agrippa au rideau de velours rouge. Luc crut le voir s'entrouvrir légèrement. Il distingua deux corps nus derrière, des yeux apeurés, mais la vision s'évanouit aussitôt. Le voile rouge n'avait fait que voler subrepticement. C'était sans doute une hallucination. Sinon pourquoi ne criaient-ils pas ? Pourquoi ne parlaient-ils pas ? Et puis, pourquoi y aurait-il quelqu'un ?

Il y a nécessairement quelqu'un. J'ai entendu crier tout à l'heure. Ou plutôt, marmonner. Comme si la personne qui criait avait la bouche pâteuse.

– Je sais qui elles sont, dit Dupont. Je sais qui elles sont, mais je sais aussi ce qu'elles sont devenues.

– Dites-moi...

– Tu veux réellement savoir ?

– Oui, murmura Luc. Regarde dans quel état elles m'ont mis... Moi aussi, j'enquêtais sur les disparus... Je veux savoir. Je veux les combattre.

Aussitôt, Luc regretta ce qu'il venait de dire. Car le regard de Dupont s'illumina.

– Tu veux les combattre ?

Entrer dans sa folie...

– Oui...

Le fou reprit sa voix de crécelle haut perchée.

– Tu n'es pas le seul. Nous sommes des dizaines à vouloir les combattre...

Dupont avait prononcé ce dernier mot d'une voix fluette, stridente. Luc plaqua ses mains sur ses oreilles.

Mais il dut laisser tomber ses bras alors que Dupont tirait d'un coup sec sur le rideau de velours rouge. Il manqua même s'évanouir. Car derrière le rideau il y avait cinq ou six femmes nues, et deux hommes, nus eux aussi. Enfermés dans une cage géante. Qui criaient. Mais leurs cris restaient bloqués au fond de la gorge. On aurait dit qu'ils ânonnaient, la bouche grande ouverte.

L'étrangeté de la voix des hommes et des femmes avait une explication.

On leur avait tranché la langue.

44

– Ne fais pas attention, c'est la fin du repas, dit l'homme nu.

Lorey pressait le pain de savon, essayant d'en extraire le jus. Il sentait perler quelques gouttes du savon sur ses poignets, mais cela ne suffirait jamais à graisser les menottes.

– Que dis-tu ?

– La sirène, là, c'est la fin du repas. Elles ont mangé. Elles vont aller se coucher.

Choulet avait les yeux fixés sur les menottes du commercial.

Lorey demanda :

– Dis-moi lorsque tu as l'impression que le pain de savon se disloque, d'accord ?

– D'accord.

– Elles sont combien ?

– Pardon ?

– Les femmes. Nos… geôlières. Elles sont nombreuses ?

Choulet quitta des yeux les menottes. Son regard rempli d'espoir s'assombrit tout à coup.

– Nombreuses. Très nombreuses, répondit Choulet. Lorsqu'elles m'ont capturé, j'étais en train de randonner dans le Champsaur. C'était il y a deux ans. Deux ans, tu te rends compte ? Je compte chaque jour depuis mon enlèvement. Je tiens ce compte-là dans ma tête pour ne pas devenir fou. Car je sens que je pars.

– Combien sont-elles ? Tu sais comment elles sont organisées ? Quel plan on pourrait mettre en place pour s'évader ?

– C'est difficile, maugréa Choulet. J'ai passé la plupart de mon temps dans la cave. Elles me lavent, me donnent à manger. Me menottent. Lorsqu'il fait très froid, elles descendent une peau de bête puante dans laquelle elles langent mon corps, comme si j'étais un bébé.

Lorey sentit un peu de liquide couler le long de son poignet, puis… de l'autre côté de la menotte. Le pain de savon se diluait enfin !

– Que voyais-tu lorsque tu sortais ? Il y a quoi ici ? Moi, je n'ai vu que quelques maisons en pierre. Un paysan du coin m'avait dit d'éviter ce village… Quelle taille fait-il exactement ?

Choulet murmurait quelque chose. Lorey crut comprendre qu'il comptait. Il comptait les femmes, ou les maisons, ou peut-être une autre image que sa folie lui imposait à cet instant.

– Cinq cent trois.

– Cinq cent trois femmes ?

– Non. Cinq cent trois jours que je suis là. Cinq cent trois jours que j'urine et défèque sur moi, en attendant qu'elles daignent me laver.

– Calme-toi, dit Lorey tout en pressant un peu plus sa paume contre le savon. Et dis-moi combien elles sont.

– Trente, peut-être quarante. Plus les enfants. Et il y a trois ou quatre maisons en pierre. La nôtre. Le dortoir. Et la maison de Ma'. Leur chef.

– Tu as pu discuter avec d'autres hommes, ici ? Ou avec des femmes compatissantes ? Qu'as-tu appris de tes cinq cent trois jours de captivité ?

– Pas grand-chose, soupira Choulet. Les autres hommes ne sont restés qu'une quinzaine de jours, et je ne les voyais plus... Elles les ont tués. Tous tués. Je ne sais pas qui sont ces folles. Ni pourquoi elles font ça. Tout ce que je sais, c'est qu'elles connaissent la forêt par cœur. Même en partant d'ici, il sera difficile de trouver la ville...

– Elles sont armées ?

– Elles ont des bâtons. Des poignards, des lances. Quelques armes à feu.

Lorey soupira. Des bâtons, des poignards, des lances. Des armes du Moyen Âge. Qui étaient ces dégénérées ? Et pourquoi s'en prenaient-elles à eux ?

– Je pense qu'elles ne sont jamais parties d'ici, poursuivit Choulet. Je pense qu'elles sont dans cette forêt depuis une éternité et je...

Il ne termina pas sa phrase. Ses yeux s'ouvrirent démesurément en regardant Lorey. Il lança :

– Votre poignet ! Votre poignet descend !

Lorey ne l'avait même pas senti. Son avant-bras était ankylosé, mais il dut se rendre à l'évidence lorsqu'il retomba à côté de lui et toucha le sol dans un bruit mat : le truc qu'avait expérimenté Saar marchait aussi dans la vie réelle.

45

Il ne sentait plus ses poignets, mais avait réussi à se libérer, tout comme Saar l'avait fait quelques jours plus tôt. Sans Sword-Temptation IV, jamais il n'aurait eu l'idée de se graisser les mains avec du savon. Et il avait joué à Sword-Temptation IV grâce à

(*Sabrina...)*

Lorey se leva, fit quelques pas vers la couche malodorante de son compagnon de captivité.

– C'est extraordinaire ce que vous avez fait, dit le petit homme. On va pouvoir partir. Je connais un peu les lieux, vous savez, je sais ce qu'elles font, où elles dorment, où elles vivent. On pourra partir sans problème.

Lorey s'agenouilla devant lui.

– Y'a quoi là, au-dessus ?

– Un étage à remonter, un petit couloir. Et puis, on arrive dehors.

– C'est tout ? Directement dehors ?

– Oui. Mais, à l'étage, il y a des gardiennes. Avec des lances et des poignards. Et dehors, il y a d'autres gardiennes. Avec encore des lances et des poignards. Et puis, il y a la forêt, derrière, qu'elles connaissent comme leur poche.

– Et ma voiture ? Sais-tu où elles auraient pu mettre ma voiture ?

Choulet soupira :

– Tu sais, la forêt et la montagne sont pleines de ravins et autres précipices. Je doute qu'elle soit encore dans les parages.

Lorey se retint de hurler. Il faudrait donc s'enfuir à pied, avec ces cinglées à leurs trousses.

– Dis-moi ce que tu sais d'autre sur les femmes. Pourquoi elles nous enlèvent, pourquoi elles ont besoin de nous pour se reproduire. D'où elles viennent.

Choulet ne répondait pas. Il toisait Lorey. Dans ses prunelles se reflétait la folie.

– Libère-moi !

Il avait hurlé ces dernières paroles, libérant du même coup des effluves qui rappelaient le sang et la mort. Lorey dut se retenir de respirer. Cet homme était dans un état pitoyable. Ses viscères étaient très certainement en train de se décomposer de l'intérieur. Il était voué à mourir, quelle que soit l'issue de leur fuite. Pire, il risquerait de le ralentir s'ils devaient courir ou se cacher afin d'échapper aux Femmes.

Il aviserait plus tard. Il fallait qu'il le libère, qu'il le questionne. Ensuite, il jaugerait son état de forme. Si Choulet pouvait lui servir à quelque chose, il le laisserait s'enfuir avec lui. Sinon il l'abandonnerait. Il se retourna vers l'endroit où il avait été attaché. En profita pour ramasser son slip. Il l'enfila, et ressentit une grande sensation de bien-être malgré l'humidité qui l'imprégnait. Il tâta la poche contenant le contrat pour la vente des Dix Diamants à Agro World. Il jaugea les menottes dont il s'était libéré, hésita à les prendre avec lui afin de s'en servir comme armes. Mais non. Ses poings seraient plus efficaces. Il se baissa, ramassa un morceau du pain de savon, frotta les poignets de Choulet. Vu l'état du prisonnier, il craignait que la ferraille l'écorche, comme on ôterait la fourrure d'un lapin. Lorey chassa l'image de son esprit. L'opération ne posa finalement pas de problème.

Choulet était libre.

– Merci. Merci beaucoup, dit l'homme nu.

Lorey répondit à son sourire.

Ils allaient s'enfuir.

46

Les gardiennes couraient en tous sens. Certaines tenaient des torches, d'autres des lances. D'autres encore restaient en arrière, et semblaient observer la foule.

Stéphanie était debout, contre la porte du dortoir, comme prostrée. Elle tenait une lance dans sa main. Sans doute la lance appartenant à l'une des deux gardiennes dont les corps gisaient à ses pieds. On aurait dit une chasseuse préhistorique venant d'affronter, à mains nues et avec des armes primitives, une horde de bêtes féroces. Ses ravissants cheveux blonds étaient ébouriffés, son visage semblait marqué du même sceau de folie que les autres codétenues.

Julie se leva. Ce simple mouvement attira le regard de deux ou trois gardiennes qui étaient restées en retrait. Stéphanie avait peut-être raison, se dit-elle. Je suis en observation.

– Personne ne bouge ! hurla une voix éraillée.

Julie la reconnut immédiatement. Elle n'avait pas besoin de tourner la tête vers la petite maison où elle s'était douchée pour savoir que c'était Ma' qui venait de s'adresser à la foule.

– Personne ne bouge, répétèrent deux ou trois gardiennes.

Les détenues cessèrent tout mouvement. Celles qui s'étaient levées pour se rendre au dortoir, obéissant ainsi au signal de la sirène, étaient restées figées dans la posture que leur corps et leur visage exprimaient lorsque Ma' avait aboyé son ordre.

On aurait dit que toutes avaient été surprises par le regard de Méduse et pétrifiées dans une position improbable. Julie décida de se prêter au jeu. Elle s'immobilisa. Une dizaine de gardiennes sautèrent sur Stéphanie et la frappèrent. Pas une prisonnière ne broncha. La plupart regardaient la scène, mais aucune ne semblait manifester la moindre émotion.

– À l'aide ! À l'aide ! hurla Stéphanie.

Une gardienne s'approcha de Julie. C'était la grosse femme aux cheveux blancs qui l'avait conduite dans la maison de Ma'.

– Je sais que tu aimerais l'aider, murmura la femme. Si tu veux rester en vie, je te conseille de ne pas le faire.

Julie ouvrit la bouche pour répondre, mais la femme était déjà partie. Son pas était irrégulier. Julie regarda ses pieds. À la place de sa chaussure gauche, il y avait un sabot de Cavalière. C'était donc une ancienne détenue ! Stéphanie avait peut-être raison. Peut-être fallait-il fausser compagnie à Ma' et se montrer coopérative, pour espérer être moins surveillée et pouvoir s'enfuir ?

– Au secours, bande de...

Stéphanie se débattait. Elle distribuait des coups, et les gardiennes tombaient les unes après les autres. Pourtant, elles étaient une bonne dizaine.

Elle ne fait pas partie des leurs.

Elle ne fait pas partie des geôlières. Elle ne les frapperait pas comme cela.

Deux nouvelles gardiennes arrivèrent en renfort et ceinturèrent Stéphanie au sol. Ses longs cheveux blonds faisaient penser à la crinière d'un lion vaincu par un chasseur. La crinière trempait dans le sang des deux gardiennes mortes. Les poings des gardiennes plongeaient les uns après les autres sur Stéphanie. Chaque coup émettait un bruit sec, comme un bout de bois mort qui craque.

La bouche de Julie s'ouvrit. Elle voulut crier. Hurler. Stéphanie était peut-être sa seule alliée dans cette assemblée ! Elle regarda de nouveau autour d'elle. Toutes les femmes restaient dans la même position. Que se passerait-il si l'une d'entre elles bougeait ? La grosse femme aux cheveux blancs avait dit qu'il ne fallait faire aucun mouvement. Mais si, toutes ensemble, elles se jetaient sur les gardiennes, elles auraient l'avantage du nombre et de la surprise, et toutes pourraient s'enfuir, retrouver la liberté ! Julie aspira un grand bol d'air avant de crier :

– À l'attaque !

Elle tendit son bras en avant, comme un général sur un champ de bataille, indiquant à ses troupes la direction à prendre pour engager le combat. Elle se mit à courir vers les gardiennes, vers Stéphanie. Vers les coups qui pleuvaient.

– Avec moi ! hurla-t-elle.

Puis elle se figea.

Elle n'entendait plus la respiration saccadée de Stéphanie.

Il n'y avait plus de coups. Il n'y avait plus aucun autre bruit humain. Seulement le vent qui claquait contre les maisons en pierre. Elle regarda les prisonnières. Elles ne bougeaient toujours pas. Comme un groupe soudé qui ne veut surtout pas perdre à « 1, 2, 3 Soleil ».

47

On les avait parqués comme des animaux, enchaînés les uns aux autres. Ils n'émettaient que des borborygmes qui se voulaient puissants, mais restaient bloqués au fond de leur gorge. Ils étaient nus. Luc les compta. Six femmes et deux hommes. Les prisonniers le regardaient, suppliants, horrifiés. Des sentiments d'horreur et d'effroi se succédaient dans leurs regards.

– Je te présente mon armée, dit Dupont.

– Pardon ?

L'homme semblait reprendre son souffle pour éviter de reprendre sa voix de

(fou)

crécelle. Il était aussi dingue que les Femmes. Il avait lui aussi des prisonniers, là, à des dizaines de mètres sous terre.

– Je te présente l'armée des sans-langue, précisa Dupont.

– L'armée des sans-langue ?

– Oui... Je leur ai tranché la langue. Avec une précision chirurgicale.

– Mais... Pourquoi ?

Envie de fuir.

Envie de vomir.

Entrer dans son jeu.

– Pourquoi je leur ai tranché la langue ? À ton avis ? Pour ne pas qu'ils hurlent. Pour ne pas qu'ils se parlent entre eux. Pour qu'ils ne fassent qu'une seule chose : m'obéir. C'est mon armée, tu vois. Et avec cette armée, je vais combattre Ma', les Femmes, et le colonel Peyre !

Luc déglutit. Ainsi, ce dingue avait lui aussi enlevé des hommes et des femmes... tout simplement pour exterminer les hommes et les femmes qui commettaient eux-mêmes des enlèvements. Il était tombé dans l'antre de la folie, habité par des psychotiques furieux qui se faisaient la guerre.

– Je sais à quoi tu penses, siffla Dupont. Tu penses que moi aussi j'ai enlevé ces hommes et ces femmes. Mais c'est faux ! Sais-tu d'où ils viennent ? Des toilettes sèches ! Comme toi ! Ils se sont échappés, ils ont échappé aux griffes de Ma' ! Et comme toi, ils ne désirent qu'une chose : les combattre ! C'est bien ce que tu m'as dit, pas vrai ?

Luc ne savait que répondre. Il passa sa langue sur ses lèvres. Sa langue qui allait être elle aussi tranchée.

– Ceux qui sont ici sont les plus vaillants, poursuivit Dupont. Ils ont eu le courage de sauter, comme tu l'as fait. Je les ai sauvés alors que l'armée allait les abattre, mais ils ont survécu. Ce sont les meilleurs. C'est pourquoi l'armée des sans-langue va exterminer toute cette fichue expérience !

– Cette expérience... ?

– Oui...

Dupont pointa un doigt vers l'un des deux hommes, un petit blondinet qui ne devait pas avoir vingt ans. Il était agenouillé dans le fond de la cage, l'air apeuré.

– Je te présente Jérémy Chapain, dit Dupont. L'auteur du blog. Il est venu dans la forêt pour vérifier ses dires. Il a été enlevé par les Femmes. Il s'est enfui, comme toi. Mais je l'ai sauvé. Il s'est présenté. Et il m'a tout expliqué, en détail. Grâce à lui, je sais tout. Je sais pourquoi je suis condamné, je sais pourquoi lui aussi est condamné...

– Et pour le remercier, vous lui avez tranché la langue...

– Oui, soupira Dupont. De toutes les manières, il aurait été tué, tôt ou tard. Jamais l'armée ne l'aurait laissé vivre. Jamais l'État ne l'aurait laissé vivre. Ce n'était pas possible. Je me demande même comment il a pu rester vivant aussi longtemps. Ce qu'il a découvert dépasse l'imagination.

– Comment cela ?

– Tu veux vraiment savoir où tu as mis les pieds ? Réfléchis bien... Tu sais, je peux encore te tuer pour t'éviter de voir la vérité en face. Choisis...

Luc déglutit. Entrer dans son jeu. Gagner du temps. Et à la moindre occasion, faire volte-face et déguerpir par le couloir le plus proche. Il trouverait bien un boyau où se cacher de ce fou. Il balbutia :

– Je ne veux pas mourir...

Dupont s'assit devant la cage des sans-langue. Les hommes et les femmes nus se regroupèrent, comme des animaux grégaires qu'on va conduire à l'abattoir. Certains tentaient de se boucher les oreilles, mais ils étaient enchaînés les uns aux autres, ce qui les empêchait de se mouvoir. Ils connaissaient ce récit par cœur. Et ce récit les horrifiait.

– Pour tout comprendre, il faut remonter à l'origine, reprit Dupont. Et l'origine, c'est la Deuxième Guerre mondiale.

48

– J'étais parti pour une randonnée. Une simple randonnée. Une randonnée en solitaire. J'avais... j'avais envie de changer d'air.

– Mais... Ta femme, tes enfants ? Personne ne s'est inquiété de ta disparition ?

– Ma femme et mes enfants, ricana Choulet. Je n'ai pas de femme ni d'enfants.

– Comment t'ont-elles attrapé ?

– Je savais que je n'aurais pas dû venir dans ce massif.

– Comment ça ?

– Je n'habite pas très loin d'ici, tu sais. Près de Gap. Vraiment pas très loin d'ici. Il y a des légendes. Des rumeurs de monstres.

– Des rumeurs de monstres ?

– Oui... Mais comme dans beaucoup de coins isolés, je suppose... Je me promenais tranquillement. Et j'ai vu cet animal. Cette petite biche qui me fixait du regard. Cette petite biche dans les yeux de laquelle on lisait de la peur. Pourtant, elle n'avait pas peur de moi. Non. Elle avait sans doute peur de ce qu'il y avait *derrière* moi. Une femme, je pense. J'en suis sûr, maintenant. Je ne l'ai jamais vue. J'ai juste senti le coup de massue sur ma tête.

– C'est quoi ces rumeurs de monstres ?

– Tu sais, il y a des légendes sur des vampires en Transylvanie, sur une comtesse sanguinaire en Slovaquie, qui suce le sang des vierges. Eh bien ici, il y a cette légende selon laquelle des succubes hantent les bois. Et à chaque nouvelle disparition dans le coin, on parle de succubes... ou parfois d'expérience militaire... Bref, on parle de n'importe quoi... Mais je n'y croyais pas, bien entendu... Légende de cul-terreux ! Mais ce n'est pas une putain de légende, voilà ce que j'ai appris ! Ce n'est pas une putain de légende !

Choulet s'était levé. Son maigre corps rougi vacillait quelque peu. Il était faible, manquait certainement de nutriments indispensables à sa santé. Mais il fixait du regard Lorey afin que celui-ci s'imprègne bien de ses paroles.

– Je n'ai pas de femme, et pas d'enfants, reprit Choulet. Mais j'avais des amis. J'ai espéré, plusieurs jours durant, qu'ils viennent à ma recherche. Mais, jamais ils ne...

– Mais ils ont dû faire un signalement. La police doit être à ta recherche. Et elle sera bientôt à la mienne. Dans deux ou trois jours, peut-être et je...

– Peut-être ont-ils fait un signalement, le coupa Choulet. Mais même s'ils envoyaient deux ou trois flics ici, que voudrais-tu que ça change ? Ils deviendraient comme toi et moi... Des prisonniers, des sacs à viande. Voilà ce qu'ils deviendraient.

Lorey soupira. Il imaginait Agro World, en train d'engager des recherches le concernant. La police mobilisée pour rechercher le meilleur commercial du groupe. Le GIGN.

– Depuis quand sont-elles ici ? Et qui sont-elles ?

– Pose-leur la question ! Je ne sais pas d'où elles viennent, ni pourquoi elles font ça ! Elles ne parlent pas. Elles me baisent, voilà ce qu'elles font ! Comme avec tous les autres hommes qui ont le malheur de se trouver sur leur route. Mais je sais qu'elles ne feront pas cela longtemps...

– Comment cela ?

Choulet prit un grand bol d'air comme s'il voulait souligner ses paroles d'un effet théâtral. Il proféra :

– Elles vont partir, mon pote ! Elles vont partir.

Choulet marqua un temps d'arrêt. Lorey s'impatienta :

– Comment ça, elles vont partir ? Parle !

– Elles vont déménager..., murmura Choulet.

Lorey bloqua sa respiration. Il demanda :

– Quoi ?

– Elles vont déménager. Elles vont partir. Les folles. Elles s'en vont, tu comprends, elles s'en vont ! Elles ont peut-être vendu, je...

Lorey mit la main à sa poche de chemise.

Elles vont partir.

Elles ont peut-être vendu.

Le terrain, la vallée.

Cela ne pouvait signifier qu'une chose. Il sortit le contrat qui venait d'être signé, en relut les termes. La superficie du terrain. Le plan général de la région. Il n'y avait pas le petit village ni les trois maisons en pierre. Oui, il était normal que les trois maisons en pierre ne soient pas indiquées sur le plan car sinon cela aurait voulu dire que ces cinglées existaient officiellement. Mais elles vivaient bien sur le terrain qu'Agro World venait d'acheter.

– Tu me dis qu'elles vont partir, dit Lorey.

– Oui, ricana Choulet.

– Comment sais-tu cela ?

– Je ne me suis pas cantonné à attendre qu'elles viennent me violer. J'ai essayé de m'échapper. J'ai essayé de m'enfuir. Une fois. Et c'est ce jour-là que je les ai entendues parler de leur départ, elles ont massacré des randonneurs, et Ma', le lieutenant Ma' a dit : « Vivement qu'Ils nous mettent en lieu sûr, vivement qu'Ils nous déplacent. » Et les autres femmes ont répliqué : « Heureusement, nous allons partir d'ici. Vite ! » C'était il y a plusieurs mois. Depuis, elles n'arrêtent pas de parler de ça. Les Femmes trouvent qu'il y avait beaucoup de monde, de plus en plus de monde, trop de monde, trop de traîtres, trop...

– Dis-moi ce que tu sais sur leur départ. Ne t'éparpille pas.

Choulet se tassa sur lui-même. En le voyant, le corps rougi par les sévices subis et la malnutrition, Lorey pensa un peu idiotement à une crevette. Une crevette rouge, trop cuite, au corps qui se rétracte et qui craquelle.

– Laisse-moi parler, siffla Choulet. Et tu comprendras comment je sais qu'elles vont partir.

Saar murmura à Lorey de se calmer : « Laisse-le parler. Laisse-le parler. Cet homme délire peut-être. Mais peut-être pas. Fais comme tout bon commercial doit faire. Comme tout bon guerrier doit faire au pays des gobelins. Laisse-le parler, puis tue-le. Il sera un boulet qui t'empêchera de fuir… »

– Je t'écoute.

– Nous étions quatre, dans la cave. Je n'en ai jamais vu autant à la fois. Peut-être trois randonneurs. On les a assommés. On les a mis à la cave, inertes. Et puis, au petit matin, alors qu'ils se réveillaient, Ma' est venue les chercher. Et moi avec. Les soldates nous ont présentés aux femmes. Comme une parade nuptiale. Elles nous ont entraînés au milieu des trois maisons en pierre. Sur ce qu'on pourrait appeler leur place de village… Elles nous ont déshabillés…

– Sur la place ?

– Oui, sanglota Choulet. Mais ces randonneurs-là, c'était… c'était des forces de la nature… Et ils ne se sont pas laissés faire…

– Ils se sont enfuis ?

– Non, ricana Choulet. Je te l'ai déjà dit : personne ne s'enfuit d'ici. Personne. Pour nous violer, les femmes nous attachent. À ce moment-là, ils se sont battus. Ils se sont libérés de leurs liens, et ont commencé à se battre comme des chiffonniers. Ils en ont tué peut-être cinq ou six… Ils avaient l'avantage du nombre. Jamais, jamais elles n'avaient eu à faire à trois hommes en même temps. Je jubilais, bien sûr ! D'autant que je n'avais pas encore été attaché. Plus personne ne faisait attention à moi. J'étais là depuis presque une année, je faisais partie des meubles. Elles ne remarquaient même plus ma présence…

– Et tu as tenté de t'enfuir…

– Oui, sourit Choulet. J'ai mis un temps… mais j'ai remarqué qu'elles se focalisaient sur le combat avec les trois randonneurs. Qu'elles ne faisaient plus attention à moi. Alors, j'ai couru, couru, jusqu'à la forêt. Et là, j'ai entendu un cri.

Il marqua une pause. Il sembla se tasser encore plus. Lorey se dit qu'il aurait pu disparaître en lui-même s'il le pouvait.

– Un cri atroce, reprit-il. Et je me suis retourné.

– Et qu'est-ce que tu as vu ?

– Les randonneurs. Ils avaient perdu le combat. Tous les trois. Ils étaient au sol. Ils essayaient de parler. Je pense qu'ils suppliaient Ma'. Ils étaient tenus en joue par les lances de plusieurs gardiennes. J'ai vu, j'ai cru voir le corps d'une bonne dizaine de femmes au sol, gisant dans leur sang. Putain, que ça m'a fait du bien de voir ça ! Je jubilais ! Ils avaient vengé tout ce que j'avais subi, tout ce que les hommes prisonniers ici avaient subi. Mais…

Choulet se mit à être pris de convulsions. Aux larmes se mêlait la violence de la scène qu'il décrivait à Lorey.

– Elle les a tués…, murmura Lorey.

– Pire, sanglota Choulet. Elle les a égorgés. Lentement. En s'y reprenant à plusieurs fois. Le sang giclait dans tous les sens. Les femmes criaient, hurlaient de joie. C'est là qu'elles ont dit qu'elles allaient partir, que c'était imminent, qu'elles n'attendaient plus qu'une signature, qu'il y avait de plus en plus de traîtres, que ça devenait trop difficile, que le pays était envahi, que l'ennemi allait prendre possession et…

Une signature… Oui, cela ne pouvait que cela… Les Femmes étaient sur le terrain de Mattéo Piedra, les Femmes voulaient vendre et partir… L'acte de vente qu'il détenait dans sa poche était un sésame pour elles et donc pour lui, Jean-Marie Lorey !

Mais Choulet, pourquoi n'avait-il pas profité de la confusion ambiante pour s'enfuir ? Le commercial demanda :

– Pourquoi tu n'as pas déguerpi ?

– Je ne sais pas, lança Choulet. Je ne sais pas. Sans doute, la peur… Je ne sais pas. J'étais comme scotché, là, à la lisière de la forêt. Les femmes criaient de joie, le sang des hommes les éclaboussait. J'étais horrifié, pétrifié. Je ne voulais pas qu'elles fassent pareil avec moi. Je ne voulais pas…

– Tu ne veux pas me dire que tu es revenu ?

– Tu n'as pas vécu cela, répondit Choulet en se ratatinant encore plus. Tu n'as pas vécu la peur au quotidien. La violence de leurs rapports. La peur permanente. Elles me laissent manger, elles me nourrissent. Elles n'ont jamais cherché à me tuer.

– Tu leur as toujours sagement obéi.

– C'était ça ou la mort, geignit Choulet. Et ce jour-là, le jour de la mort des randonneurs, si j'étais parti dans la forêt, elles m'auraient retrouvé. Elles connaissent la montagne par cœur. Elles m'auraient retrouvé, et elles m'auraient tué. De façon atroce. Comme les randonneurs. Et je ne veux pas mourir.

Il se mit à pleurer. Lorey ne pouvait pas croire ce qu'il venait d'entendre. L'homme avait eu une occasion inespérée de s'enfuir, et il ne l'avait pas saisie ! C'était incompréhensible. Jamais Saar et lui n'auraient hésité. Ils auraient fui dans la forêt et tâché d'échapper aux mains mortelles des succubes ! Plutôt mourir que de devenir dans le même état que Choulet. Une crevette affreuse, à la puanteur indescriptible, tapie dans une cave. Plus rien d'un être humain. Plus rien d'un être, tout court. Le tuer serait un service qui lui serait rendu. Oui, Lorey ne serait pas un assassin sans cœur, il ferait cela pour assurer ses arrières, mais aussi pour rendre service à ce malheureux.

– Maintenant, dis-moi en détail tout ce que tu sais à propos de leur départ, ordonna Lorey.

49

Personne ne voulait donc partir ? S'enfuir ? Combattre ?

Les prisonnières restaient statufiées.

Stéphanie avait raison, personne ne s'alliait. Tout le monde croyait s'en sortir seul. Mais finalement personne ne s'en sortait.

Julie se tourna vers Ma'. La vieille aux yeux bleus la fixait, comme elle s'y attendait. Le regard de la vieille n'exprimait rien.

Puis elle se mit à sourire. Ses yeux bleus s'étaient plissés, ses dents se frayaient un chemin au milieu de ses lèvres charnues. Elle tendit un doigt en direction de Julie.

Elles vont m'attraper. Elles vont me réserver le même sort qu'à Stéphanie et personne ne bougera.

Puis il y eut un cri.

Un cri presque inhumain. Un hurlement de bête blessée.

Julie comprit immédiatement d'où venait ce cri. Stéphanie. La lionne mourante avait planté ses ongles dans l'œil de l'une des gardiennes. Et celle-ci se convulsait, hurlait, alors que ses camarades tentaient de retirer les doigts de son orbite.

– Cours ! cria Stéphanie.

La diversion.

Stéphanie avait pu planter ses ongles dans l'œil de la gardienne, car tout le monde avait les yeux rivés sur elle, Julie. Et là, tout le monde regardait Stéphanie. Tout le monde. Même Ma'. La femme blonde avait peut-être raison. La diversion était la meilleure stratégie, en temps de guerre.

Stéphanie hurla de nouveau :

– Cours !

Mais son hurlement fut étouffé par les gardiennes qui la plaquèrent au sol.

Julie sentit son cœur battre dans sa poitrine.

Le vent.

La morsure de la neige.

Elle regarda les prisonnières immobiles. Le feu de bois. Les maisons. Ma', qui, peu à peu, dardait ses yeux presque translucides vers elle.

La diversion.

Elle savait ce qu'elle allait trouver en se retournant.

La noirceur terrible de la nuit, et l'inconnu de la forêt.

L'adrénaline sembla engourdir, puis bander tous ses muscles. Elle eut un dernier regard vers Stéphanie pour constater qu'une gardienne était en train de l'égorger. La lame du poignard était figée dans son cou. Pourtant, la gardienne n'avait d'yeux que pour Julie. La diversion était finie. Toutes les gardiennes regardaient Julie. Mais celle-ci avait déjà tourné les talons lorsqu'elles s'élancèrent à sa poursuite, poignards, torches et lances à la main.

50

Lorey palpait le contrat de vente des Dix Diamants. Il y jeta un œil. La somme que proposait Agro World, tout en étant très éloignée de ce que vaudrait la source une fois exploitée par la multinationale, permettrait à chacune des femmes de se trouver un beau logement, et d'avoir un train de vie tout à fait correct pour pas mal d'années ! Pourquoi voulaient-elles vendre, ces sauvages ? Pourquoi voulaient-elles quitter ce lieu isolé ? Il posa la question à Choulet :

– Leur départ... Quelles informations as-tu sur leur départ de la vallée ? Tu as dit qu'elles pensaient que le pays était envahi par des ennemis. Que voulais-tu dire ?

L'homme se mit à geindre de nouveau :

– En quoi ça t'intéresse ?

– Ça pourrait être une bonne occasion de nous enfuir...

Choulet ricana :

– Je ne veux plus m'enfuir... J'y ai réfléchi depuis que tu m'as détaché... Je ne veux plus m'enfuir ! Tu as compris ce que ça donne quand on s'enfuit ? Elles nous tuent ! Les uns après les autres ! Quant à leur départ, si tu veux tout savoir, eh bien, elles nous prennent pour des traîtres, voilà. Des ennemis de la France. Des putains de collabo de je ne sais quel ennemi. Et elles vont partir, oui. Elles attendent un signal. Un ordre.

51

Lorey criait.

Il appelait.

Il voulait faire descendre les Femmes, leur montrer l'acte de vente, leur montrer qu'il était

(*Un criminel*)

(*Leur Sauveur*)

le détenteur du signal, de l'ordre qu'elles attendaient pour partir. Qu'il n'était ni un traître ni un collabo.

Il n'écoutait plus les plaintes de Choulet, ce sous-homme soumis aux Créatures. Pourtant, celui-ci continuait son soliloque.

– Je sais pourquoi elles s'en vont d'ici.

– C'est moi qui vous ai acheté la vallée, hurlait Lorey en direction de l'escalier.

Il colla son oreille contre la porte. Rien. Pas de mouvement.

Sa gorge le brûlait.

– Elles ne vont pas arrêter. Elles ne partent pas pour déposer les armes.

– J'ai l'acte de vente ! cria Lorey. Ouvrez-moi, j'ai l'acte de vente !

– Elles veulent continuer à torturer les traîtres. Mais ailleurs.

– Vous devez me libérer ! J'ai l'acte de vente dans ma poche ! Je dois le ramener à Paris !

Choulet se retourna vers lui, mais Lorey ne le vit pas. Il continuait à murmurer.

– Elles veulent aller dans une ville. Une ville, tu entends. Acheter un terrain ou une maison avec l'argent et aller dans une ville.

– J'ai l'acte de vente !

Lorey marqua un temps d'arrêt. Il avait entendu un bruit. Il colla son oreille contre la porte. Derrière lui, il sentit Choulet qui se redressait.

– Il y a quelque chose ? demanda le dément.

– Chut, répondit Lorey.

Il colla son oreille contre la porte froide. Il y avait une rumeur. Un brouhaha. Quelques bruits de pas, au loin. Elles l'avaient entendu. Elles l'avaient entendu, et elles venaient parlementer ! Le brouhaha s'amplifia. De plus en plus de pas, puis des cris. Mais les pas ne s'approchaient pas. Pire, ils s'éloignaient ! Les harpies n'étaient pas entrées dans la maison, et ne descendaient pas le libérer. Les bruits ne venaient pas de la maison. Ça courait, ça criait, mais aucune porte ne s'ouvrait ou ne se fermait. Non, cela venait de dehors. Il se passait quelque chose dehors. Elles n'avaient rien entendu. La joie intense qu'il éprouvait se transforma en détresse. Et le brouhaha devint vacarme. Et ce furent les femmes, dehors, qui se mirent à crier.

52

Les soldates criaient.

Julie courait.

Le sabot la ralentissait.

Il était comme un poids plombant son corps tout entier dans la neige.

« Avance, allez, avance », murmurait-elle, mais son pied droit lui semblait parfois partir en avant, comme mû par une force incontrôlable.

Elle tentait de courir, mais n'y voyait rien. Son visage était fouetté par les branches des arbres.

Elle entendait la respiration des gardiennes, derrière elle. La course des geôlières.

Elles connaissent parfaitement la forêt. Tu n'as aucune chance !

Mais elle courait, éperdue, dans le noir absolu des sous-bois.

Il y eut un chuintement. Le découpage précis de l'air par une lame acérée.

La lame frôla son visage. Elle avait senti l'air frais sur sa joue gauche. Elles ne devaient pas être loin.

Elle s'arrêta un instant…

Ne t'arrête pas

… risqua un œil en arrière. Elles n'étaient pas si proches. Les lueurs des torches semblaient être à trois cents ou quatre cents mètres. Il lui fallait une arme. La lance l'avait frôlée sur son côté gauche. Elle tenta d'adapter sa vision à la nuit, balaya le sol du regard.

Cours.

La lance.

Elle était là. Fichée dans le sol. À deux mètres d'elle.

Julie jeta de nouveau un œil en arrière.

Les femmes approchaient. Elles connaissaient la forêt comme leurs poches.

Il fallait qu'elle se décide.

Devant elle, le noir de la forêt lui tendait les bras. Sur sa gauche, la lance était là, prête à s'offrir.

Elle soupira.

Lança son sabot du côté gauche et se dirigea vers l'arme.

Essoufflée.

53

Dupont reprenait son souffle. Il se tourna vers les sans-langue, qui se replièrent au fond de la cage, comme des animaux de foire. Il reprit, comme s'il s'adressait à cet auditoire de fauves entravés.

– Pendant la Deuxième Guerre, les Alpes, le Vercors, étaient des lieux stratégiques pour la Résistance. Des troupes s'y étaient repliées. Des familles de résistants, des juifs, des anarchistes. Ils avaient pris le maquis, profitant de la touffe sombre des bois pour passer inaperçus. Les troupes allemandes avaient du mal à s'approcher des massifs. Plus les villages étaient reculés, plus ils étaient peuplés de résistants. De nouveaux villages émergèrent à cette occasion, créés de toutes pièces pour héberger les héros de la guerre. Les résistants choisissaient les zones les plus montagneuses, les plus boisées, les plus invisibles, même pour les pilotes les plus aguerris de la Waffen. C'est ainsi que naquit le village Sombre, nommé ainsi, car il était situé dans une zone qui ne laissait jamais passer le soleil. Un village composé de trois maisons, seulement, construites en pierre.

– Sombre ? Vous dites Sombre ? murmura Luc... *Sombre en résistance toujours se souviendra de ses morts.* J'ai lu ça sur une photo... Une photo du village, sur une espèce d'autel avec des bougies...

– Où as-tu vu ça ?

– Là-haut, dans la maison. Dans un couloir...

– Un sanctuaire en hommage à la Résistance... En hommage à ce village bâti pour les femmes... Car à Sombre, il n'y a toujours eu que des femmes. Seules. Célibataires, veuves de guerre, petites filles. En 1942, au moment où l'armée allemande semblait avoir gagné, un résistant du coin trouva une vieille carte, avec des tas de galeries, des mines, des lacs, ou des souterrains. Et la Résistance eut cette idée. Des femmes. Des femmes pouvaient se cacher dans les sous-sols de ce petit village en cas de passage de l'armée allemande. Des femmes pour perpétuer l'espèce.

– Vous voulez dire que ces Femmes, ces folles sont des...

– Des résistantes, oui. Des héroïnes. En tout cas, elles l'étaient au début. La Résistance les a cachées ici, mais elle leur a surtout donné une mission bien précise. Et cette mission consistait à se reproduire. Elles devaient permettre à la Résistance de se régénérer en cas de conflit long. En 1942, on ne savait bien évidemment pas que la guerre s'arrêterait trois ans plus tard. Il fallait parer à toute éventualité, donner naissance à des enfants soldats, comme il en existe dans tous les pays perpétuellement en guerre. Il fallait donc créer ce minuscule village de trois maisons, et développer ces galeries souterraines pour protéger les résistantes et leurs progénitures. Mais il fallait des hommes aussi, tu t'en doutes bien. Des étalons. Et il n'y en avait pas, puisqu'ils se cachaient ailleurs, ou combattaient au front.

Luc jeta un œil vers Jérémy Chapain. Le blogueur semblait absent, loin de tout cela. Il avait la bouche grande ouverte, un vide purpurin à la place de la langue, le regard hagard.

– Vous divaguez, dit Luc.

– Non. Tu sais, les viols en période de guerre ont toujours été un moyen d'asseoir la domination d'une armée sur l'autre. On ne compte plus les agressions sexuelles perpétrées par les Hutus sur les Tutsis, ou par les Serbes sur les femmes croates, et inversement. Mais là, c'était différent. Je parle de nécessité vitale. Je parle de gagner la guerre sur le long terme. Pendant des années, les Femmes vécurent dans une autarcie heureuse à Sombre. Elles avaient élu l'une d'entre elles, Marguerite Lefebvre à leur tête. Ma' pour les intimes. Une jeune fille, mais l'une des résistantes les plus combatives des colonnes Drouot L'Hermine dans le Champsaur. Elle était spécialisée dans le sabotage ferroviaire. Elle était un chef naturel pour la... tribu. Les Femmes avaient mis en place une organisation sociale quasi parfaite. Il y avait des chasseuses-cueilleuses, des vigies pour observer le ciel, les routes, et la rivière aux alentours. Il y avait des cuisinières. Il y avait des bricoleuses. Il y avait des petites filles, éduquées par des maîtresses. Tout pour survivre. Chaque femme assignée à une place bien précise. Tout ce petit monde vivotait bel et bien, dans l'attente du retour de leurs maris, de leurs pères. Dans l'attente des ordres du lieutenant-colonel Drouot L'Hermine. Mais le temps passait. Les bombes tombaient. Les Femmes se terraient pour éviter les bombes. Parfois quelques heures, souvent quelques jours. Les souterrains les aidaient bien. Et les ordres ne venaient pas. Les maris et les frères ne revenaient plus. Et pour cause. Près de quatre-vingt-dix pour cent des membres des colonnes Drouot L'Hermine périrent entre 1943 et 1945. Les survivants furent mutilés, ou devinrent fous. Tout le monde oublia Sombre. Il y avait tant de villes à libérer. Tellement de choses à fêter à la Libération. Tout le monde oublia la ville, sauf Lucien Lefebvre, le frère de Ma', à qui la mémoire revint en 1946 après quelques mois dans un asile psychiatrique. Il parla de Sombre à deux amis qui avaient été eux aussi résistants, et ils entreprirent de traverser le massif des Dix Mendiants pour retrouver le village. Mais à leur arrivée, tout avait changé.

– Comment cela ?

Jérémy Chapain s'était levé, dans la cage, entraînant avec lui d'autres compagnons d'infortune. Il dodelinait de la tête pour approuver ce que disait Dupont. Il ouvrait même la bouche, mais aucun son n'en sortait.

– Lucien Lefebvre ne fut pas reconnu par sa propre sœur, dit Dupont. Il l'entendit hurler « Traître », et lui et ses acolytes furent accueillis par des lances et des flèches et des coups de feu. Même en se présentant, même en disant, en criant que la guerre était finie, les femmes n'en eurent cure. Elles le prirent pour un menteur, un collabo qui venait les combattre. Lucien revint et fit un rapport aux autorités militaires qui rendirent visite aux femmes en uniformes d'apparat. Là, ils furent accueillis en grande pompe. Mais ce n'est pas pour autant que le village fut libéré...

– Comment cela ? Elles voulaient rester là ?

– Non, tu n'y es pas du tout. Elles ne voulaient pas rester là. Mais l'armée leur a menti. Sur ordre des services de renseignement de l'époque.

– Je ne comprends pas. Le ministre de la Défense ne voulait pas libérer les femmes ? Il voulait les emprisonner ici, dans leur propre village ?

– Sombre est un village quasi inaccessible, loin de toute route. Il y avait des femmes, isolées, persuadées que la guerre n'était pas finie. Nous, la France, l'Europe, étions en période de doute. Les Russes voulaient créer un homme nouveau, les Américains faisaient de même. Une guerre était larvée, et nous étions au milieu des deux camps. C'était une occasion incroyable !

– Quelle occasion ? Je ne comprends rien !

– Une expérience unique, hurla Dupont. Une expérience à ciel ouvert, avec des femmes isolées de toute civilisation ! L'armée a fait croire à ces femmes que la guerre continuait, qu'elles ne devraient pas sortir de Sombre, jamais, sous aucun prétexte. Que les Allemands et les traîtres pullulaient dans le coin. Qu'elles étaient le dernier bastion de la Résistance ! L'honneur de la France ! Les services de renseignement voulaient observer une société isolée, régie par ses propres règles, voir comment tout ceci évoluait, étudier le comportement humain à l'état sauvage. Des psychologues se relayaient dans les rangs de l'armée pour observer, de loin, le moindre comportement des Femmes. Nous aussi, en France, nous voulions créer un homme nouveau, en observant la quintessence d'une société isolée du reste du monde !

– Vous voulez dire que pendant toutes ces années ces femmes ont cru que nous étions encore en guerre ?

– Pas seulement pendant toutes ces années, répondit Dupont.

– Quoi ?

– Tu parles de ça au passé. Mais elles le croient encore…

Luc crut entendre Chapain murmurer, comme si le blogueur prenait le relais de Dupont.

– Les Femmes enlèvent des hommes et se reproduisent avec, poursuivit le fou du souterrain. Elles les utilisent comme de simples morceaux de chair.

– Vous voulez dire que les militaires encouragent les enlèvements, les viols, tout ça ?

– Oui… pour perpétuer ce modèle de société soi-disant idéale, et ce, depuis la Seconde Guerre mondiale…

– Mon Dieu… Et cette expérience de société idéale, elle donne quoi ?

– C'est là que nous allons dériver vers l'horreur, dit Dupont. Car cette expérience n'a pas donné grand-chose. Si ce n'est que le retour à l'état sauvage fut rapide. Besoins primaires. Se nourrir. Boire. Se reproduire. Faire la guerre. Défendre son territoire. Le reste devenait secondaire. Mais pour savoir cela, il n'y avait pas besoin de procéder à une telle expérience folle. Non. D'ailleurs les services de renseignement ont vite laissé tomber cette première idée. Mais ils ont conservé le village, ses habitantes, et la supercherie dont elles étaient victimes. Car Sombre a finalement servi à tout autre chose. Quelque chose d'encore plus incroyable. Une expérience encore plus terrifiante.

– Quoi donc ?

Dupont sourit. Il fit quelques pas jusqu'au lit de camp de Luc. C'est à ce moment-là que le gendarme se rendit compte qu'il s'était lui-même levé, captivé par le récit de l'homme. Lorsque Dupont s'approcha de lui, les sans-langue se mirent à bouger en tous sens, comme des singes dans une cage dont le dresseur s'est éloigné sans leur donner leur récompense. Dupont toucha l'épaule endolorie de Luc. Il lui demanda :

– As-tu des enfants, Luc ?

– Non, pas encore, je...

– Tant mieux. Car si tu en avais, je t'aurais peut-être épargné la suite de mon histoire. Tu ne l'aurais probablement pas supportée.

54

La lance s'était plantée dans une racine, au pied d'un petit sapin. La Cavalière s'avança lentement.

Le pinceau des torches dessinait des teintes fauves dans la zone de la lance. Les gardiennes avaient tendu un piège ! Oui : elles l'avaient volontairement ratée pour qu'elle aille chercher l'arme et qu'elle ralentisse !

Elle posa ses mains sur la lance. Tira. La lame semblait fichée profondément dans la racine proéminente du sapin. Elle tira de nouveau, mais rien ne vint. Elle posa son sabot de Cavalière contre la racine et prit appui. Elle tira encore une fois. Un coup sec. Puis elle secoua la lance de droite à gauche pour la sortir peu à peu de sa cible.

– Je l'ai vue ! entendit-elle derrière elle.

Les voix et les pas se rapprochaient.

Fous le camp de là.

Cours.

Cache-toi.

Elle secoua la lance de toutes ses forces. Elle sentit la transpiration humidifier ses aisselles, ses mains, sa poitrine.

– Par là-bas !

Elle haletait.

– Allez... allez... Vite... vite...

La lance ne bougeait pas.

Derrière elle, les pas étaient lourds, comme des sabots de cheval. Une course de chevaux avec une multitude de bêtes engagées dans la compétition. Les gardiennes s'étaient mises au pas de charge.

Elles vont venir et elles vont te tuer. Lâche cette foutue lance.

Elle était prise au piège. Elle tirait comme une forcenée sur la lance. Mais rien ne venait. Elle se servit une nouvelle fois de son sabot comme point d'appui et empoigna la lance avec ses deux mains. Puis elle tira d'un coup sec. Elle fut projetée en arrière. Mais elle ne ressentit aucune douleur lorsque son dos entra en contact avec le sol humide. La poudreuse avait absorbé le choc. Elle se mit à sourire lorsqu'elle vit qu'elle avait réussi à arracher la lance de sa prison végétale. Mais sa joie ne dura pas longtemps. Elle vit des ombres fondre sur elle, comme une armée de charognards sur la dépouille d'un animal blessé. Elle plongea dans le noir le plus absolu lorsque sa tête reçut un coup sourd et violent qu'elle analysa, avant de sombrer, comme un coup de barre de fer.

55

Le fou du souterrain était groggy. Hagard, sonné par son propre récit, il se tenait à l'un des barreaux de la cage dans laquelle s'agitaient les sans-langue.

C'est le moment de s'enfuir. Foncer dans le couloir le plus proche, courir, quitter l'antre de ce fou. Pourtant, le jeune gendarme restait statique. Il voulait connaître la suite. Les femmes en résistance, l'expérience militaire. Il risqua :

– À quoi sert l'expérience de Sombre aujourd'hui ?

Dupont soupira.

– Comme je te l'ai dit, si tu avais eu un enfant, je ne t'aurais pas raconté la suite de l'histoire… Je ne sais pas d'ailleurs si je le dois… Enfin, puisque tu me le demandes, et puisque tu vas m'aider dans mon combat, autant que tu saches à qui tu as affaire… L'armée avait donné une consigne aux Femmes, en le faisant passer pour un ordre des plus hautes autorités de la Résistance. Elles devaient se reproduire. Et fournir le fruit de leur reproduction à l'armée française.

– Leurs enfants ?

– Oui. Elles avaient pour mission de capturer et tuer des hommes. Des collabos. Des traîtres. Et qu'elles s'accouplent avec eux, pour perpétuer l'espèce. Il fallait qu'elles choisissent les hommes les plus beaux, les plus endurants, les plus jeunes, et qu'elles s'accouplent. Les autres pouvaient servir de ragoût. L'armée leur avait dit qu'elles étaient les dernières femmes, qu'il fallait qu'elles aient des enfants, et que ces enfants serviraient à l'armée française en résistance. Qu'on ne leur laisserait que les filles. Pour se reproduire à leur tour… Et si une femme, une touriste venait à tomber dans les mains de ces cinglées, c'était pareil ! Pour Ma' et les autres, cette femme, cette innocente touriste était une traîtresse, une collabo de la pire espèce, donc soit elle était bien foutue, et elle servait à son tour de reproductrice, soit on la mangeait !

– Et les enfants ? Qu'arrivait-il aux enfants ?

Dupont soupira. Il jeta un œil vers la cage des sans-langue, comme s'il sollicitait l'approbation de Chapain, mais celui-ci ne le regardait même plus, il s'était vautré dans un coin de la cage, et tournait le dos à la scène, couché en chien de fusil.

– Tu viens de poser la bonne question…

– Comment cela ?

– La nouvelle expérience de Sombre, ce sont eux. L'expérience terrifiante. Les enfants…

– Que voulez-vous dire ?

– Connais-tu ce poisson qu'on nomme « poisson-chat » ?

– Un poisson-chat ?

– Oui. Un poisson-chat.

Luc hocha la tête, déconcerté.

– Le poisson-chat, c'est un nettoyeur. Un poisson qui gobe toutes les saloperies dans l'eau, les déchets, les imperfections, les excréments. Un poisson-chat permet aux autres poissons de vivre dans une atmosphère saine, pure, respirable, débarrassée de tous les parasites.

– Je ne comprends pas...

– Eh bien, disons que les poissons-chats sont un peu des gens comme moi. Des espions. On va un peu partout dans le monde, on fomente des complots, on renverse des régimes, on prépare des attentats. On tue des gens. On se débarrasse de la lie de l'humanité.

– Quel rapport avec les enfants ?

– J'y viens. Tu vas comprendre... Les enfants nés ici... n'existent pas. Ils n'ont pas d'identité, ils ne sont inscrits nulle part, officiellement ils n'ont ni père ni mère. C'est une aubaine extraordinaire pour la France. De la chair à canon non répertoriée, non payée, sans famille à indemniser ! Ces enfants n'ont officiellement jamais vu le jour ! On peut les entraîner à se faire exploser quelque part, les embrigader depuis la naissance, les préparer à commettre des attentats, à tuer discrètement des terroristes ou des adversaires politiques qui jamais ne se méfieraient de gamins de huit ou neuf ans ! Imagine. Tu es un terroriste et tu vois un inconnu, ou un flic entrer chez toi. Tu fais quoi ?

– Eh bien, je pense que je le tue sans sommation.

– Exactement ! Pas de pitié ! Boum ! Mais si ce n'est pas un flic qui entre dans ta planque, mais un enfant ? Un putain de gosse ? Tu fais quoi, là ? Personne ne se méfie d'un enfant. Tu vas lui sourire, lui dire de déguerpir, lui demander ce qu'il fait là. Et à ce moment-là, l'enfant te flingue. Pas le temps de réagir. Effet garanti ! Cent pour cent efficace !

– Mon Dieu...

– Dieu n'a rien à voir là-dedans. Bien au contraire. Ce sont les hommes. Nous. Des militaires. Des militaires qui les éduquent à une seule tâche : se faire tuer, ou tuer, pour la France ! Ces gamins sont des poissons-chats beaucoup plus efficaces que nous, adultes, qui avons un passé, une éducation, des notions de bien et de mal, et une existence réelle, répertoriée, qui font de nous des guerriers aisément repérables. Les enfants sont une arme diablement efficace. Et en plus, aucune organisation humanitaire, aucune organisation antimilitariste ne pourra lutter contre l'exploitation de ces enfants vu qu'ils...

Luc le coupa.

– ... n'existent pas...

– Tu as tout compris... Les gosses se font exploser dans des attentats, tuent des gens. On les a même envoyés prendre des photos dans des bases secrètes. S'ils se font capturer, on s'en fiche, puisque eux-mêmes ne savent pas d'où ils viennent ! Et s'ils se font tuer, peu importe, puisqu'il y en a d'autres ! Les sous-sols, ici, regorgent d'enfants ! D'enfants, de pouponnières, et de salles de classe, où nos bons militaires leur lavent le cerveau. Ces poissons-chats sont des enfants sauvages, des bêtes dressées, calibrées pour une et une seule mission. Ils n'ont jamais rien connu d'autre. Ils ne connaissent que les sous-sols de Sombre, où on les conditionne. Puis ils partent. S'ils réussissent leur mission, on les exécute, et s'ils échouent, eh bien, ils se font tuer ! Mais ils ne parleront jamais, puisqu'ils ne savent pas d'où ils viennent ! Ils ne savent même pas qui ils sont ! Ils n'ont personne à dénoncer !

– Ces enfants... Vous les avez vus ?

Dupont regarda loin, derrière. Ses yeux étaient exorbités, comme s'il venait de voir le diable.

– Oui... J'ai fouillé les entrailles de la Terre. Il y a des kilomètres et des kilomètres de galeries. Un véritable gruyère. J'ai passé plusieurs jours à visiter les galeries, les salles, les boyaux les plus étroits et les plus humides. Je descendais toujours armé, j'essayais de faire le moins de bruit possible au cas où mes soi-disant collègues militaires me surprendraient. Je me mis à dessiner des plans, des dizaines de plans. Et j'ai trouvé les salles. Des salles devant lesquelles il y avait toujours une espèce de grande lance verte ; ne me demande pas pourquoi, je n'en sais rien. Peut-être pour qu'on les repère dans le labyrinthe. Les gosses, ces foutus poissons-chats, dormaient à même le sol, comme des bêtes sauvages. Il y avait des salles de classe, avec un tableau noir et de la craie humide ; putain, on se serait cru revenir deux siècles en arrière, à l'école ! Il y avait aussi des salles de jeux où je trouvais des armes et des balles à blanc. Des photos de terroristes. Du matériel médical, des drogues. À chaque fois que je voyais une lance verte, mon cœur se mettait à battre à tout rompre. J'avais peur. Peur qu'un enfant me voie et se jette sur moi. Ce sont des bêtes sauvages, tu comprends ? Oublie l'image que tu te fais d'un enfant. Ici, on forme des animaux, des pitbulls sanguinaires, prêts à mordre tout ce qui passe à portée de mâchoire. Je suis le seul être au monde à être au courant de tout cela. Il faut que j'y mette un terme. C'est pourquoi je constitue mon armée. L'armée des sans-langue. Mais il faut faire vite... Ces salopards vont partir...

– Les enfants vont partir ? Les militaires ? Comment cela ? Comment peuvent-ils déménager tout le monde ? Et pourquoi ?

Le fou du souterrain éclata de rire. Luc se surprit lui-même à haleter, suspendu aux lèvres de Dupont. Il était debout, prêt à dégainer un nombre de questions sans fin, tant son cerveau était captivé par le récit du militaire.

– Tu es curieux, c'est bien. Tu vas m'être utile. Vraiment très utile... Car nous devons faire très vite. Ces salopards vont effectivement partir. Si l'isolement extrême de Sombre était un gage de tranquillité, tout a changé avec le développement technique récent. Depuis quelques années, il y a des recoupements, des discussions sur des forums, des blogs comme celui de Chapain. Des tas de fouineurs ont commencé à découvrir le pot aux roses. Les services de renseignement ferment les blogs, font taire les gens, mais ça ne devient plus tenable. Ça fait quatre ou cinq ans que les gradés attendaient un ordre, mais comme tu viens de le dire toi-même, il n'est pas facile d'organiser un tel déménagement. Mais ça y est. Ils ont le feu vert...

– Le feu vert ?

– L'expérience ne peut pas se poursuivre à Sombre. Tu en es la preuve vivante. Trop de monde recherche des proches disparus dans le secteur. Bref... Dès le début de l'expérience, les services secrets de l'armée ont créé la famille Piedra, propriétaire de ces terres. Un titre de propriété en bonne et due forme existe. C'est pourquoi ils vont vendre. À une société agroalimentaire. Il y a une source qui coule près de Sombre. La société va acheter, tous les papiers seront en règle, il y aura un vendeur et un acheteur, et la source déferlera, envahira les galeries, reléguant au fond de l'eau toutes les preuves de l'existence de cette expérience secrète : les salles de classe, et les cadavres. Plus de témoins, plus de preuves. Et le ministère pourra même attaquer les blogueurs paranoïaques en justice pour diffamation. Et la vente est prévue pour ces jours-ci. Peut-être a-t-elle déjà eu lieu ?

– L'expérience va donc s'arrêter ?

– Ils ont fait croire à Ma' qu'on allait la mettre, elle et ses acolytes, dans un lieu sûr car les Allemands se rapprochaient. Et elle le croit. Pauvres femmes. Les gosses vont partir, oui, car ils peuvent encore leur servir de chair à canon. Mais les Femmes... Tu les vois débarquer dans un appartement, au beau milieu d'une grande ville ? Ou dans une base secrète moderne ? Non. Ils vont les exterminer. Toutes...

Luc imagina ces femmes, luttant pour leur patrie, cobayes d'une expérience sans le savoir. Ces femmes dévouées à qui l'on avait fait gober un mensonge d'État.

Il fut pris d'un sentiment révolte et ouvrit la bouche pour poser une question lorsqu'il vit le couteau dans la main de Dupont.

Les sans-langue se mirent à hurler. Dupont dit :

– ... C'est pourquoi je dois faire vite... et pour ça, j'ai besoin de tous les sans-langue de bonne volonté...

Il empoigna les joues de Luc, les pressa pour qu'il ouvre la bouche, approcha son couteau. Luc ne put réagir. L'homme était un roc, une montagne de muscles. Le couteau pénétra dans sa bouche, Luc sentit le métal froid pressé contre sa langue. Les sans-langue sautaient dans tous les sens, criaient.

Puis il y eut une déflagration, une odeur de poudre dans l'air.

Le métal resta quelques instants en contact avec la langue de Luc, avant que le couteau ne tombe dans un cliquetis ridicule au sol. Les sans-langue se turent. Le corps de Dupont s'affala sur le sol. Un trou rouge de sang entre les deux yeux. Une voix tonna derrière Luc.

– Le fou du souterrain !

Luc se retourna.

Une dizaine d'hommes étaient là, vêtus de treillis. Ils tenaient tous une arme d'assaut à la main. Celui qui venait de parler était blond, massif. Il connaissait cet homme. Il l'avait déjà vu. C'était le lieutenant qui avait voulu le tuer lorsqu'il s'était échappé par le trou des toilettes sèches.

Juste avant que Dupont ne le sauve.

56

Elle était en apnée. Elle ne voyait que du noir, mais son corps tout entier était plongé dans l'eau. Pourtant, il lui semblait qu'elle arrivait à respirer alors même qu'elle étouffait. Sensation étrange. Puis le noir devint lumineux : une lampe torche, peut-être, au loin. Trois femmes étaient là : la grosse Cavalière aux cheveux blancs accompagnée de deux geôlières très maigres. La grosse femme dit :

– Oui, je suis une Cavalière. Une Cavalière car comme toi, j'ai essayé de m'enfuir. Comme toi, j'ai fait la forte tête, alors on m'a tranché un orteil. Et voilà ce que je suis devenue : une soldate. Une soldate au service de Ma'.

Les deux femmes maigres se mirent à rire. Elles ôtèrent leurs hardes. Julie voulut leur demander pourquoi elles commençaient à se déshabiller, mais aucun son ne sortit de sa bouche. Elle se rendit alors compte qu'elle était attachée, contre un mur. Elle voulut inspirer, mais ne put absorber la moindre parcelle d'air.

Respire...

Elle ferma les yeux, se concentra sur ses poumons, son œsophage.

– Tu ne respireras plus jamais, dit la grosse femme.

Les deux femmes maigres étaient nues.

Deux squelettes, deux corps cadavériques, mal nourris ou malades, se tenaient face à elle. Les os des deux geôlières saillaient sur une peau parcheminée de veines. De leurs sexes poilus pendaient des lèvres rougies par des mycoses. Les deux femmes riaient.

– Les horaires de trains, lui dit l'une des deux femmes.

Respire...

Mais il n'y avait toujours pas d'air, et Julie regarda au-dessus d'elle, et elle vit la surface de l'eau, beaucoup trop éloignée...

(*Luc*)

– Les horaires de trains, lui répéta la femme.

Il fallait qu'elle nage, jusqu'en haut. Pour retrouver l'air.

– Tu ne pourras pas, lui dit la grosse femme aux cheveux blancs.

Les deux geôlières nues avancèrent vers elle. L'une d'elles ne parlait pas, l'autre répétait la même phrase :

– Les horaires de trains.

La pièce commença à se remplir d'eau. La grosse femme aux cheveux blancs éclata de rire.

– C'est à ton tour, maintenant, dit-elle.

Julie hurla :

– Luc !

Mais aucun son ne sortit de sa bouche.

Les deux femmes s'empoignèrent mutuellement, puis se mirent à serrer leurs propres gorges, un sourire figé sur les lèvres. Leurs visages devinrent rouges puis bleus. Elles tombèrent sur le sol gorgé d'eau.

– Mortes, dit la grosse femme aux cheveux blancs. C'est ce qui t'attend. Morte.

Les cadavres des deux femmes se retournèrent vers elle. L'eau soulignait leurs côtes saillantes, et leurs os semblaient prêts à percer leur peau. Leurs bouches s'ouvrirent de concert et murmurèrent :

– Les horaires de trains.

Julie aspira un grand bol d'air. Ses yeux s'ouvrirent. Elle haletait.

Un cauchemar.

C'était un cauchemar. Elle se réveilla. Il y avait du bruit. Et quatre yeux face à elle. Quatre yeux qui la scrutaient.

57

Luc hurlait.

C'était sorti du fond de sa gorge, comme ça, sans même qu'il y prenne garde. Il criait : « Non. » Les militaires avaient envahi l'espace, se disposant en arc de cercle dans la petite caverne. Le corps du fou du souterrain gisait à ses pieds dans une mare de sang.

– Ne tirez pas, ordonna le lieutenant Schoeling. Ne tirez pas mais tenez-le en joue.

Le lieutenant fit quelques pas jusqu'à Luc. Il dit :

– Je suis désolé, mais l'aventure s'arrête là...

Luc acquiesça, vaincu. Jusqu'à présent, il avait réussi à éviter la morsure de la mort, mais désormais il sentait son haleine fétide. Les paroles qu'avait prononcées Dupont résonnaient encore à ses oreilles. Ils allaient le tuer. Personne ne devait être au courant. Le sombre territoire de ces Femmes était une expérience militaire. Ils ne devaient laisser aucune trace. Et il en était une. Un intrus. Un danger.

Les sans-langue se mirent à sauter dans tous les sens, comme des animaux destinés à l'abattoir. Des borborygmes sortaient de leurs gorges. Ils grimpaient les uns sur les autres, s'agrippaient aux barreaux, singes prisonniers des braconniers qui allaient les exécuter. Le lieutenant ne regardait plus Luc. Il avait les yeux fixés sur la cage, comme subjugué par ce qu'il était en train de voir.

– Ainsi, ce n'était pas une légende, murmura Schoeling. Ils existent bel et bien...

Le lieutenant s'approcha de la cage. Les sans-langue se jetèrent sur les barreaux, prêts à l'égorger, fauves agressifs et pourtant impuissants.

– L'armée du fou... l'armée du fou du souterrain...

Le lieutenant s'était arrêté à quelques mètres de la cage et la contemplait, comme un esthète disséquant les moindres détails d'un tableau sublime accroché au milieu d'un musée.

– L'armée du fou, l'armée aux langues coupées... On se demandait ce qu'il faisait des prisonniers qu'il sauvait... et le bruit a couru qu'il constituait une armée... Qu'il coupait des langues... Mais on n'arrivait pas le localiser. Avec toutes ces galeries, c'était impossible. Il pouvait être partout, ou nulle part.

Schoeling sortit un petit appareil de la peau de bête de Luc, qui gisait sur le sol. Un appareil minuscule, qui ne devait pas mesurer plus de deux centimètres. Il reprit :

– On t'a tracé. J'ai glissé ça dans la poche de ta pelure merdeuse quand tu es tombé dans le trou. Je savais que le fou allait venir. Je savais qu'une fois encore, il allait nous semer. Alors, j'ai mis ça dans une poche de ta peau de bête.

Il y eut un nouveau hurlement. Une onomatopée incompréhensible hurlée par l'une des femmes sans langue. Elle était agrippée aux barreaux. Bientôt, tous ses congénères firent de même, comme des singes dans un zoo. Tous faisaient face au lieutenant. Seul Chapain était resté terré dans un coin de la cage.

– Tout ceci dépasse l'imagination, sourit Schoeling.

Il se retourna vers les soldats. Un frisson parcourut l'échine de Luc lorsqu'une voix féminine éraillée ordonna :

– Tuez-les. Tous.

Les sans-langue se turent subitement, lâchèrent les barreaux. Ils se recroquevillèrent au fond de la cage, autour de Chapain. Ils avaient peur. Luc se retourna. À l'entrée de la caverne, il y avait une femme en uniforme. Une femme en tous points semblable à celles qu'il avait combattues dans la forêt. Mais plus jeune. Beaucoup plus jeune. Une femme née ici. Une femme qui croyait depuis sa naissance que Sombre était en résistance, que la France était toujours en guerre.

Les militaires armèrent leurs fusils, les pointèrent vers les sans-langue, deux d'entre eux le mirent en joue. Luc hurla une nouvelle fois :

– Non ! Pitié ! Pitié !

La femme désigna Luc :

– Celui-là a encore une langue ?

Schoeling tendit son bras en l'air, pour intimer l'ordre de ne pas tirer. Il dit :

– Oui, il a une langue. C'est le nouveau prisonnier du fou. Il l'a attrapé il y a quelques heures à peine, mais je...

– S'il est encore en état, je pense que Ma' sera ravie de pouvoir s'en servir. Il payera pour les autres, il payera son dû, et nous survivrons.

Elles pensent que je suis un ennemi et qu'il faut se servir de moi comme étalon, puis me torturer, me tuer, me manger.

Il lâcha :

– Je ne suis pas un collabo, vous savez. Je suis français. Je suis même un soldat français, un gendarme...

– Tais-toi, dit Schoeling. Tais-toi et écoute ce que te dit la résistante.

– Non ! Je ne me tairai pas ! La guerre est finie, depuis longtemps, vous vous faites manipuler, ceci est une expérience, ceci est une expérience, et ils veulent vous tuer, ces hommes veulent vous tuer. Il n'y a plus de menace, vous...

– Stop ! coupa la femme. Je connais cet argument. Tu n'es pas le premier à essayer de nous berner. Tu es un manipulateur, comme les autres.

– Mais ce n'est pas moi, le manipulateur ! C'est eux ! Vous êtes des cobayes, des rats de laboratoire !

– C'est toi, le rat, saloperie de Boche !

Il ne servait à rien d'argumenter. Les mots de Dupont résonnaient dans l'esprit de Luc. Tout individu capturé était considéré comme un traître. L'armée française avait dit aux Femmes que les ennemis argumenteraient, leur parleraient de guerre finie, mais qu'il ne fallait surtout pas les croire. C'était une ruse. Une ruse qui pouvait leur coûter la vie. Une ruse qui pouvait compromettre l'existence de Sombre, l'avenir du pays, la victoire.

– Lui a encore sa langue. Il est bien bâti. Il est résistant, car il est encore en vie après ce qu'il a enduré. Ce sera un bon étalon. Il doit rester en vie. Il doit venir avec nous.

Schoeling la coupa.

– N'oubliez pas que le déplacement est pour très bientôt. Et qu'on a convenu avec Ma' qu'il fallait se débarrasser de la meute... C'est pour ça que je suggère que nous exterminions cet homme.

– Nous n'avons plus que deux étalons. L'un est mourant, l'autre est vieux.

La femme fit quelques pas dans la caverne. Jusqu'à présent, Luc n'avait pu distinguer ses yeux, mais désormais il pouvait clairement voir leur couleur. Ils étaient vert amande, magnifiques. Mais à la lueur des lampes torches, ceux-ci prenaient une apparence démoniaque, comme nimbés de flammes dansantes au fond de leurs iris. Les yeux de l'enfer. Il crut sentir les soldats frissonner lorsque la femme prononça ces derniers mots :

– Nous voulons des hommes valides car nous avons faim.

L'isolement avait fait d'elles des vampires, jamais satisfaites. Toujours affamées de chair fraîche, de sang, et de sexe. Elles étaient devenues des bêtes sauvages, incontrôlables. C'était peut-être aussi pour ça que l'armée cherchait à les exterminer. Si les enfants étaient facilement manipulables, les adultes pouvaient finir par représenter un danger pour les soldats ici présents, et déferler dans les villages alentour, semer la terreur et la désolation. L'armée avait voulu jouer les Frankenstein, et elle se sentait dépassée par sa créature.

C'est dans un souffle presque murmuré que Schoeling dit :

– Faisons selon la volonté du lieutenant Ma', alors. Laissons celui-là en vie.

Les deux militaires dirigèrent leurs armes vers la cage des sans-langue. Schoeling tendit son bras en l'air. Luc ne bougeait plus. Il n'esquissa pas un geste lorsque Schoeling baissa son bras en criant : « Feu. » Ce fut ensuite un déferlement de balles, des rafales. Les sans-langue sautaient pour éviter les balles, comme des chimpanzés affolés, puis tombaient, dans des gerbes de sang et des cris de douleur. Les yeux de Chapain croisèrent une nouvelle fois ceux de Luc lorsque le corps du blogueur sombra.

Le récit de Dupont n'était pas un amas de fantasmes. Luc était plongé dans le cauchemar de Sombre, et il lui semblait que celui-ci ne faisait que commencer.

– Cessez le feu ! hurla Schoeling.

Quelques corps tressautèrent dans la cage. Trois militaires s'approchèrent, sans doute pour vérifier que tous les sans-langue, sans exception, étaient bien morts. Schoeling claqua des doigts et les autres s'avancèrent vers Luc.

Le lieutenant s'agenouilla face à lui et murmura à son oreille :

– Toi, on t'emmène. Tu seras la dernière friandise des Femmes. Un peu comme la cigarette du condamné. Après, tu finiras comme elles. Dans un bain d'acide.

Les militaires l'attachèrent.

Il fallait réagir, combattre. Il jouait sans doute sa dernière carte. Si les soldats arrivaient à l'attacher, s'ils le ramenaient près de Ma', il allait mourir dans d'atroces souffrances. Il fallait se rebeller, tout tenter. C'est avec l'énergie du désespoir qu'il arma ses poings, frappa au hasard. Les militaires ne virent pas les deux premiers coups.

Deux soldats tombèrent à terre, le visage en sang, mais les autres le rouèrent de coups de poing et de coups de pied. Il ne résista pas longtemps. On le frappa, l'assomma.

Il perdit une nouvelle fois connaissance.

Lorsqu'il se réveilla, on le traînait sur le sol d'une galerie souterraine. Les soldats usaient de la même technique que la femme qui l'avait capturé, la veille, dans la forêt. Ses mains étaient attachées à une corde, et son corps glissait sur le sol. Son ventre le brûlait. Au bout de quelques minutes, les soldats s'arrêtèrent.

– Une clope ? entendit-il.

– Ouais, ça roule.

– Besoin d'une pause… C'est qu'il est lourd, le bestiau.

Luc essaya de bouger, mais des douleurs irradièrent ses muscles, ses bras, ses jambes. Il sentit du sang couler de sa bouche. Son œil droit refusait de s'ouvrir. Il hoquetait en respirant. Il allait mourir. L'odeur du tabac piqua ses narines. Il entendit des pas qui s'éloignaient un peu, des rires épars, des voix plus distantes. Les militaires devaient se poser un peu plus loin. Ils l'avaient laissé seul. Mais il n'y avait aucun risque. Il était bien ficelé, et trop faible pour réussir à s'enfuir.

Et il les vit.

Les enfants.

Ils étaient trois, face à lui, postés à l'entrée de ce qui devait être une nouvelle galerie souterraine. Trois apparitions fantomatiques, et pourtant réelles. C'était des enfants, à n'en pas douter, au vu de leur taille. Ils étaient en uniforme, un costume beige sale. Leurs visages étaient noirs de crasse, leurs pieds nus, leurs yeux exorbités. L'un d'eux avait les dents en avant, un bras en équerre, comme s'il avait été victime d'une malformation congénitale. Un autre riait bêtement. Des dégénérés. Des fous. Un enfant tendit un petit morceau de textile vers Luc et dit :

– Tu veux coudre avec moi ?

Celui qui avait les dents en avant dit :

– J'ai de la soudure à faire, de la soudure.

Et il tendit un petit chalumeau, au bout de son bras atrophié.

Le troisième riait :

– Je vais tuer. Boum. Bientôt. Je suis un poisson-chat.

Ils n'étaient pas réels.

Tout ceci ne pouvait pas être la réalité.

Il délirait. Il allait mourir, et son cerveau partait dans tous les sens.

Luc ferma les yeux un court instant, puis les rouvrit. Les trois gosses étaient toujours là. Ce n'était pas une hallucination. Ils étaient désormais de dos. Il tenta de crier :

– Attendez !

Mais les enfants couraient dans la galerie.

– Attendez ! Qui êtes-vous ?

Ils ne lui répondirent pas.

Il s'évanouit de nouveau. Et lorsqu'il se réveilla, quelques heures plus tard, à moitié mort, drogué, et meurtri, ce n'était plus des enfants qui étaient face à lui.

C'était Julie.

58

– Je dois partir d'urgence pour Paris. J'ai un rendez-vous d'affaires. Les horaires de trains, s'il vous plaît, dit l'une des prisonnières.

Le cauchemar s'amplifiait.

– Pareil pour moi, je dois voir mon fils, mon fils qui est malade. Il a un cancer, oui, je crois que c'est un cancer, les horaires de trains. Je vous demande les horaires de trains. Je dois voir mon fils, mon fils qui est malade. Il a un cancer, oui, je crois que c'est...

Elle avait rêvé. Elle était dans le dortoir. Dans le dortoir, et c'était la nuit. La nuit pendant laquelle les prisonnières vivent d'autres vies, des vies imaginaires. Comme Stéphanie le lui avait dit.

Les gardiennes ne l'avaient pas tuée. Elles l'avaient ramenée au bercail.

Elles veulent que je me reproduise. Je suis jeune. Je suis belle. C'est ce que j'ai entre les cuisses qui les intéresse.

– Les horaires de trains, entendit-elle à nouveau.

Les deux femmes la regardaient avec l'air impatient d'un client mécontent.

Ces cinglées me prennent pour une espèce de guichetier de train.

Et cette vision faillit la faire s'esclaffer. Elle releva sa tête, qui la lança immédiatement. Tout lui revint à l'esprit : la poursuite dans la forêt, et le coup reçu, à l'arrière du crâne. Elle glissa sa main sur son crâne chauve. Une bosse en forme d'œuf de pigeon trônait dans la zone occipitale.

– Je dois partir d'urgence pour Paris. J'ai un rendez-vous d'affaires.

– Je dois voir mon fils, mon fils qui est malade. Il a un cancer...

Malgré l'obscurité, elle put scruter le regard des deux femmes. C'est étrange à dire, mais elles étaient normales. N'importe quel guichetier de n'importe quelle gare aurait pu avoir affaire à de telles personnes. Avec la même intonation. La même sincérité dans leur demande. La même détresse chez celle qui disait que son fils était malade d'un cancer.

Elles font ça pour rester en vie. Comme ça, la nuit, elles pensent qu'elles vivent leurs vraies vies, et le jour, elles imaginent que ce n'est pas la vraie vie, mais c'est un cauchemar. Un simple cauchemar. Qui sera évacué au réveil.

Ce ne sont pas des folles.

Ce sont des

(*schizophrènes)*

femmes affolées.

Elle écarta les deux femmes de son chemin, sauta à pieds joints sur le sol. Les deux femmes protestèrent :

– Mais enfin ?

– Mais, et notre billet ?

– Et mon rendez-vous d'affaires ?

– Et mon fils ? Mon fils, malade d'un cancer ?

– Allons voir ailleurs.

– Oui, vous avez raison, allons voir ailleurs.

Puis, elles s'écartèrent, continuant à discuter de leurs malheurs respectifs. Julie regarda la couchette qui se trouvait sous la sienne. La couchette de Stéphanie. Il n'y avait personne. Elle avait été égorgée. Elle était seule. Terriblement seule. Une femme passa à côté d'elle. Julie lui demanda :

– Stéphanie ? Vous avez vu Stéphanie ?

– Je vais chercher la petite à la crèche, tu viens avec moi, Sophie ?

Puis une autre :

– Vous avez vu Stéphanie ?

– Écoute, ma petite, j'ai 35 374 échantillons à vendre, alors ne me demande pas des choses comme ça alors que je suis au téléphone avec le boss.

Julie remonta sur sa couchette. Partout, les prisonnières bougeaient et parlaient. Elle entendait même des « Action » puis « Moteur », puis des scènes qui se jouaient, et une pseudo-réalisatrice, qui faisait refaire inlassablement la même scène. Plus loin, une pilote de ligne évitait un crash, redécollait, puis évitait de nouveau un crash. Plus loin encore, il y avait une chanteuse lyrique. Une banquière. Une femme au foyer. Une lycéenne. Une monitrice d'auto-école. Une femme agent d'entretien. Une prostituée. Une joueuse de poker. Et elle vit d'autres femmes, quatre ou cinq, prostrées comme elle, au fond de leurs couchettes. Elles se sourirent mutuellement. Toutes les femmes n'avaient pas perdu la raison. Tout espoir de fuite collective n'était pas perdu.

Julie se recroquevilla dans sa couchette, affolée. Elle, comme les autres femmes prostrées, observait les autres prisonnières qui s'imaginaient qu'elles étaient dehors, en train de vivre leur vie. Face à elle, le tableau dessinait la frénésie factice d'une ville fantôme, habitée par des psychotiques.

– Je ne veux pas devenir comme ça, murmura-t-elle.

Elle redescendit. Fit quelques pas jusqu'à une fenêtre. Ça n'était pas des doubles vitrages, ils étaient facilement cassables, mais Julie distingua les silhouettes de trois ou quatre geôlières, postées devant.

Elle se mit à frissonner lorsqu'elle pensa que, peut-être dans quelques mois, elle serait là, au milieu de ces cinglées, à jouer le rôle d'une serveuse amoureuse d'un gendarme. Elle chassa cette idée de son esprit. Il fallait qu'elle dorme un peu. Qu'elle reprenne des forces. Pour s'évader au petit matin. Elle n'allait pas devenir comme cela. Elle n'allait pas devenir comme elles. Ça n'était pas possible. Ça n'était pas concevable. Elle repartit en direction de sa couchette. Sourit de nouveau aux autres femmes prostrées. Évita les regards des autres prisonnières. N'écouta pas ce que disaient ses codétenues. Elle remonta sur son matelas, plaqua ses mains contre ses oreilles pour éviter d'entendre la vie factice crépiter autour d'elle.

TROISIÈME PARTIE

L'enfant qui avait assassiné les deux terroristes, dans un hôtel proche de Marseille, a été retrouvé mort dans sa chambre d'hôpital.

D'après une source proche de l'enquête, il s'agirait d'une crise cardiaque.

Rappelons que cet enfant à l'identité inconnue n'avait prononcé qu'une seule phrase depuis son interpellation.

« Je suis un POISSON-CHAT. »

Dépêche AFP – 14 décembre 2001 – 09 heures

1

La nuit avait été terrible.

Avant de s'endormir pour quelques heures, il y avait eu les cris. Les bruits de lutte. Enfin, des cris de joie. Jean-Marie Lorey avait alors demandé à Choulet :

– Les bruits, là, c'est quelqu'un qui s'est évadé ?

– Non. Personne ne s'évade. Aucun homme valide.

Lorey s'était retenu de rire. Des hommes valides... Lorsqu'on observait Choulet, il était difficile de dire qu'il correspondait à la définition parfaite de « valide ». Et encore moins à celle d'« homme ».

Choulet dit :

– C'est peut-être une femme qui a essayé de s'enfuir...

– Il y a des femmes prisonnières aussi ?

– Oui... Des femmes sont faites prisonnières, et servent de reproductrices. Les gardiennes vieillissent... Il faut des jeunes pour mettre bas.

– Et que font-elles des enfants, après ?

– Que veux-tu qu'elles en fassent ? Les prisonnières les pondent. Les gardiennes les élèvent. Puis elles font de nouvelles gardiennes avec les filles. Quand elles sont en âge de se reproduire, elles partouzent avec les prisonnières en se déhanchant sur le corps d'hommes comme toi et moi.

Ensuite, il y avait eu le silence. Le silence total. Lorey avait été abasourdi par la réponse de Choulet. Puis, submergé par la fatigue et les nerfs, il avait somnolé, adossé à la porte d'entrée de la cave.

Les femmes étaient parties se coucher peu après leurs cris. Lorey avait écouté. Le vent. Le silence. Rien d'autre.

La dernière fois qu'il avait fait cette expérience du silence, c'était allongé sur son canapé, une salive malodorante aux lèvres, après le départ de son ex-femme. Pour la première fois, il s'était senti coupable de la mort de Sabrina.

(Criminel)

(Ordure)

Pour la première fois, là, assis dans la cave, il s'était senti coupable d'être en vie. Il avait repensé à son enfant. À la voiture dans laquelle il avait roulé vers la ferme abandonnée avec sa stagiaire.

Les images lui étaient revenues.

Toutes.

Les images de la ferme.

Les images de Sabrina.

Les images du paysage, tout autour.

Il s'était assis sur son capot. Avait respiré un grand bol d'air.

Il était inatteignable, au-dessus des lois.

Maître de sa destinée et de celle de nombreux autres êtres : sa femme, Sabrina, Agro World, aussi, sans doute.

Le silence dans la ferme.

Un cheval, peut-être au loin.

Et cette sensation de plénitude.

Il avait ressenti de la sérénité.

C'était peut-être ça qu'éprouvaient les tueurs en série.

Ceux qu'on nomme pervers.

La toute-puissance.

Bon Dieu, que c'était bon !

Dans un élan de mysticisme, il s'était mis à envier les moines. Ces hommes qui se privent de sexe et de tous les plaisirs terrestres pour s'enfermer dans une cellule et observer les nuages et le vent.

Le silence.

La quiétude du silence.

Que tu sois Dieu ou que tu sois Sa chose, tu es dans le vrai. Tu es au-dessus des hommes, car tu es seul. Enfin seul. Surpuissant si tu es Dieu. Totalement soumis si tu es Sa chose. Dans les deux cas, tu n'as plus à souffrir des contingences terrestres. Tu n'es plus libre, c'est un fait, mais tu es bien au-delà de tout cela. La liberté n'est plus qu'un concept vidé de sens. La liberté n'est qu'un leurre. Il faut être Dieu, ou il faut n'être Rien. Il n'y a pas de juste milieu.

Dans cette nuit d'horreur, le silence lui avait appris cela.

Sabrina.

Saar, dans son cachot.

Lui, emprisonné ici.

La seule liberté qui existe vraiment était de choisir entre devenir Dieu ou une Chose.

Là était la seule liberté.

Tout le reste n'était qu'illusion.

Le prédateur ou la proie. Le dominant ou le dominé. Le maître ou l'esclave.

Comme les deux facettes d'une même pièce.

Il n'y avait pas d'autre choix.

Je deviens fou.

Il avait esquissé un sourire, persuadé du contraire.

Il ne devenait pas fou, mais enfin lucide.

Il avait regardé Choulet, repensé à ce qu'il avait fait lorsqu'il avait tenté de s'enfuir du joug des gardiennes. Son retour au bercail. Pour éviter de se faire rattraper dans la forêt. Choulet avait choisi de devenir un dominé. Une Chose. La Chose de ces déesses macabres. Choulet l'assumait.

Et le petit matin était arrivé.

Lorey avait l'acte de vente dans sa poche.

L'acte qui ferait de lui, un dieu dans ce petit univers de sorcières. Elles avaient besoin de Lui.

Le monde, son monde, allait retrouver sa forme habituelle. Celle qu'il connaissait. Qu'il avait toujours connue. Voulue. La journée qu'il avait vécue était un accident de parcours. Rien d'autre. L'acte de vente ferait de lui le premier homme à être libéré de cette cage. Parce qu'il le voulait.

Il n'avait pas dormi de la nuit, car il avait répété les quelques mots qu'il dirait lorsqu'elles viendraient le chercher. Comme un comédien apprend un texte avant de s'élancer sur scène. Rien ne devait être laissé au hasard. Rien ne le serait. Il n'y a pas de hasard s'il y a un Dieu.

Il entendit quelques pas.

Il n'avait aucune idée de l'heure.

Puis, il y eut des cris.

Des hurlements, une fois encore.

C'était des cris de peur.

Un cri de femme, aigu, un cri apeuré. Puis un autre cri. Un cri inhabituel.

Un cri encore jamais entendu à l'extérieur depuis qu'il avait été fait prisonnier dans cette cave.

Un cri d'homme.

2

Pendant son enfance et son adolescence, il était arrivé à Julie de se rendre dans l'arrière-pays niçois. Le parc du Mercantour. La vallée des Merveilles. Tôt le matin, elle partait avec ses parents ou des amis. Le ciel était encore entre chien et loup. Quelques oiseaux chantaient discrètement, comme s'ils ne désiraient pas déranger la nature encore endormie. Les prairies sentaient l'herbe humide et la pluie. Tout s'éveillait. Tout resplendissait. Elle avait gardé le souvenir d'une montagne accueillante. D'une sensation de bien-être et de liberté qu'elle n'avait jamais éprouvée en ville, épuisée par le quotidien routinier et son travail harassant de serveuse. Elle en avait parlé à Luc, une fois. Elle lui avait dit :

– J'aimerais vivre à la montagne.

– Ça tombe bien, j'y suis muté, avait-il souri.

Elle avait souri à son tour :

– Pas dans une *ville* de montagne. Non. Au milieu de la nature, entendre chanter les oiseaux. Regarder les arbres.

Luc l'avait serrée dans ses bras.

– Sale petite romantique...

C'est cette image qui s'imprima sur sa rétine au réveil. L'image de Luc la tenant serrée fort contre lui. Elle était protégée, dans le cocon de ses bras. La terre pouvait s'écrouler, tout autour, il ne lui arriverait rien.

Elle entendait de rares oiseaux, au loin. Les rayons du soleil tentaient de percer la noirceur du ciel nocturne. Ça sentait la neige fraîche. Tout s'éveillait. Pourtant, rien ne respirait le bien-être et la sérénité.

Elle fut surprise d'avoir réussi à dormir malgré ce qu'il s'était passé. La position fœtale dans laquelle elle s'était réveillée lui avait peut-être permis de trouver un repos salvateur. Elle se retourna dans l'autre sens, vers le dortoir. Vers les autres filles. Ce qu'elle vit la fit suffoquer, une fois encore. Ça ne ressemblait plus à un dortoir. C'était un asile de fous. Un mouroir. Une rue où les SDF s'entassaient. Il y avait des femmes partout. Sur le sol. Sur les lits. Assises. Couchées. Toutes dormaient dans une position impossible. C'était comme si elles avaient poursuivi leur jeu de rôle de la veille jusqu'à épuisement. Oui, ça devait être ça : elles avaient continué à jouer les « êtres normaux » puis s'étaient endormies. Sur place. Comme des robots à court de batterie qui ralentissent puis se meurent.

Et si c'était le moment ? Tout le monde dormait. Peut-être que les gardiennes en faisaient autant. Elle se releva lentement, étira ses membres en silence. Elle descendit de la couchette en tâchant de ne pas faire le moindre bruit. Elle s'approcha de la fenêtre. Les deux femmes qui lui avaient demandé les horaires de trains dormaient sur le sol, l'une tournée vers l'autre, comme si elles continuaient leur dialogue imaginaire tout en dormant.

La fenêtre s'ouvrait sur un paysage apaisant. La forêt, à quelques dizaines de mètres. La neige fraîche sur le sol. Les sapins majestueux dans lesquels nichaient quelques oiseaux qui n'avaient pas la chance de migrer. Le pinceau des rayons du soleil dessinait de minces fils dorés, faisant osciller le ciel entre bleu foncé et blanc neigeux. Julie grelotta. Elle colla son visage contre la vitre. Les gardiennes n'étaient pas là. Ou alors, elles dormaient en dehors de son champ de vision. Non, ce n'était pas possible. Elles seraient déjà mortes si elles n'avaient passé ne serait-ce qu'une seule nuit dehors, vu les conditions météorologiques. Elles devaient dormir dans l'autre maison. Il n'y avait plus personne à cette heure matinale. Elle pouvait s'enfuir !

Il fallait qu'elle casse la vitre. Elle dressa son poing. Allez, un coup sec ! Au pire, elle aurait des coupures superficielles, mais après, elle pourrait courir vers la forêt. À son rythme. Prendre de l'avance malgré son sabot de Cavalière. Elle se ravisa. La moindre blessure pourrait la ralentir. Il suffisait qu'elle se perde dans la neige, qu'elle perde des forces, qu'elle s'épuise. Il fallait ne rien négliger. Elle se retourna. Elle chercha un objet lourd à lancer à travers la fenêtre. Non, pas un objet lourd. Cela ferait encore plus de bruit que le poing, et tout le monde se réveillerait.

Elle avisa le vêtement dans lequel elle était engoncée. La peau de bête puante qu'on lui avait donnée. Elle tira sur la manche, réussit à arracher un filament de peau, tira un peu plus fort. Un long lambeau se détacha de son vêtement de fortune. Elle enroba son poing comme un bandage de boxeur. Avec ceci, non seulement, elle ne se blesserait pas, mais elle atténuerait le bruit. Elle arma son bras, le tendit face à la vitre. Elle calcula mentalement le nombre de pas qu'elle aurait à faire à découvert, jusqu'à la forêt. C'était un risque à courir. C'était ça, ou la prison à vie, et la folie nocturne. Elle tourna son poing, comme une arme terrible prête à mordre. Elle respira un grand coup, prit un peu d'élan.

Mais elle stoppa son geste.

Là, derrière la fenêtre, il y avait un visage.

Un visage collé contre la vitre.

Un visage qui venait d'apparaître.

3

Ça ne pouvait être qu'un cauchemar.

Une vision.

Une nouvelle vision issue de son rêve.

La vallée des Merveilles.

Ce visage...

Luc.

Ça ne peut pas être lui, tu deviens folle. Ça ne peut pas être lui.

Son visage était tuméfié. Son œil droit, surtout, semblait vitreux, comme s'il avait été crevé. Ses lèvres étaient rouges de sang. On l'avait battu. Il haletait. Deux geôlières lui tenaient la tête, la plaquaient contre la vitre. Il se débattait mollement.

Julie baissa son poing. Ça ne pouvait pas être Luc. Pas lui. Pas cette... chose à l'œil crevé et au visage morne, couvert d'ecchymoses.

« Qu'en avez-vous fait, bande de chiennes, qu'en avez-vous fait ? »

Elle entendit quelques mouvements derrière elle. Les cinglées du dortoir se réveillaient. Elle se rua sur la porte d'entrée. Fermée. Elle revint vers la fenêtre. Les gardiennes obligeaient Luc à regarder à l'intérieur.

Julie fonça vers la fenêtre, mais une prisonnière se mit en travers de son chemin. Puis une autre. Puis une autre. Les femmes regardaient Luc.

– Aidez-moi, murmura Julie.

Une femme brune d'une quarantaine d'années se retourna vers elle. Elle avait dû être belle. Dans une autre vie. Mais toute normalité avait quitté ses yeux. Ils brillaient. Comme ses adeptes de secte, ou ces religieux fanatiques, qui avaient toujours le regard pétillant d'amour pour leur dieu.

– Chut, murmura la femme brune en posant son index sur ses lèvres.

Une autre se retourna et lui souffla la même chose, en joignant le même geste à sa parole. Puis, une autre. Puis, une autre. Elle s'adressa à la femme brune :

– Pourquoi veux-tu que je me taise ?

– D'après toi...

– Je ne sais pas...

Une douzaine de paires d'yeux la scrutait. Les autres, derrière, trois ou quatre femmes, jeunes pour la plupart, ne savaient où regarder. C'était les femmes qui n'avaient pas participé à la folie nocturne. La vision de Luc, décharné, derrière la fenêtre, semblait les dégoûter. « Des prisonnières plus récentes, se dit Julie. Pas encore complètement cinglées. »

– Pourquoi veux-tu que je me taise ? répéta Julie.

– Eh bien, réfléchis, sourit la femme brune.

Puis, à l'unisson, toutes sourirent à Luc.

C'était comme une parade nuptiale. L'étalon qui vient rendre visite aux femelles. Elle observa les femmes plus attentivement. Elles se trémoussaient, soulevaient leurs peaux de bêtes. Oui, c'était

(*à vomir*)

une parade nuptiale.

Une excitation avant la

(*copulation*)

(*accouplement*)

mise en œuvre de leur folie collective.

Elle s'agenouilla. Un filet de bile jaillit de sa bouche. Elle suffoquait. Elle se

(*noyait*)

vidait de bile et de sang. Elle entendit une voix au-dessus d'elle :

– Il faut qu'on parte.

Julie regarda la jeune femme qui venait de lui parler.

– Comment tu t'appelles ?

– Hélène. Et toi ?

– Julie... Tu as raison, Hélène. Il faut qu'on parte.

Le visage d'Hélène n'exprimait pas la sérénité de celui de Stéphanie. Elle semblait perdue, tout autant que l'était Julie.

Elle se releva. Les deux femmes n'eurent pas besoin de se parler. Elles comprirent ce qu'elles devaient faire, pour ne pas devenir folles.

Elles se tournèrent vers la vitre. Deux autres femmes qui ne participaient pas à la parade nuptiale les rejoignirent. Julie pensa à Stéphanie et la rage monta en elle.

– Pourquoi n'êtes-vous pas intervenues hier soir, quand Stéphanie s'est fait tuer ? demanda-t-elle.

– On ne pouvait pas, dit l'une d'elles. Elles étaient trop nombreuses. Nous aurions été tuées. Toutes. Tu as été courageuse, mais...

– Nous aurions été tuées et mangées, confirma Hélène. Si nous restons ici, nous mangerons Stéphanie ce soir. Et cet homme. Il ne faut pas rester.

– Il ne faut pas rester, confirma une autre.

Et sans se concerter, Julie et ses nouvelles comparses se jetèrent sur les prisonnières folles.

4

Lorey courait vers le petit homme nu.

– Je croyais qu'on était les seuls !

– Quoi ? murmura Choulet qui se réveillait à peine.

– Je croyais qu'on était les seuls hommes, ici. Je viens d'en entendre un autre hurler, là, dehors !

Choulet mit un temps avant de comprendre.

– Elles ont chopé un cadavre… Putain, elles ont chopé un cadavre…

– Qu'est-ce que tu racontes ?

– Un mec en mauvais état. Un malade. Un cadavre.

– Et alors ?

Choulet eut un rictus salace.

– Elles récupèrent même des clochards. Des routards atterris à Ancelle on ne sait comment. Si elles trouvent un corps amoché, mais qu'il est vaillant, elles le soignent. Elles le pouponnent dans leur maison, lui préparent des potions, des lotions, et tout un tas d'autres conneries ! L'essentiel pour elles est qu'il soit vigoureux ! Le reste, elles s'en fichent.

– Mais pourquoi crie-t-il comme ça ?

– Ça va être l'heure de la reproduction. Et, à l'heure de la reproduction, on te traîne voir tes pouliches ! C'est l'heure ! L'heure où tu vas enfin savoir si tu es digne de te reproduire, ou si tu vas finir en plat cuisiné !

Lorey se redressa. Il n'allait pas réagir à la provocation de cette chose soumise aux Sorcières.

Le texte.

Le texte qu'il avait appris et répété concernant la vente de la vallée des Dix Diamants. Il y avait encore un espoir.

– Elles vont venir nous chercher ? Nous aussi ? Pour la reproduction ? demanda Lorey.

Choulet n'eut même pas le temps de répondre. La porte de la cave s'ouvrit d'un seul coup. Chiara les observait, mauvaise. Derrière elle, une dizaine de guerrières les tenaient en joue avec leurs lances.

– Félicitations, dit Chiara. Vous avez défait vos menottes...

Les guerrières semblaient prêtes à en découdre, à massacrer ces deux hommes qui avaient eu l'audace de tenter de se libérer. Le groupe de femmes respirait comme un seul être, mû par le même objectif de destruction et de souffrance.

– Elles ont besoin de nous, elles ne nous feront rien, murmura Choulet, comme pour se rassurer lui-même.

Lorey fit quelques pas vers le groupe de femmes, le sourire aux lèvres. Sors ton sourire numéro cinq. Celui du commercial en difficulté, mais qui trouve la botte secrète. Ce qui marchait à Agro World marcherait partout. Techniques de manipulation universelles. Cours d'école de commerce, troisième année. S'il ne reste que le sourire, usons du sourire. Soyons Dieu à la place de ces Déesses. Sourions-leur. Quelques pas encore. Chiara dit :

– Que fais-tu, vieillard ?

Les rires étouffés des femmes, derrière.

– Je sais que vous voulez partir, dit Lorey.

Les femmes murmurèrent entre elles. Chiara dit :

– Oui. Car les collabos de ton espèce ont dit aux nazis où nous nous trouvions... Et désormais, nous devons fuir... Ordure...

Le sourire numéro cinq laissa place à une moue affolée.

– Vous êtes complètement cintrées...

– Et toi, tu es vieux, répondit la femme.

– Attendez, c'est moi qui ai acheté la vallée. C'est moi qui dois ramener l'acte de vente signé à Paris. Vous devez me libérer et je...

Il mit la main dans sa poche pour récupérer l'acte. Instantanément, les femmes se jetèrent sur lui et le ceinturèrent au sol. Il sentit les coups sur son visage et son ventre. Cela dura cinq bonnes minutes. Puis, les femmes s'écartèrent.

Lorey avait du mal à respirer. Son nez se mit à saigner. Il rouvrit les yeux. Choulet n'était plus là. Comment avait-il pu partir sans qu'il s'en aperçoive ? Il tenta de se redresser sur ses coudes, mais sa tête tournait. Les filles n'étaient plus là, elles non plus. Il avait dû s'évanouir, l'espace de quelques instants. Il regarda en direction de la porte d'entrée. Seule Chiara était restée.

– Enfin, tu te réveilles, lui dit-elle.

On avait dû emmener Choulet se reproduire. Avec l'autre homme, le malade. Oui, ça devait être ça. Les filles avaient entraîné Choulet au-dehors. Il allait une nouvelle fois servir d'étalon à la meute de femelles. Mais lui, que faisait-il là ? Pourquoi n'avait-il pas été emmené avec Choulet ?

Chiara était armée d'un objet en bois. Un objet en bois muni d'une pointe aiguisée et brillante. Une arbalète. Et une dizaine de flèches.

– Je suis l'acheteur, hurla Lorey. Vous ne pourrez pas partir sans moi. Je suis l'acheteur !

– De quoi parles-tu ? Tu crois que la Résistance est à vendre ?

Elle allait le tuer. Trop

(*salopard*)

(*dégueulasse*)

vieux.

Il essaya de nouveau de débiter son texte, comme un piètre comédien cherchant à convaincre un public quittant la salle :

– J'ai l'acte de vente dans ma poche, là. Dans ma poche. Je suis votre allié. Je suis votre ami.

La main de Chiara lâcha la corde de l'arbalète.

Il sentit une morsure violente sur son épaule droite. La flèche s'était fichée dans le haut de sa clavicule et avait ripé sur l'os. Il n'eut même pas la force de crier. Il resta tétanisé, ses yeux orientés vers le visage menaçant de la soldate. Il entendait des cris, dehors. C'était désormais des cris de femmes. Mais Chiara ne cillait pas.

– S'il vous plaît murmura Lorey.

Mais elle banda son arbalète à nouveau, et lança sa deuxième flèche.

5

Les coups pleuvaient.

L'effet de surprise avait joué en faveur de Julie et de son groupe. C'était la première fois de sa vie que Julie donnait un coup de poing dans la figure de quelqu'un, et elle l'avait fait avec la hargne et la jubilation d'une gamine. Le bruit des nez explosés faisait penser à ceux d'une pastèque jetée au sol. Les prisonnières attaquées répliquèrent. Bientôt, Hélène, Julie et les autres furent chacune attaquées par trois ou quatre prisonnières.

Derrière la vitre, les deux gardiennes se regardaient, interloquées.

– Prévenir Ma'... Il faut prévenir Ma'.

Elles lâchèrent Luc sur le sol. Il ne bougeait plus.

– Elles vont chercher du renfort ! hurla Hélène.

Personne ne lui répondit. Julie jeta un œil vers le carreau et vit le corps de Luc. Une seconde d'inattention et l'une de ses adversaires en profita pour jaillir sur elle, lui enserrant le cou avec son avant-bras. La femme serrait, serrait. Julie

(*se noyait)*

étouffait et Luc était loin, si loin. Il ne serait pas son sauveur. Pas cette fois-ci. Sa vision se faisait de plus en plus floue. On

(*la noyait, l'eau entrait dans ses poumons)*

l'étranglait. Elle avait du mal à déglutir, respirer. Elle tourna la tête vers le corps de Luc, derrière la vitre. Inanimé.

Puis elle vit un mouvement. Les mains de Luc, tout d'abord. Puis ses bras. Puis tout l'avant de son corps. Il rampait. Libéré de l'étreinte des deux gardiennes qui s'étaient enfuies, il se relevait tout doucement.

Elle ne se noyait plus. Elle sentait de nouveau de l'air entrer dans ses poumons malgré l'étreinte mortelle de son adversaire. Elle était en vie. Comme lui, elle était en vie.

Luc releva la tête vers elle. Il la reconnut. Il était trop loin, trop amoché, borgne, fatigué, à moitié mort et délirant, peut-être. Mais son œil valide ne pouvait pas mentir. Il la tirait hors de l'eau. La sauvait de la noyade, une fois encore. Ses poumons se contractèrent. Il y avait de l'air qui entrait. Beaucoup d'air. Elle sourit à Luc qui ne lui répondit pas. Peu importait. Il était là. Elle crispa sa main droite comme une griffe, préparant ses ongles à l'assaut comme un félin, puis elle se retourna d'un coup sec, faisant lâcher son adversaire sans qu'elle puisse résister un seul instant.

Le combat cessa brutalement dans la salle. Toutes la regardaient. Les femmes écoutaient le hurlement terrible de Julie. Observaient son visage fixé dans une grimace comique et effrayante. Toutes les prisonnières s'étaient figées dans leur position de combat, comme la veille au soir, statufiées.

Puis Julie se jeta sur son adversaire comme un tigre sur une gazelle perdue.

Et, dans un cri de fureur indescriptible, elle griffa et planta ses ongles longs et rutilants à plusieurs reprises dans la jugulaire de sa proie.

6

Un papillon.

Un papillon épinglé par un collectionneur.

Voilà ce qu'elle était en train de faire de lui. La deuxième flèche se ficha dans son autre épaule. Il recula sous le choc. Une troisième flèche et il atteindrait probablement le mur du fond et on l'épinglerait. Définitivement.

Il n'avait même plus la force de crier, pourtant il murmura :

– Je suis votre allié...

Chiara banda une nouvelle fois son arbalète en sa direction.

– ... Je sais que vous allez partir d'ici...

Il sentait la chaleur du sang coulant dans son dos. L'odeur cuivrée et épicée lui montait aux narines.

Le sifflement, puis la morsure de la troisième flèche.

Son corps qui part en arrière. Cloué contre le mur.

Elle ne m'épinglera pas comme un papillon.

Elle va me tuer.

Une nouvelle flèche, enfoncée sous sa rotule droite, sectionna ses ligaments.

Puis il y eut une autre flèche. Dans son flanc.

Puis une autre. Une autre. Une autre. Encore une autre. Son ventre, son épaule, son œil, sa joue.

Contre le mur, les bras en croix, le corps martyrisé,
comme ce fichu christ contre lequel j'ai pissé.

Ce fut sa dernière pensée.

Avant de sombrer dans des ténèbres sans fin.

7

Des geysers de sang jaillissaient du cou d'une femme.

– Avec moi ! hurla Julie.

Les mutinées sautèrent sur leurs proies. La lutte était acharnée, mais elles avaient le bénéfice de la surprise.

Rapidement, le dortoir se transforma en une arène maculée de sang. Les rebelles mordaient, griffaient, hurlaient. Pas une prisonnière folle ne résistait à leur furie meurtrière. Leurs mains et leurs bouches abondaient de liquide poisseux. Les peaux de bêtes dégoulinaient du sang noir de leurs victimes. Les corps tombaient les uns après les autres, suffoquant et tressautant.

Bientôt, il ne resta plus que les cinq rebelles.

Elles avaient gagné.

Un sourire rouge naquit sur leurs visages.

Tu viens de tuer des innocentes... Tu viens de tuer des innocentes, capturées comme toi par Ma'. Non... Tu as sauvé ta peau. Tant pis pour elles si elles ne voulaient pas s'en sortir. Toi, tu ne veux pas rester ici. Tu ne veux pas devenir comme elles. C'était toi ou elles. Dis-toi bien cela. Toi ou elles.

Julie s'avança vers la vitre. Luc était toujours là, sur le sol. Il la regardait.

– J'arrive...

– Pousse-toi, entendit-elle.

Elle s'écarta.

Les rebelles se servaient d'un corps mort comme bélier. La vitre explosa sous les coups de boutoir du crâne du cadavre.

8

La vitre n'était pas blindée.

Les filles prenaient un élan plus prononcé. À chaque fois qu'elles fracassaient le crâne de la femme, les gouttelettes de sang qui suintaient de son front faisaient comme une toile d'araignée sur la vitre fendue.

– Allez, encore ! commanda Julie.

Les rebelles obéissaient à ses ordres. Hélène menait la cadence en tenant la morte par l'épaule gauche. De l'autre côté, c'était Hortense, une randonneuse suisse d'une cinquantaine d'années. Les pieds étaient tenus par Sylvie et Mona. Toutes souriaient, comme des ados jouant à un jeu interdit dans un camp de vacances. De leurs sourires coulaient des filets de sang.

Le crâne de la morte craqua une nouvelle fois. La vitre se fendit un peu plus. Les filles prirent de nouveau plusieurs pas d'élan, mais Julie dit :

– Attendez !

– Quoi ? demanda Hélène.

Julie s'avança vers la vitre. Celle-ci était marbrée de toutes parts. Il n'y avait plus qu'à donner un petit coup au centre pour qu'elle se brise en mille morceaux.

– Reculez-vous, dit Julie.

Elle positionna son index droit à l'arrière de son pouce, avança ses doigts vers la vitre.

– Plus besoin du bélier, ajouta-t-elle, alors qu'elle lançait une pichenette.

9

Julie fut la première à jaillir hors de la cahute. Elle se jeta à terre.

– Mon amour, mon amour, murmura-t-elle en serrant Luc dans ses bras.

Elle reconnut la douce texture de sa peau, son odeur. Son cœur se mit à battre plus vite lorsque son étreinte se fit plus fort.

– Tu… tu… es là, réussit-il à dire. Les… enfants… Il faut sauver… les enfants… les poissons-chats…

Il délirait. Elle sentit une larme couler sur sa joue. Elle se mélangeait au sang de ses victimes et à sa sueur. Elle se sentait poisseuse et heureuse. Heureuse d'être vivante, là, avec l'amour de sa vie. Son amour.

– C'est moi qui te sauve, cette fois-ci, lui dit-elle.

Il ne trouva pas la force de sourire. Elle le souleva avec difficulté, passa sa main gauche autour de sa nuque, une posture d'aide aux blessés qu'elle avait vue dans un quelconque film de guerre.

– Tirons-nous d'ici, lui dit-elle.

La forêt était face à elle, immense, et inhospitalière.

Puis il y eut un bruit.

Une porte qui claque.

Des cris.

Hélène marmonna :

– Mon Dieu...

– Quoi ? demanda Julie.

La jeune femme lui désigna la maison de Ma'. Elle pensa de nouveau au savon noir, à la crasse. Elle retroussa ses babines sur ses crocs tranchants. Ses ongles se cabrèrent, prêts au combat.

Hortense lâcha :

– Il faut courir.

Il le fallait.

Car une dizaine de guerrières sortait de la maison en vociférant.

Elles s'élançaient vers elles.

Les filles se mirent à courir.

Hélène en tête, qui entra presque aussitôt dans la forêt. Puis Hortense. Mona. Sylvie.

Toutes avaient rejoint la forêt.

Un abri.

Au moins temporaire.

Mais Julie n'avançait pas.

Julie traînait.

Son sabot de Cavalière mais surtout le poids de Luc ralentissaient chacun de ses mouvements.

Elle n'avait fait que quelques mètres lorsque les premières guerrières furent sur elle.

10

Ma' caressait la chevelure rousse de sa petite fille. Toute sa famille était réunie autour d'elle, dans la petite maison. La vieille résistante était perdue dans ses pensées. Cette Cavalière la perturbait. C'était elle qui menait la rébellion. La maudite Cavalière qu'elle avait récupérée la veille à la gendarmerie. Elle en était sûre.

Son instinct lui avait pourtant soufflé de ne pas capturer de nouvelles proies. Mais il y avait eu cet homme, sur la route. Puis, cet autre, qui avait tué l'une des leurs. À croire que les Allemands et les collabos avaient été mis au courant de leur fuite. Mais jamais ils ne prendraient possession de Sombre. Non, jamais. Marguerite se l'était promis.

Et dire que tout ceci se passait alors qu'elles allaient être toutes sauvées, rapatriées ! Heureusement, les enfants soldats étaient à l'abri.

Marguerite soupira. Elle se revit, plus de soixante-dix ans plus tôt. Elle était alors âgée de seulement treize ans. Devant elle, il y avait le corps de son père, mort et froid. Celui de sa mère, de sa petite sœur. Une bombe avait éclaté dans son petit village. Seuls son frère et elle avaient survécu. Mais son petit frère Lucien s'était enfui depuis la veille. Où était-il parti ? Elle ne saurait le dire. Aujourd'hui encore, elle ne savait pas ce qu'il était advenu de lui. Il avait sans doute été capturé par les Boches qui, désormais, dominaient le monde. Sombre était le dernier îlot de la Résistance. Mais il allait bientôt être découvert. Il fallait partir. Avec les enfants soldats. La Résistance avait une nouvelle mission pour eux. Et une nouvelle cachette. Ils allaient vaincre.

Lorsque Lucien s'était enfui, Marguerite n'avait pas bougé de son petit lit, veillant sur les cadavres de sa famille. Elle n'avait pas faim ni soif. Elle avait observé la lente décomposition des corps. Au bout de deux jours, elle s'était levée, avait pris le fusil de chasse de son père. Elle se souvint être sortie dans la rue, avoir marché, marché, encore marché, faisant feu sur tout ce qui portait un uniforme allemand, ou qu'elle soupçonnait être un collabo. Elle mangeait ce qu'elle trouvait. Cadavres d'animaux, de Boches, légumes avariés, pissenlits. Elle errait dans les villages et les campagnes. Elle avait erré comme cela pendant plusieurs mois, jusqu'à ce qu'un général des colonnes Drouot L'Hermine l'engage. L'homme avait entendu parler de cette gamine qui combattait et tuait chaque Allemand avec une hargne et une détermination inégalables. Il l'avait cherchée dans tous les villages et les bois environnants. Avec elle, il avait mis en place une troupe de saboteurs ferroviaire efficace. Marguerite n'était pas une stratège, mais une exécutante zélée. Une enfant soldate avant l'heure. La vue des cadavres de sa famille l'avait rendue insensible au danger, inconsciente. Elle se pensait immortelle. Lorsqu'on lui avait confié la direction de ce tout petit village de réfugiées, elle avait accepté, malgré son jeune âge. Elle défendrait becs et ongles tous les habitants du hameau contre les envahisseurs.

Depuis, à chaque fois que les yeux d'une proie pleuraient, qu'une femme ou qu'un homme implorait son pardon ou sa grâce, Marguerite se souvenait de la nature de sa mission. Elle occultait tout ce qui faisait d'elle un être humain. Pas de compassion. Pas de pleurs. Pas de pitié. Jamais. Les Boches et les collabos n'avaient pas eu de pitié pour son père, sa mère, sa petite sœur. Pourquoi éprouverait-elle ce sentiment ?

Mais maintenant, elles allaient partir. Sa vie à elle déclinait. Marguerite le savait : elle n'en avait plus pour très longtemps, quelques semaines tout au plus. Chaque matin, elle vomissait des glaires suintantes de sang noir.

Les filles.

Les enfants soldats.

Elle devait veiller à ce que leur transfert se passe pour le mieux. Pour que vive sa mission ! En mémoire de son père, sa mère, sa sœur. La guerre continuerait, même sans elle.

Mais il fallait empêcher la Cavalière de fuir. Cette traîtresse était coriace. C'est pourquoi elle se mit à sourire lorsqu'elle vit le lieutenant Schoeling, accompagné d'autres militaires, ouvrir la porte de sa maison. Des résistants comme eux ne seraient pas de trop pour aider les soldates à rattraper les fuyardes.

11

Le corps pesait une tonne.

Elle n'avançait plus.

Devant elle, les autres filles avaient pénétré dans la forêt.

Derrière, elle entendait les pas rapides des guerrières qui gagnaient du terrain.

Elles vont me rattraper, elles vont me rattraper et elles vont nous tuer.

Pourtant, elle avait bien avancé lors des premiers mètres de leur fuite. Malgré le poids de Luc, malgré son sabot de Cavalière, elle allait à la même cadence que ses compagnes d'évasion. Mais au bout de quelques mètres, elle avait dû ralentir. Les autres filles l'avaient dépassée. Et maintenant, les guerrières allaient fondre sur elle. Et sur Luc.

Elle posa le corps de Luc sur le sol. Les guerrières n'étaient plus qu'à quelques mètres, prêtes à combattre.

– Je vais te sauver, dit-elle à Luc. Je vais nous sauver.

Elle n'avait pas le choix. Soit il mourait, soit elle défendait chèrement leurs peaux à tous les deux. Mais pour cela, il fallait qu'elle l'abandonne quelques instants. Et qu'elle parte au combat.

Elle entendit un cri. Mona.

– Viens ! Dépêche-toi !

Mais Julie ne l'écoutait pas. Il fallait qu'elle combatte. Si elle courait plus loin dans la forêt en gardant Luc sur son dos, les guerrières les rattraperaient et les tueraient. Elle tendit ses mains en avant, comme un karatéka aguerri, ses ongles longs pointés en direction des guerrières. Elle savait qu'elle n'avait aucune chance, et pourtant elle ne voyait pas d'autre solution. Il n'était plus temps de réfléchir. Il fallait se battre. À mains nues. Pour sa survie.

Mona hurla de nouveau, puis Hortense :

– Tu vas te faire tuer !

Devant elle, il y avait peut-être huit ou neuf guerrières, armées de lances, de couteaux. Elle n'avait que ses ongles. Ses ongles et ses bras et ses mains. Elle prit un grand bol d'air, puis regarda Luc. Son amoureux avait les yeux fermés. Il gémissait de courtes plaintes.

Je vais me faire tuer. Je vais me faire tuer, et après que vont-elles faire de toi ?

Des larmes se mirent à poindre à la commissure de ses yeux. Des images défilèrent. Rapides. Noyade. Premier baiser. Première nuit. Texture des mains de Luc sur son corps. Si elle mourait, qu'adviendrait-il de lui ? Il l'avait sauvée de la noyade. C'était à elle de lui rendre la pareille. Elle n'avait pas le droit de mourir. Elle n'avait pas le droit de prendre le moindre risque.

Elle se pencha vers lui.

– Je vais revenir, murmura-t-elle. Je vais chercher du secours, tu m'entends. Je vais chercher du secours.

Les autres fuyardes lui faisaient de grands signes. Julie contracta ses muscles.

– Tiens bon, dit-elle à Luc, en l'embrassant sur le front.

Puis, elle se retourna, et lança son sabot de Cavalière en avant, courant aussi vite qu'elle le put.

12

Julie haletait.

Ses poumons n'arrivaient plus à brasser la moindre molécule d'air. Elle ne sentait pas la neige sous ses pieds ni les branches qui fouettaient son visage. Elle courait, doublait ses camarades de fuite malgré son sabot. L'adrénaline s'épanchait dans son corps.

Elle tentait de repérer la mousse au pied des arbres. Mais la mousse était invisible, entièrement recouverte par la neige. Et quand bien même... se diriger vers le nord ? Le sud ?

Peu importait.

Elle fonçait.

– Attention ! hurla Sylvie.

Julie ralentit puis stoppa sa course. Derrière, cela hurlait. Elle entendait des coups, des combats. Les guerrières avaient peut-être rattrapé Hortense ou Mona. Hélène était peut-être morte.

Sylvie arriva à sa hauteur. Il n'y avait personne derrière elles. Pas une soldate. Pas une fugitive. Elles avaient couru plus vite que toutes les autres. Sylvie lui ordonna de s'arrêter.

– Ne bouge plus.

– Quoi ? Mais pourquoi tu… ?

– Regarde devant toi.

Le chemin s'arrêtait là. Il y avait un précipice gigantesque. Julie fit quelques pas. C'était une sorte de canyon, au fond duquel se jetait une cascade. Et derrière la cascade, il y avait une rivière.

Le cœur de Julie s'emballa. Il n'y avait pas d'autres issues. Il allait falloir plonger. Et nager.

– Mon Dieu, c'est pas vrai…

Elle fit un panoramique rapide tout autour d'elle. Il n'y avait que des arbres. Aucun chemin distinct. On ne pouvait pas s'enfuir du village des Femmes, car la végétation était dense. La seule issue était ce précipice. La seule issue était l'eau. Le sursaut de frayeur ressenti à la vision du précipice avait laissé place à de l'excitation et de l'impatience. Il fallait sauter. Il fallait y aller. Il n'y avait pas d'autres solutions. Pour se sauver. Pour sauver Luc.

Les paroles qu'avait prononcées le psychiatre après sa noyade lui revinrent en mémoire :

« *Il arrive que des patients sauvés de la noyade soient attirés par l'eau. Par une chute dans l'eau, ou un plongeon suicidaire. Un peu comme les personnes atteintes de vertige, qui sont irrésistiblement attirées par le vide. Si cela vous arrive, revenez me voir d'urgence. Vous serez en danger.* »

Un plongeon suicidaire… Était-ce ce qu'elle souhaitait ? Non, elle voulait nager, encore et encore, le plus loin possible. Pour vivre.

Sylvie la tira de sa rêverie :

– Tu crois que c'est assez profond ?

– Je… je ne sais pas… Mais… les autres ?

Sylvie soupira.

– Il faut qu'on s'enfuie. On ne peut pas les attendre, ça nous ralentirait et on risquerait de mourir. Tu ne veux pas mourir, pas vrai ?

Bien sûr que non, elle ne voulait pas mourir. Il fallait chercher les secours. Pour sauver Luc. Ne pas se noyer. Nager.

Elle se tourna vers le précipice, impatiente de faire le grand saut. Mais un bruit l'interrompit.

– Chut, murmura Julie.

La jeune femme fit quelques pas vers un buisson dont les branches bougeaient. Elle prit une grosse pierre sur le sol en guise d'arme.

Un cri, au loin, l'arrêta dans sa progression.

Un cri déchirant.

– Hortense, cria Sylvie.

Julie n'eut pas le temps de lui dire de se taire.

La chose sortait déjà du buisson.

13

Ma' te récompensera.

Ma' te récompensera.

Ma' te récompensera.

La grosse soldate aux cheveux blancs se répétait cela.

Sans cesse.

En traînant le corps de l'homme sur le sol.

La rebelle était jolie, ce qui n'était pas son cas, mais elle admirait la façon qu'elle avait de se battre, le courage qu'elle avait eu en tentant de s'enfuir.

Pourvu qu'elle arrive à s'échapper.

Mais au fond d'elle, elle savait que personne ne s'échappait jamais de Sombre.

D'ailleurs, elle-même n'avait aucun espoir de partir. Aucun espoir et, surtout, aucune envie. Lorsqu'elle avait été capturée par Ma', elle était venue dans la forêt pour mettre fin à ses jours.

Son mari l'avait quittée.

Elle n'avait plus rien à attendre de la vie. Plus rien à espérer. D'ailleurs, la vie n'attendait rien d'elle.

Sa capture avait été une véritable chance. Elle avait accepté sans renâcler toutes les contraintes et tous les commandements auxquels Ma' la soumettait. Elle était même entrée dans leur délire. Elle était une résistante, luttant contre les descendants d'Hitler. Elle avait trahi sa patrie, comme ne cessait de le lui répéter Ma'. Mais elle s'en fichait. Les adeptes d'une secte ne sont pas prédisposés à croire toutes les âneries proférées par un gourou – même charismatique. Non, les adeptes d'une secte sont des humains comme les autres. Ils cherchent avant tout de l'amour. Une famille. Elle avait trouvé la sienne.

Tout ce qu'elle voulait, c'était qu'on fasse attention à elle. Toute sa vie durant, elle avait été rejetée. Trop moche. Trop grosse. Trop bête. Trop envahissante, comme le lui disait son mari. Mais ici, rien de tout cela. Ici, tout le monde l'acceptait. Mieux : on lui donnait du pouvoir !

La grosse femme tirait le corps avec facilité. Elle se dit avec malice qu'elle n'avait pas perdu un gramme depuis sa capture, et elle en était heureuse, finalement. Cela lui permettait d'être affectée aux travaux difficiles. De pouvoir porter un homme sans aucun effort.

Elle traîna le corps jusqu'au pied de la maison de Ma', comme un chat ramenant une souris au domicile de ses maîtres.

– Lieutenant Ma', dit-elle. Lieutenant Ma' !

Elle lâcha le corps devant la maison. Cria une nouvelle fois. La porte s'ouvrit. Mais ce n'était pas Ma'. C'était un militaire. Et derrière lui, il y avait un autre militaire, penché sur les corps morts de Ma', et de sa petite fille dont la longue chevelure rousse baignait dans une flaque de sang.

– Qui la demande ? dit un soldat.

La grosse femme ouvrit la bouche pour répondre, mais le militaire ne lui laissa pas le temps de prononcer le moindre mot. Il la mit en joue et lui tira une balle dans la tête.

14

Julie s'était fait peur, mais elle avait envie de rire. Car celui qui avait l'air le plus affolé était le chevreuil qui venait de sortir du buisson. L'animal s'enfuit à toute vitesse devant les yeux de la jeune femme. Ses pattes creusaient des trous profonds dans la neige, et sa tête regardait successivement, à droite et à gauche. Par certains aspects, l'image était apaisante.

Puis, il y eut un bruit sourd.

Le corps du chevreuil qui tombe.

Il n'avait pas fait vingt mètres qu'une lance s'était fichée dans son flanc. Les soldates avaient certainement guetté un mouvement, et l'une d'elles avait lancé son arme, au jugé.

– Merde, murmura Julie, et elle se retourna vers Sylvie.

Celle-ci marchait le long du précipice,

– Il faut qu'on saute. Viens ! Il faut qu'on saute !

Julie savait qu'elle avait raison. Elle pensa à l'excitation qu'elle avait ressentie quelques secondes auparavant, à l'idée de plonger et nager.

Il arrive que des patients sauvés de la noyade soient attirés par l'eau...

Il n'y avait pas d'autre issue. Pas d'autre solution.

... par une chute dans l'eau, ou un plongeon suicidaire...

– On va mourir ! hurla Sylvie en s'agenouillant.

Julie mit son index devant sa bouche pour lui dire se taire.

Mais il était trop tard.

Elle entendit le bruit chuintant d'une lance traçant sa route dans l'air.

Et le bruit sourd de la pointe qui atteint sa cible.

Le bruit encore plus sourd, étouffé, d'un corps qui tombe sur la neige, au bord du précipice.

– Sylvie...

Julie s'aplatit dans la neige, rampa jusqu'au buisson dans lequel était caché le chevreuil.

Se calmer. Reprendre sa respiration. Ralentir ses propres battements cardiaques. Regarder le corps de Sylvie. Espérer qu'il bouge encore. Un peu. Mais non. Rien. Rien que la rivière de sang tachant le blanc immaculé.

Il n'y avait plus un bruit. Ou plutôt si. Le grondement sourd de la cascade, derrière. Le bruit violent mais apaisant de l'eau qui s'écoule. Un oiseau qui s'envole.

... Un peu comme les personnes atteintes de vertige, qui sont irrésistiblement attirées par le vide...

Réfléchir.

Nouveau panoramique sur le canyon. Il fallait en faire le tour pour trouver un passage. Les guerrières la repéreraient. C'était couru d'avance. Il n'y avait aucune échappatoire par là.

Rester ici, dans le buisson ? Attendre que les guerrières partent ? Elle mourrait de froid. Elle sentait déjà l'humidité de la neige traverser sa maigre peau de bête.

Un nouvel oiseau.

Des craquements, loin, derrière elle.

Elles avançaient.

Elle allait y passer.

Pas d'issue.

Les battements de son cœur ralentirent. À combien évaluait-elle ses chances de survie ?

Pas le choix.

L'instinct.

Faire vite.

Courir.

Le plus vite possible.

S'élancer en déséquilibre, en s'aidant de la neige pour glisser en avant.

Espérer qu'il y ait suffisamment de fond.

Oui, c'était cela la seule inconnue.

Espérer qu'il y ait suffisamment de fond pour plonger et nager.

Elle se cambra, comme une athlète dans des starting-blocks, racla la neige de son sabot de Cavalière comme un taureau prêt à en découdre.

Elle s'élança. Courut. Vers un toréador imaginaire. Pas de chiffon rouge. Direction, le vide.

Le vide qui l'attirait, comme un aimant.

Le bruit chuintant d'une lance.

Un autre oiseau qui s'envole.

Le bruit sourd de la cascade. Vision fugitive d'un rocher dans la rivière. De son propre visage explosé sur le rocher. Non. Vision de son corps plongeant, coulant, ses poumons comprimés par l'air, la surface de l'eau au-dessus d'elle, et l'ombre de la main de Luc qui la sauve. Texture de la peau de Luc sur son corps.

– Elle est là !

Un cri, derrière elle.

Des bruits de pas qui rappliquent.

Rejoignez-moi dans l'eau, mes amies !

Une autre lance. Qui la frôle.

Arriver au bord du gouffre. Ne pas réfléchir. Chasser la vision du corps de Sylvie. Du sang sur le sol. Chasser toutes les visions. Tous les souvenirs. La noyade. La peur. La main de Luc. Le corps de Luc sur le sol gelé. Et continuer à courir. Dans le vide. Plaisir de voler. Plaisir de voler. Plaisir de sauver Luc.

Il arrive que des patients sauvés de la noyade soient attirés par l'eau...

Plus de sol. Plus de peur. Voler. Monter. Rester dans les airs. Un oiseau qui s'envole. Ne pas crier. Au contraire. Prendre une grande bolée d'air et la stocker dans ses poumons. En prévision. Et s'élancer dans l'air, haut, très haut. Devenir l'oiseau. Puis devenir la cascade. Son bruit sourd. Se fondre dedans. Se concentrer sur ce bruit. Seulement sur ce bruit. Ce grondement. Et plonger dans l'eau.

15

Des vagues. Des vagues formées par un vent calme, des moutons se développant au cœur d'un bleu limpide.

Il se perdait dans cette image. Au-dessus de lui, le ciel et ses quelques nuages l'apaisaient.

– Je vais mourir.

Pour la centième fois, cette certitude émergeait. Mais désormais, c'était la bonne. Il en était certain. Il ne ressentait plus aucune douleur, mais son corps avait trop souffert. Il pouvait se laisser aller à divaguer. Alors, la mer, les vagues, les moutons, le vent... Pourquoi pas, puisque c'était la fin ?

Il entendit des cris. Des cris d'hommes, des cris de femmes, des bruits de bottes. Des véhicules dont les moteurs vrombissaient au milieu de la place du village. Puis, il y eut des coups de fusil. Des cris féminins, apeurés. De nouvelles déflagrations. Mais il ne détachait pas ses yeux des nuages.

Dans l'air, une odeur piquante de gasoil vint irriter ses narines. Les véhicules ne roulaient plus, mais on laissait les moteurs tourner. Il tourna légèrement sa tête de côté.

– Seigneur Dieu…

Les militaires coursaient et tuaient tout le monde. Toutes les femmes. Ne resterait que les enfants, planqués au fond des galeries souterraines. Des dizaines de corps gisaient sur le sol. Il eut une pensée pour Julie. Son corps était-il là, au milieu des cadavres ?

Il n'y avait plus de neige, mais un magma écœurant de boue et de sang noir. Tout autour, il distinguait des hommes en treillis et des femmes qu'on assassinait.

– Les résistantes…

On avait réuni les corps au centre du village. Tous les corps. Les femmes, les sans-langue, quelques hommes. Les victimes de cette macabre expérience menée par l'armée française.

Les militaires chargeaient les cadavres dans l'un des camions, comme de vulgaires sacs-poubelle. Ces gens-là ne seraient jamais retrouvés. On évacuait les lieux. On transférait les cadavres. On allait les faire disparaître.

Il se rendit compte que personne ne faisait attention à lui, mais c'était trop tard. Il n'avait pas la force de se lever et de courir. Pourtant, là, juste à côté, il y avait une maison dans laquelle il aurait pu se cacher en attendant le départ du camion. Chercher une nouvelle opportunité pour s'enfuir. Mais non. Ses membres refusaient de bouger.

C'était la fin.

Il était le dernier survivant. Et il ne pouvait pas partir. Le massacre continua pendant une bonne heure. De nouveaux corps tombèrent.

Au bout d'un moment, il entendit l'un des militaires crier :

– Eh, là-bas, il y en a encore un !

On parlait de lui. Il ferma les yeux. Faire le mort. Avant de le devenir.

Il fut presque soulagé lorsque deux militaires soulevèrent son corps et le jetèrent avec les autres. Il était parmi les siens. Cadavre au milieu des cadavres.

On ferma une bâche au-dessus d'eux. L'odeur cuivrée du sang prit la place de celle de gasoil. Il ouvrit les yeux, craignant d'apercevoir le visage de Julie au milieu des cadavres, mais tout était noir. Quelques secondes plus tard, le camion démarra, et Luc dut s'accrocher aux corps qui l'entouraient alors que le véhicule glissait sur la neige. Un espoir fou le submergea. Il allait s'en sortir une fois encore. Il aurait l'effet de surprise pour lui. Oui, bientôt les militaires ouvriraient la bâche pour déposer les cadavres, et lui serait derrière, prêt à en découdre ! Cette idée était absurde, il le savait bien. Il était presque mort, incapable du moindre réflexe, faible, et il avait affaire à des commandos des forces spéciales, surentraînés.

Mais l'espoir était là.

Il lui fallait une arme.

Trouver une arme et tirer sur ceux qui ouvriraient la bâche. Il fouilla en aveugle les corps autour de lui. Les militaires n'avaient peut-être pas désarmé les résistantes. Il trouverait peut-être une lance, un pistolet, une pierre. N'importe quoi qui puisse agir comme projectile. Il fallait qu'il saisisse sa chance.

Mais le cadavre le plus proche n'avait rien dans les poches, rien dans les mains. Luc ne sentait que la texture poisseuse de son sang.

Le camion brinquebalait sur une route sinueuse. Le gendarme était secoué dans tous les sens, mais il continuait de fouiller chaque corps, redoutant de tomber nez à nez avec celui de Julie.

Tout à coup, son épaule le lança au cœur d'un virage plus abrupt que les autres. Il retint un cri.

Trois corps tombèrent sur lui, et le clouèrent sur le plancher. Il était coincé, ne pouvait plus faire de mouvement.

– Merde, merde, et merde, maugréa-t-il, alors qu'il tentait de dégager les cadavres.

Mais ils pesaient trop lourd.

Le camion poursuivait sa route, interminables lacets dans la montagne.

Il cessa tout mouvement pour se consacrer à réguler sa respiration. Au-dessus de lui, il n'y avait plus de nuages ni de ciel bleu, mais le corps d'un homme nu, maigre, atrocement mutilé, dont le visage mort semblait pourtant heureux, souriant, et enfin apaisé.

16

Elle nageait.

Elle avait plongé, refait surface.

Tout allait bien.

Elle n'avait pas eu peur.

Elle ne s'était pas noyée.

Et elle nageait.

Le courant était violent, mais le précipice était loin, et l'air était pur et Julie se mit à respirer et sourire, puis à rire, elle était saine et sauve, il n'y avait rien autour, que de la forêt et des arbres, et de la neige, et plus près, il n'y avait que de l'eau, de la pierre, de l'eau et le vrombissement de la cascade, loin derrière elle, avec des silhouettes peut-être tout en haut, des silhouettes qui la regardaient, ou des arbres, elle ne savait pas, mais elle s'en fichait, elle avait sauvé sa vie ! Elle entendit des déflagrations, des cris.

Elle accéléra sa nage. Régula de nouveau sa respiration. L'eau était glacée, six degrés, peut-être sept, mais elle ne grelottait pas.

Le cours d'eau sembla rétrécir, tout à coup. Le courant s'accéléra. Des rochers. Des rapides. Il n'y avait pas de berge, pas d'endroit où sortir. Simplement le bas de la falaise, qui plongeait directement dans la rivière. Julie n'avait pas d'autre solution que de nager dans le sens du courant. L'eau faisait un bruit de tous les diables. Un bruit de plus en plus puissant. De plus en plus...

– Et merde...

Face à elle, les rapides formaient une petite cascade, mais le bruit puissant ne venait pas de là. Le bruit puissant était plus lointain.

Derrière la petite cascade, il y en avait une autre.

Immense.

Géante.

Monumentale.

Voilà pourquoi il n'y avait pas tant de courant que ça, au départ. L'eau s'écoulait, tout doucement, jusqu'à ce goulot d'étranglement creusé au milieu des rapides. Et derrière, la cascade. D'où elle était, Julie n'arrivait pas à évaluer la hauteur de la chute d'eau. Elle ralentit sa nage. Visa un rocher suffisamment imposant. Nagea jusqu'à lui, luttant contre la violence de l'eau.

Elle s'y agrippa.

Derrière le rocher, la cascade était gigantesque. Le vacarme de l'eau ne laissait pas de place au doute. La cascade mesurait bien dix mètres. Sans doute plus.

– Réfléchis, bon sang, réfléchis... Pas de berge. Pas possible de remonter le courant vu sa violence...

Le froid engourdit ses muscles, ses membres. Elle regarda ses mains qui devenaient bleues.

– Pas d'autre solution, dit-elle. C'est la mort ici. Ou la cascade.

Elle lâcha le rocher. Prit de nouveau un grand bol d'air. *C'est reparti pour un tour gratuit*, pense-t-elle en essayant de sourire. Mais seules quelques larmes glacées coulèrent sur son visage.

Elle eut envie de hurler, mais c'était sa chance.

Sa seule.

Sa dernière.

La nature tout entière arrêta son cours. Ce fut tout du moins le dernier sentiment qu'elle éprouva alors qu'elle se trouvait à dix mètres au-dessus du vide. Car après, il n'y eut plus rien. Plus aucun sentiment. Plus aucune pensée. Elle sentit son corps plonger. À une vitesse fulgurante. Accompagné par une masse d'eau vrombissante, fumante, et glaciale.

17

Le camion roula pendant une bonne vingtaine de minutes, avant de bifurquer sur une route encore plus chaotique que la première. Puis, au bout de quelques instants, il freina. On coupa le moteur, et Luc entendit deux portes qu'on ouvrait et refermait. Quelques pas dans la neige. Un cliquetis. Les militaires ouvraient la bâche. Il fut ébloui par un soleil resplendissant.

Il ferma les yeux, par réflexe bien plus que par stratégie. Ses forces le quittaient. Sa fin était inéluctable.

– Allez, déverse-moi tout ça.

Un bruit de poulie mal huilée. La benne du camion se surélevait, mais Luc n'avait même pas besoin de s'accrocher, il était coincé au milieu des cadavres. Puis il se sentit aspiré.

On me jette du haut d'une falaise. On fait disparaître mon corps au fin fond d'une carrière, ou d'un ravin. Je vais m'écraser.

Cette pensée était presque un soulagement. Sa souffrance allait enfin s'achever.

Mais non.

Il n'était pas tombé très bas. En outre, son corps avait atterri en haut de la pile de cadavres, le choc était amorti. Il entrouvrit un œil. Il se trouvait dans une fosse creusée dans le sol. Une cuve. Des restes de cadavres à l'odeur répugnante gisaient tout autour de lui. Des dents. Des morceaux de crânes. Le cimetière des victimes de cette expérience.

Au niveau du sol, il y avait une petite ouverture, un boyau, qui menait à l'extérieur. Un corps pouvait aisément s'y glisser. Derrière, il y avait de l'eau. Une rivière ! Luc rampa sur le monticule de corps, se laissa glisser en direction du trou, jeta ses dernières forces dans cette ultime bataille.

Il entendit un bruit métallique, puis fut plongé dans le noir. Les militaires avaient mis un couvercle sur la fosse. Il regarda au-dessus de lui. Il y avait une fente dans l'énorme bouchon de métal. Et par cette fente, il vit un liquide couler sur les corps. Les corps qui se trouvaient en haut de la pyramide crépitèrent. De l'acide. Ils déversaient de l'acide sur les corps ! Il rampa plus vite, se glissa dans le boyau tandis que l'acide coulait encore et encore.

Il resta pétrifié dans le boyau plusieurs minutes. Il entendait la morsure de l'acide sur la peau et les vêtements des cadavres. Il avait enlevé ses propres habits, les disposant à l'entrée du boyau, afin d'observer l'arrivée de l'acide dans son refuge. Lorsque sa chemise commença à brûler, le camion des militaires démarra. Bientôt, il n'entendit plus le bruit du moteur, et se hissa à l'extérieur du trou. À sa grande surprise, cela ne lui nécessita que peu d'efforts.

Il rampa vers l'eau. Il avait soif.

La rivière serpentait paisiblement dans un paysage sublime. Au moins, la dernière image de sa vie ne ressemblerait pas à un charnier, mais à une carte postale enneigée. Il plongea ses mains dans l'eau glaciale et but. L'eau lui brûla la bouche, l'œsophage.

Il plongea de nouveau ses mains, et se mit à sourire.

18

Elle rouvrait les yeux.

Elle avait perdu connaissance, quelques secondes. Peut-être avait-elle heurté une pierre, ou le fond de la rivière. Ou bien était-ce la violence de son plongeon qui lui avait fait tourner de l'œil. Toujours est-il que cela n'avait duré que quelques secondes.

Car désormais, elle était en vie, les yeux ouverts, les bras et les jambes occupés à nager vers la surface.

Un mauvais réflexe lui fit ouvrir la bouche pour inspirer de l'oxygène. Elle arriva à le contenir. Elle analysa la situation. À quelle profondeur pouvait-elle bien être ? Tout autour, ce n'était que ténèbres, eau glacée, noire, verte. Elle pouvait voir le fond, mais pas les ombres projetées du soleil sur la surface. La remontée serait interminable. Mais elle y croyait.

Dur comme fer.

Elle avait fait une chute de plus de dix mètres, et elle était en vie. Plus rien ne pouvait lui arriver. Elle ne mourrait pas noyée. Jamais. C'était impossible.

Elle acquit la certitude qu'elle s'en sortirait. Il suffisait de nager. Droit devant.

Elle déployait ses bras devant elle, et volait vers la surface. Elle n'avait pas d'air dans les poumons. Dans quelques secondes, tout s'arrêterait. Pourtant, elle filait. Car enfin, la surface devenait visible. Accessible.

Elle accéléra.

Son cœur faillit se rompre.

Elles les avaient vues.

Les ombres.

C'était impossible, et pourtant son cœur lui disait qu'il n'y avait pas de doute.

Il était là. Il l'attendait.

Les mains de Luc allaient de nouveau la sauver de la noyade.

19

Il riait aux éclats.

Elle était là.

Elle surgissait hors de l'eau.

Elle courait l'embrasser.

Elle courait.

Julie.

Il murmura :

« Je t'aime. »

Et les visions s'évanouirent.

Il plongea de nouveau ses mains dans l'eau, mais n'eut ni la force ni le courage de boire une nouvelle rasade. Ses yeux se fermaient d'eux-mêmes. Toute force quittait son corps. Dans le ciel, des rapaces tournaient.

Soudain, quelque chose frôla ses mains.

Quelque chose de vivant. Dans l'eau. Quelque chose que la rivière entraînait.

Il comprit à la texture rugueuse qu'il ne s'agissait que d'un caillou. Une vulgaire pierre. Inerte et dure, comme ses membres qui s'engourdissaient. C'est à ce moment-là qu'il sombra, son visage fiché dans la neige et ses bras désarticulés plongeant dans l'eau comme des algues soumises aux caprices du courant.

Puis, il n'y eut plus rien. Ni bruit, ni peur, ni douleur.

Seulement des ténèbres.

20

Elle tendait ses bras en avant. Plus que quelques mètres à faire avant d'atteindre ces deux ombres au-dessus de l'eau. Ces deux mains. Les mains de Luc. Elle était en apnée totale, mais il était là. Il l'attendait. Elle n'avait pas le droit de mourir. Pas maintenant. Plus maintenant.

Elle ferma les yeux et axa sa concentration sur ses jambes, et l'impulsion finale que celles-ci devaient donner avant d'atteindre la surface. Elle faillit crier mais n'avait plus assez d'air pour le faire.

Puis elle les sentit.

Les

mains.

Elle sentit l'air libre autour d'elle.

Elle sentit son corps jaillir hors de l'eau.

Ses poumons se remplirent d'oxygène. Une douloureuse sensation comprima sa cage thoracique.

Elle était en vie.

Et dans ses mains, il y avait

(*les mains de Luc,*

et devant elle,

son regard,
ses yeux,
sa bouche qui lui souriait)
des branches mortes.
Deux branches longues et rigides.
Et juste à côté, une berge.
La forêt.
Personne.

Elle lâcha les branches, nagea jusqu'à la berge, toute proche. Elle frotta son corps pour se réchauffer, tout en regardant les deux branches dériver le long du courant.

Ce n'était pas Luc. Ce n'était pas ses mains.

Il ne l'avait pas sauvée.

Il était mort, sans doute.

Elle était seule.

La seule survivante.

Elle n'avait pas envie de pleurer. Seulement de rire. La joie d'être en vie. Envie de suivre le courant jusqu'à un fleuve, jusqu'à la mer, jusqu'à la prochaine ville. Jusqu'à la civilisation.

« Je ne suis pas morte », murmura-t-elle.

Elle se mit en route en direction de l'aval du cours d'eau. Au bout de quelques mètres, elle se tourna vers la rivière et vit les deux branches qu'elle avait confondues avec les mains de Luc. Elles étaient bloquées par un petit rocher. Elle posa son sabot de Cavalière dans l'eau, fit quelques pas dans leur direction, et les libéra d'un revers de la main. Pendant un court instant, elle les accompagna des yeux jusqu'à ce qu'elles disparaissent. Elle se dit qu'elle les retrouverait plus loin, bien plus loin, lorsqu'elle arriverait, elle aussi, à destination.

Elle regarda au-dessus d'elle. Le soleil était radieux. Le ciel était d'un bleu somptueux. Quelques rapaces virevoltaient au-dessus des cimes. Elle leur cria :

« Je ne suis pas morte ! »

Mais les rapaces poursuivaient leur manège. Dans leurs prunelles, on pouvait distinguer une ombre minuscule hurlant au bord de l'eau. Tout autour d'elle, il y avait des kilomètres et des kilomètres de forêt noire et sombre.

ÉPILOGUE

Au petit matin, dans les villes blotties sous la neige, pas un bruit ne saurait perturber la quiétude des lieux. Les gens restent enfermés chez eux, bien au chaud. Les animaux se terrent ou hibernent. Les voitures attendent qu'il fasse un peu plus chaud avant de glisser sur le sol gelé. On se croirait dans de la ouate, calfeutré, prisonnier bienheureux d'un monde sans son. Un monde lisse. Calme.

Il y avait beaucoup de véhicules militaires ce matin-là. Des véhicules garés devant la gendarmerie d'Ancelle.

Dans le bureau de l'adjudant, Mattéo Piedra, alias Jean-Baptiste Sudre, avait la larme à l'œil. Bien sûr, il s'était préparé à cette fin. Bien sûr, il toucherait une somme rondelette, mais sa mission s'arrêtait là. Que deviendrait-il, ensuite ?

L'adjudant, le lieutenant Schoeling, et le colonel Peyre étaient assis à côté de lui. Le colonel dit :

– Merci encore d'avoir dédié votre vie à cette mission. Des militaires aussi dévoués que vous, on n'en trouve pas beaucoup. Vous avez parfaitement joué le prête-nom. Et vous nous avez donné le double de l'acte de vente du terrain. L'expérience Sombre peut donc officiellement s'achever.

– C'était tout à fait normal, mon colonel. C'était mon devoir.

– Depuis combien de temps accomplissez-vous cette mission, monsieur Sudre ?

Mattéo Piedra déglutit. Cela faisait plus de huit ans qu'on ne l'avait pas appelé comme cela. Huit ans qu'il vivait sous une fausse identité, une identité de berger pour laquelle on le payait grassement. Il n'avait jamais posé de questions, s'était toujours acquitté de sa tâche le mieux possible.

– Cela fait bien huit ans, répondit-il.

– Avant vous, d'autres militaires ont accompli la même mission, monsieur Sudre, dit Schoeling. Vous savez comment ils ont fini.

– Je sais tout ça, mon lieutenant.

– Je sais que vous savez, dit Schoeling.

Il sortit un petit pistolet de son holster. Le canon était muni d'un silencieux.

– Mais..., murmura Sudre.

Il ne put en dire plus.

– Nous sommes désolés, monsieur Sudre, dit le colonel. Mais dites-vous que vous tombez pour l'honneur et la grandeur de votre patrie.

Le lieutenant lui tira une balle dans la tête. Il n'y eut aucun bruit. Seulement celui du corps qui tomba au sol.

Un court silence plana dans la gendarmerie.

– Était-ce bien nécessaire ? demanda l'adjudant.

– Il n'aurait pas pu reprendre une vie normale, de toute façon, répondit le colonel. Et nous ne pouvons prendre aucun risque.

Le colonel sortit son pistolet à son tour. Le plaqua contre la tempe de l'adjudant.

– Je dis bien : aucun risque. Croyez bien que je suis désolé.

Il tira. Seul le bruit sourd du visage de l'adjudant s'effondrant sur le clavier de l'ordinateur résonna dans la gendarmerie.

– Merci d'avoir servi votre pays, compléta Schoeling.

– Va à l'étage, ordonna Peyre. Avec trois hommes. L'adjudant a une femme. Et il y a deux hommes. Deux jeunes militaires.

– Il n'y en a plus qu'un, dit Schoeling.

– Comment ça ?

– L'adjudant nous avait avertis. L'un des deux hommes est allé dans la forêt. Pour enquêter sur les femelles alpha.

– L'homme qui nous a été signalé hier matin ?

– Tout juste... Celui que nous avons capturé dans la cachette du fou du souterrain.

Le colonel marqua une pause.

– OK. Occupe-toi de la vieille. Et de l'autre homme.

– Bien, mon colonel.

Le lieutenant Schoeling grimpa les marches, accompagné de trois militaires. Peyre s'assit sur le siège, pianota sur le clavier, à la recherche de la liste des disparus. Dès qu'il trouva le fichier, il inséra une petite clé USB dans l'unité centrale.

– Va me virusser tout ça, ma belle.

Aussitôt, les noms disparurent, le système d'exploitation planta. Tout s'éteignit. Personne n'arriverait à ouvrir cet ordinateur, à lire les données inscrites sur son disque dur. Même l'informaticien le plus chevronné. Il entendit le bruit sourd d'un corps tombant au sol, à l'étage. Un rictus naquit sur ses lèvres. La satisfaction du devoir accompli. Une porte s'ouvrit, au-dessus de lui. Il y eut quelques pas rapides. Un cri d'homme. Enfin, un nouveau bruit sourd.

Quelques instants plus tard, Schoeling réapparut.

– Mission accomplie, mon colonel.

– La mission est terminée, lieutenant. Vous aurez droit à quelques jours de repos.

Le colonel se leva. Les militaires sortirent. Dehors, cinq camions militaires étaient garés dans la cour de la gendarmerie.

– Allez-y lieutenant, dit Peyre.

Le lieutenant frappa au carreau du premier camion.

– Nettoyage, dit Schoeling.

Aussitôt, les portes des camions s'ouvrirent. Une dizaine de militaires en sortit. Chacun était muni de produits nettoyants surpuissants, de sacs-poubelle, d'aspirateurs, d'acide qui servirait à dissoudre des corps.

Il fallait faire place nette dans la gendarmerie.

Officiellement, l'adjudant aura été muté.

Officiellement, un autre gendarme prendrait ses fonctions dans trois jours.

Il n'y aurait aucune trace de son prédécesseur. Aucune trace des disparus du Champsaur. Deux des militaires-nettoyeurs avaient pour ordre de vérifier chaque centimètre carré de la gendarmerie pour vérifier qu'aucun document à ce sujet n'était oublié.

L'essentiel était que l'expérience se poursuive. Ailleurs.

Schoeling avisa le colonel Peyre. Il risqua :

– Vous savez quelle va être la teneur de la nouvelle expérience, avec les enfants ?

Le colonel ricana.

– Secret militaire, lieutenant. Secret militaire... Je vous laisse tirer vos propres conclusions.

Le lieutenant se racla la gorge. Il avait bien évidemment une idée, mais il la déniait sans cesse. Cette idée n'était que folie. Il avait participé à l'éducation des enfants. On demandait aux soldats de les exercer à la couture, la mécanique, à la métallerie. Ils avaient conçu des ateliers dans les galeries souterraines de Sombre, à cet effet.

– Je ne sais pas non, je...

Le colonel Peyre lissa son menton, pourtant dépourvu de barbe.

– Nous avons besoin d'enfants soldats, de poissons-chats, lieutenant. Il y a encore des nettoyages à faire. Des individus à éliminer. Des attentats à perpétrer. Et pour cela, nous aurons encore besoin de ces enfants qui n'ont aucune existence officielle. Dans les années à venir, le terrorisme va pulluler, et ces poissons-chats seront indispensables. Mais, vous voyez, la guerre la plus importante, la nouvelle guerre mondiale est, disons, plus économique.

Les Chinois, les Africains, les Indiens font travailler leurs gamins pour très peu d'argent. Nous avons la chance d'avoir des centaines d'enfants qui ne sont recensés nulle part, qui n'existent pas officiellement. Et nos militaires les forment à des travaux techniques, qui ne coûteront pas un centime au pays. Ils seront des ouvriers dociles, des esclaves non répertoriés ! Ils seront les soldats du XXIe siècle, lieutenant. Ils participeront à la grande guerre économique mondiale. Mais avant, nous devons les cacher. Les sécuriser. Ici, nous sommes devenus trop visibles.

Schoeling déglutit. Ainsi, cette grande expérience comportementale, ce fleuron de l'armée française, allait aboutir à *ça*.

Il masqua son trouble en dodelinant de la tête, feignant d'approuver les paroles du colonel.

Mais Peyre n'était pas dupe. Il posa la main sur l'épaule du lieutenant, et lui fit un clin d'œil.

– Dites-vous que nous engageons là une nouvelle forme de résistance.

Schoeling ne sut dire si cette dernière phrase était cynique ou pas.

Impossible de le savoir.

Secret militaire.

PRÉCISIONS ET REMERCIEMENTS

Je remercie Franck Thilliez, président du jury du prix VSD du Polar d'avoir accordé son coup de cœur à ce roman. Merci pour ses nombreux conseils, son implication. Et sa confiance.

Un roman a besoin d'un lieu, de paysages. Le Champsaur, qui sert de cadre à cette histoire, est un écrin magnifique. Le village d'Ancelle existe. Mais il n'y a pas de gendarmerie à Ancelle, pas plus que de crêt des Dix Mendiants dans cette région. Ces lieux sont imaginaires, de même, évidemment, que l'histoire de Sombre. Ce qui est réel, en revanche, c'est la bravoure de la Résistance dans cette région durant la Deuxième Guerre mondiale. Les colonnes Drouot l'Hermine ont existé. Le maquis des résistants, dans le Champsaur et le Vercors tout proche, a participé à la victoire face à l'ennemi nazi.

Un roman s'ancre souvent dans le réel. Ainsi, les pouponnières d'enfants telles que je les évoque dans le roman ont existé, dans le camp nazi. Il s'agissait des Lebensborn, « associations » chargées d'élever des enfants aryens (enlevés à leurs parents), puis de les livrer à l'État qui se chargeait de leur éducation et de leur développement. De tels orphelinats, fournissant une main-d'œuvre quasi gratuite et corvéable, existent à l'heure actuelle dans plusieurs pays, et « participent » à leur essor économique.

Les enfants soldats sont quant à eux estimés à plus de 250 000 dans le monde. Le site child-soldiers.org montre un panorama aussi intéressant qu'affolant sur les diverses tâches auxquelles sont affectés les enfants soldats. Ce que j'aborde dans le roman n'en représente qu'une infime partie.

LA MÉCANIQUE GÉNÉRALE

pca
cmb
édition pré-presse
livres numériques

44400 Rezé

–

Dépôt légal : mars 2021
Numéro d'édition : 001

–

ISBN : 979-10-95776-29-1
Achevé d'imprimer en février 2021 en Espagne par Liberdúplex